Luises Leben ist alles andere als perfekt: Ihre Arbeit in einem Text-Büro macht ihr keine Freude, und in der Liebe läuft es auch nicht so, wie sie es sich vorstellt. Hinzu kommt die Sorge um die Mutter, die sich zwar bester Gesundheit erfreut, für die Luise aber schon mal nach einem Pflegeheim sucht – für den Fall der Fälle.

Den Absprung in ein neues Leben wagt Luise dennoch nicht. Vielmehr setzt sie auf die kleinen, schönen Dinge und versammelt regelmäßig ihre Freunde um ihren Küchentisch, um sie nach allen Regeln der Kunst zu bekochen – bis das Leben sie eines Tages vor vollendete Tatsachen stellt: Der ungeliebte Job platzt, ihre frisch verliebte Mutter denkt gar nicht daran, alt zu werden, sondern geht lieber Tango tanzen.

Kurzerhand setzt Luise alles auf eine Karte. Sie macht ihre Passion zum Beruf und gründet den Catering-Service »Essen mit Freunden«. Keine großen Diners will sie liefern, sondern Menüs, die verzaubern und Herzen erobern und die neben dem Magen auch die Seele verwöhnen. Doch wer zaubern will, muss auf Überraschungen gefasst sein … Ein spritziger und warmherziger Roman über Neuanfänge, gutes Essen und die Unvorhersehbarkeiten der Liebe.

Ilke S. Prick studierte Psychologie. Heute lebt sie als freie Autorin in Berlin. Sie veröffentlichte mehrere Jugendbücher, schreibt Kolumnen für die *taz* und betreibt für das Online-Magazin *existenzielle* den Blog *Nachrichten vom Küchentisch*.

insel taschenbuch 4246

Ilke S. Prick

Essen mit Freunden

Ilke S. Prick

ESSEN MIT FREUNDEN

Roman · Insel Verlag

Umschlagfotos: Ngoc Minh & Julian Wass / StockFood
Image Source / Corbis

Erste Auflage 2013
insel taschenbuch 4246
Originalausgabe
 Vertrieb durch den Suhrkamp Taschenbuch Verlag
Umschlaggestaltung: glanegger.com, Büro für Buch und Grafik, München · Satz: Hümmer GmbH, Waldbüttelbrunn
Druck: CPI – Ebner & Spiegel, Ulm · Printed in Germany
ISBN 978-3-458-35946-3

ESSEN MIT FREUNDEN

für Max

»Selbst mit Nougat kann man einen perfekten Moment haben.«

Terry Pratchett, Der Zeitdieb

Cantuccini

Am Anfang war das Ei.

Natürlich war am Anfang das Ei, weil bekanntlich alle Geschichten mit einem Ei beginnen – bis auf jene Geschichten, die mit einem Huhn anfangen. Aber das mit dem Huhn, hatte Luise beschlossen, müsste bei ihr noch ein bisschen warten. Mit einem Ei zu beginnen fand sie einfach und überschaubar, da alles, was so anfängt, im Grunde genommen demselben Rezept folgt: Man nehme ein Ei und trenne Eiweiß und Eigelb voneinander. Das Eigelb vorerst zur Seite stellen, dann das Eiweiß zu einem steifen Schnee schlagen.

Luise gefiel es, wie das durchsichtige Eiweiß seine Farbe und Konsistenz veränderte und zu einer reinweißen Masse mit Stabilität wurde, die selbst dann noch in der Schüssel haftete, wenn man sie kopfüber hielt. Manchmal wünschte sich Luise für ihr Leben diesen Eischnee-Effekt. Dass sie nicht ins Schwanken geriete, wenn sie mal wieder herumgewirbelt wurde, sondern ihre Kontur behielt. Nur hier, jetzt, in diesem Moment, mit dem Mixer in der Hand, fühlte sie sich stabil, fast so wie Eischnee, denn ihre Hände wussten von selbst, was zu tun war, ohne dass sie lange darüber nachdenken musste. Es waren immer wieder dieselben Bewegungen, zigmal ausgeführt.

Der Mixer rotierte. Das Geräusch beruhigte sie. Sie war sich sicher, dass sie etwas Sinnvolles tat, etwas Gutes, so etwas Ähnliches wie Zaubern. Es war fast eine Art Meditation für sie. Sie ließ das Eiweiß tropfen, das Eigelb fließen, den Zucker rieseln. Beim Geruch der Vanille wurden ihre Schultern weicher, und sie bemerkte zufrieden, dass der Zauber wirkte: Irgendwann zwischen Eischnee und Vanilleduft waren ihre Gedanken zur Ruhe gekommen.

Das Mehl, die Mandeln, die Knethaken – und weiter. Der
 Mixer bewegte sich schwerfällig. Luise freute sich darauf, die Finger in den Teig zu stecken und mit den Händen Rollen zu formen. Gut, dass er so klebte. Gut, dass es kein Hefeteig war. Hefe kneten war für sie wie Hautstreicheln, weiche, warme Haut. Aber daran wollte sie nicht denken. Nicht an Haut und nicht ans Streicheln.

Beim Backen von Cantuccini sind zwei Dinge wichtig: die Konsistenz des Teigs und die Dauer der Backzeit. War der Teig zu trocken, wurden die Cantuccini zu bröselig; blieben die Kekse beim Nachbacken zu lange im Ofen, wurden sie steinhart. Luise versuchte seit geraumer Zeit, die perfekten Cantuccini hinzubekommen, doch leider ließ sich die genaue Festigkeit von Keksen nicht in Kilopond messen. Sie schob die aufgeschnittenen Rollen zurück in den Ofen und schaute zur Uhr. Es war zehn nach sieben. O nein! Wenn die Kekse raus waren, blieb ihr nur noch eine Viertelstunde, bis Anne kam. Bis dahin wollte sie eigentlich fertig sein mit dem Huhn.

Anne war inzwischen immer die Erste, die vor der Tür stand, denn seit sie in der Zeitungsredaktion arbeitete, trug sie eine Armbanduhr. Dreizehn Uhr war Drucklegung, fünfzehn Uhr dreißig Feierabend. Dann legte Anne die Uhr an ihrem Handgelenk zwar ab, doch innerlich tickte sie weiter. Früher, dachte Luise, war das kaum vorstellbar. Anne war für ihre »Ungefähr«-Zeiten und ihre »Ab«-Verabredungen bekannt gewesen. Heute aber hießen bei ihr Verabredungen nur noch Termine.

Luise fragte sich, wie sie das früher gemacht hatten, als es noch keine SMS gab und sie sich nicht bei ihr zum Essen trafen, sondern ausgingen. Die Rollen waren damals klar verteilt gewesen. Luise war immer die Erste. Sie hatte geduldig an der Bar gewartet und sich die Zeit damit vertrieben, mit dem Barkeeper zu flirten. Genervt hatte sie das manchmal schon, aber es war nicht wirklich schlimm gewesen, denn mit ziemlicher Regelmäßigkeit hatte sie wieder eine neue Telefonnummer erobert, da der Typ hinter der Bar ja nicht immer hinter der Bar stand, sondern auch mal frei hatte und eigentlich ganz nett war.

Fast eine Dreiviertelstunde nach Luise war dann Anne aufgetaucht, ein bisschen abgehetzt, ein bisschen schuldbewusst, weil sie sich nicht mehr genau erinnern konnte, welche »Ungefähr«-Zeit sie diesmal ausgemacht hatten. Und kurz nach ihr rauschte Sybille herein. Es war jedes Mal wie ein Auftritt. Da Annes dehnbarer Zeitbegriff allen bekannt war und ein Auftritt Publikum braucht, hatte Sybille auf Annes Verspätung immer noch eine Viertelstunde draufgelegt. Auch wenn es für Luises Geschmack stets eine Nuance zu laut, ein Quäntchen zu schrill war, hatte Sybille dafür die Telefonnummern wie auf dem Silbertablett gereicht bekommen. Von Oliver, von Jens, von Matthias und von Daniel. Und natürlich die von Thorben. Aber die Nummer von Thorben hatte irgendwann sowieso jede.

Damals hätte sich Luise beim besten Willen nicht vorstellen können, dass sie in gemeinsamen Gesprächen über diese Abende irgendwann mal Formulierungen wie »früher ...« und »erinnerst du dich noch, als ...« einflechten würden. Aber damals hatte sich auch niemand ernsthaft vorstellen können, dass es bald Telefone geben würde, die jeder ständig mit sich herumtragen konnte, um eine vollbesetzte U-Bahn zu unterhalten mit einem halb besänftigenden, halb genervten »Was? Du bist schon seit fünf Minuten

da? ... Sorry, ja, ich komme gleich ... bitte, warte einfach ... nein, ich beeil mich, ehrlich ... Bussi!« Oder, noch viel unvorstellbarer: dass Anne irgendwann eine Uhr hätte und bei Verabredungen die Erste wäre, die vor der Tür stünde. Meist sogar eine Viertelstunde vor der Zeit.

»O nein«, stöhnte Anne, als sie ihre Jacke an die Garderobe hängte, die Nase in die Luft hob und tief einatmete. »Bitte nicht schon wieder die Berg!«

Auf dem Weg zum Küchentisch, nahm sie zwei Gläser aus dem Schrank und griff sich die Weinflasche. Sie machte es sich auf dem Stuhl bequem und warf Luise einen auffordernden Blick zu. »Na los, erzähl schon.«

»Was denn?« Luise sah sie fragend an.

»Über die Berg«, sagte Anne.

»Wie kommst du auf die?« Luise versuchte, eine Prise Überraschung in ihre Stimme zu streuen.

»Weil es so riecht. Und deswegen.« Anne hielt ein leeres Päckchen Vanillezucker in die Höhe. »Und wegen der Mandeln. Und deswegen auch.« Sie deutete auf einen Rest Backpapier, der vorhin wohl unbemerkt auf den Küchenboden gefallen sein musste. »Immer wenn du Ärger mit der Berg hast, gibt's Cantuccini.«

Luise zuckte ertappt zusammen. »Wirklich?« Sie versuchte, so zu tun, als wäre ihr das bisher nicht aufgefallen, denn sie wollte es nicht zugeben. Darum verschwieg sie auch den

Stapel Cellophantütchen in ihrem Küchenschrank, der seit ein paar Tagen nur darauf wartete, mit Keksen gefüllt und verschenkt zu werden. Niemand könnte all die Cantuccini, die sie produzierte, wenn sie mit der Berg aneinandergeraten war, allein essen. Über solche kleinen Mitbringsel aber würde sich jeder freuen. »Ich backe doch nicht nur wegen der Berg«, sagte Luise trotzig, um das Thema zu beenden.

»Nicht nur. Stimmt. Aber ihretwegen gibt es Cantuccini. Als du rausgekriegt hast, dass Jörg ein Verhältnis hat, hast du angefangen, Schoko-Muffins und Brownies zu backen. Wegen dieser Glücklichmacher im Kakao. Bis du von der ganzen Schokolade irgendwann so übersät mit Pickeln warst, dass du nicht mehr in den Spiegel gucken wolltest und uns dann die Dinger mit nach Hause gegeben hast. Säckeweise. Du hast erst damit aufgehört, als Jörg endlich ausgezogen ist.«

Luise gab sich geschlagen und lehnte sich seufzend ans Spülbecken. Sie nahm das Weinglas entgegen, das Anne ihr reichte. »Es ist nicht wegen der Berg«, sagte sie leise, während sie sich zuprosteten.

»Weswegen dann?«, fragte Anne. »Wenn was mit deiner Mutter wäre, würdest du diesen wahnsinnig leckeren Hefekuchen machen, mit Buttertälern und Zuckerbergen. Und geraspelten Mandeln obendrauf.«

»Hefe – bitte nicht!«, schnaufte Luise und stellte das Weinglas unsanft auf den Spülbeckenrand.

»Was ist denn? Hast du nicht immer gesagt, Hefekuchen ist Seelennahrung, weil er dich an zu Hause erinnert? An Sommerferien auf dem Land, an Barfußlaufen, Hängematten, Baumhäuser und an Limonade mit Himbeersirup.«

»Bitte hör auf!« Luise wandte sich ab, klatschte die Hühnerschenkel auf die Arbeitsplatte und schob ihnen dünne Zitronenscheiben und Thymianzweige unter die Haut.

»Hefeteigmachen beruhigt dich doch. Was ist also auf einmal so verkehrt an Hefe?«

»Nichts!«, jammerte Luise, während sie die Hühnerschen-

kel reichlich und ohne hinzuschauen würzte, bevor sie sie in den Ofen schob.

»Komm, Luise, was ist los?«

»Gar nichts. Ich will nur nicht an zu Hause denken. Ich glaube nämlich, dass meine Mutter langsam spinnt.« Luise wirbelte zu Anne herum, und ihre Augen funkelten.

»Aber als sie dich vor einer Weile besucht hat, war sie doch noch ganz okay. Ich fand sogar, sie sah viel besser aus als sonst. Wie das blühende Leben. Wenn ich mit siebzig noch so fit bin, werde ich froh sein. Ich jedenfalls hätte gern das Geheimrezept deiner Mutter gegen das Altern.«

»Bestimmt nicht«, sagte Luise barsch und zog ihre Augen zu Schlitzen. »Du nicht!«

»Wieso nicht?«, fragte Anne irritiert. »Und könntest du bitte das Messer hinlegen, wenn du nichts Wichtiges zu sezieren hast?«

Luise schaute auf ihre Finger, die das Tomatenmesser umklammerten und stöhnte auf.

»Paul«, sagte sie schließlich, als sie das Messer zur Seite legte und sich die Hände am Küchentuch abtrocknete.

»Versteh ich nicht. Was für ein Paul?« Anne schaute sie fragend an.

»Das Anti-Aging-Rezept meiner Mutter heißt Paul«, zischte Luise. »Als ich sie vorhin angerufen habe, klingelte es an ihrer Haustür. Sie hat den Hörer hingelegt und aufgemacht. Da habe ich alles mitgekriegt. Das hat gereicht.«

Mit Schwung schob sie die geschnittenen Tomaten in die Salatschüssel.

»Verdammt, lass dir nicht alles aus der Nase ziehen!«, sagte Anne ungeduldig.

»*Oh, Paul, für mich? Die sind aber schön*«, säuselte Luise mit süßlicher Stimme. »*Das war aber nicht nötig. Doch natürlich liebe ich Rosen. Und die Farbe – ganz wunderbar! Ach, hör auf, mir zu schmeicheln!*« Sie verdrehte die Augen, schnappte sich die Salatschleuder und ließ ihre Wut an dem gewaschenen Ruccola aus.

»Du hättest sie mal hören sollen. Dieses Gurren. Dieses Kichern. Wie Sybille, wenn sie mal wieder einen potenziellen Erzeuger im Visier hat. Aber meine Mutter wird siebzig! So hat sie früher nicht mal mit meinem Vater geredet.«

Wassertropfen verteilten sich auf dem Küchenboden.

»Und dann hat sie den Hörer wieder aufgenommen und gemeint, sie habe keine Zeit mehr, sie müsse jetzt zu ihrem Kurs. Was für ein Kurs, habe ich gefragt. Tango, hat sie gesagt, und noch ehe ich irgendetwas erwidern konnte, hatte sie aufgelegt.«

Luise nahm ihr Weinglas und trank einen großen Schluck.

»Tango, oh!« Anne pfiff durch die Zähne. »Das ist ja wirklich –«

Doch weiter kam sie nicht, denn sie wurde von der Türklingel unterbrochen.

Manche Dinge ändern sich nie, dachte Luise. Acht Uhr war ausgemacht, nun war es zehn nach acht. Das musste Sybille sein.

»Aber es stimmt schon«, sagte Anne, als Luise die Geschichte zum dritten Mal erzählt hatte, nachdem um halb neun endlich auch Thorben aufgetaucht war. Zu einem Zeitpunkt, wo er sicher sein konnte, dass es nichts mehr zu schnippeln gab und die Hühnerschenkel gar waren. »Paul würde mein Geheimrezept für ewige Jugend garantiert nicht heißen. Eher Pauline. Jedenfalls dann, wenn mein bestes Re-

zept nicht schon Natascha hieße.« Anne grinste und lieferte sich mit Thorben ein Gabel-Duell um die letzten Backkartoffeln in der Schüssel.

Lang und breit hatten sie beim Essen Luises aktuellen Back-Auslöser erörtert: den verheimlichten Tango-Kurs, den noch mehr verheimlichten Tango-Partner und den nicht mehr zu verheimlichenden dritten Frühling ihrer Mutter.

»Es wäre doch nicht schlecht, wenn sich deine Mutter noch mal verlieben würde. Das mit Paul klingt nett. Eigentlich wäre es eine Entlastung, oder?«, brachte Anne mit vollem Mund die Debatte auf den Punkt.

»Ich finde, dass sie besser auf sich aufpassen sollte. Wer weiß, was er von ihr will. Sie kennt ihn doch gar nicht«, stellte Luise fest und bekam gar nicht mit, dass Annes Frage rhetorisch gemeint war.

»Aber wieso? Sie verprasst nicht dein Erbe, sie nimmt keine Drogen. Sie tanzt und ist glücklich. Und Tanzen hält fit. Du siehst doch selbst, wie gut es ihr tut. Außerdem stärkt Bewegung zur Musik die körperliche und geistige Koordination im Alter. Habe ich neulich erst gelesen. Und das soll besser sein als Gehirnjogging«, fachsimpelte Sybille.

»Aber ausgerechnet Tango«, stöhnte Luise. »Nicht nur, dass meine Mutter Bandscheibenprobleme hat. Keine Ahnung, wann sie das letzte Mal zur Knochendichtemessung war. Sie trinkt kaum Milch und vergisst dauernd ihre Calciumtabletten. In ihrem Alter ist mit Brüchen nicht zu spaßen. Du kennst doch den Spruch: Oberschenkelhalsbruch, Krankenhaus, Lungenentzündung, Friedhof.«

»Ich habe eigentlich noch nicht gehört, dass jemand vom Tangotanzen einen Oberschenkelhalsbruch bekommen hat«, merkte Anne vorsichtig an.

»Weil man normalerweise auch nicht mit siebzig damit anfängt. Mit siebzig macht man Sitzgymnastik.«

»Luise, es ist kein Bungee-Jumping oder Freeclimbing. Es ist nicht lebensgefährlich. Es ist einfach nur Tango, sonst nichts!«, widersprach Anne.

»Aber wieso: sonst nichts? Wäre doch schön für die beiden, wenn da auch noch ein bisschen mehr liefe, oder?«, fragte Thorben unschuldig in die Runde, während er den Hühnerknochen auf seinem Teller gründlich inspizierte, ob nicht doch noch ein bisschen Fleisch zu finden war. Als er den Blick hob und in die schweigende Runde schaute, fixierten ihn drei Augenpaare. »Ich meine ja nur ...«, begann er zu stottern. »Habt ihr nicht diesen Film gesehen? Den mit dem alten Liebespaar? Die dann irgendwie noch so richtig ...« Er sah unsicher von einer zur anderen. »Also wenn ich mir überlege, wie das wird, wenn ich mal alt bin ... dass das aufhören könnte mit dem ... also dass ich ... na ja ihr wisst schon ...« Er zuckte hilflos mit den Schultern und schwieg.

Als die Stille schließlich so dicht wurde, dass der Flügelschlag einer Motte zu hören war, die gegen die Lampe über der Arbeitsplatte flatterte, hob Sybille mit einem kurzen Räuspern ihr Glas und rief in die Runde: »Apropos Film mit älteren Leuten: Ich habe da neulich eine supergute Reportage über alternde Hollywood-Diven gesehen. Ist euch mal aufgefallen, dass tatsächlich keine ihren Hals so vorteilhaft in Rollkragenpullovern verbergen kann wie Diane Keaton? Ich habe mir überlegt, ob ich auf Dauer nicht eine Menge Geld spare, wenn ich mir weniger Anti-Aging-Creme kaufe und dafür ein bisschen mehr in Schals und Rollkragen investiere.«

»Rollkragen? Das hast du doch gar nicht nötig«, sagte Thorben mit hörbarer Dankbarkeit für diesen rettenden Anker, den Sybille in die Runde warf.

»Oh, Diane Keaton, die bräuchte für meinen Geschmack weder Faltencreme noch Rollkragenpullover«, stimmte Anne ein.

Luise musste lächeln. Das mochte sie an ihrem Freundeskreis. Jeder respektierte die wunden Punkte der anderen. Alle in der Runde hielten sich an das ungeschriebene Gesetz, dass niemand in Sybilles Gegenwart über Spätgebärende scherzte oder Thorben gegenüber eine Internet-Partnerbörse als die größte Traumfabrik nach Hollywood bezeichnete. Und so durfte auch Luise sich sicher fühlen, dass ihre Minenfelder nicht ungefragt betreten wurden: die Sorge um ihre Mutter, der Tod ihres Vaters, Frau Berg, die Chefin im Schreibbüro, in dem sie schon viel zu lange arbeitete. Nur bei Anne schien alles überschaubar zu sein. Es gab Natascha und ihren Job. Für etwas anderes blieb Anne schlichtweg keine Zeit.

»Nachtisch gibt's heute nicht«, sagte Luise und räumte die Teller zusammen. »Dazu bin ich vorhin nicht mehr gekommen wegen der«, sie verdrehte die Augen, »Cantuccini.«

»Och«, sagte Thorben und strich ihr kurz über den Arm, was Luise als verkappte Entschuldigung akzeptierte, »mir reicht eigentlich ein Espresso mit Keks.«

»Wollt ihr vielleicht noch was mitnehmen? Sozusagen als Wegzehrung?«, fragte Luise, als am Ende des Abends ihre Gäste in Mantel und Jacke startklar im Flur standen.

»Also ich bin mehr als satt«, stellte Sybille fest.

Doch schon zauberte Luise hinter ihrem Rücken drei Cellophantüten mit Cantuccini hervor.

»Lecker, ja, gern«, sagte Thorben, nahm sich eine der Tüten und ließ sie in seiner Tasche verschwinden.

»Na ja, wenn ich sie nicht alle auf einmal esse«, sagte Sybille und schnappte sich die zweite.

»Danke«, sagte Anne zögernd und nahm ihr die dritte aus der Hand. Dann umarmte sie Luise und flüsterte ihr leise ins Ohr: »Auch wenn ich befürchte, dass das wohl erst der Anfang ist. Denn wo drei Tüten sind, gibt es sicher noch mehr.«

Eis

»Ich hoffe, die Nummer geht diesmal nicht wieder verloren. Rufen Sie so schnell wie möglich dort an.«

Luise nickte wortlos, schaute auf ihr Blatt, machte sich eine kurze Notiz und starrte dann wieder auf den Mund hinter dem Schreibtisch. Irgendwann in den letzten fünf Minuten schien er ein Eigenleben angenommen zu haben. Losgelöst von den Sätzen, die er sprach, entließ er Böen dicker Luft in die Atmosphäre. Die blutroten Lippen schnappten nach den letzten Fetzen von Luises guter Laune, Zähne zermalmten mit jedem Wort unbarmherzig die Reste ihrer Wochenenderholung. Seit einer guten halben Stunde saß sie nun schon hier, den Schreibblock auf den Knien, den Drehbleistift in der Hand. Es war Montagmorgen, Wochenplanung im Schreibbüro *Text-Berg*. Luise vermutete, dass am Sonntag wieder irgendetwas im Leben ihrer Chefin schiefgelaufen war.

»Haben Sie am Freitag noch die Druckerei erreicht? Wir kommen sonst in Verzug mit dem Termin.«

»Es war niemand mehr da«, antwortete Luise und blickte für kurze Momente vom Mund zu den Augen, die von solch einem kalten Grau waren, dass Ole ihre Chefin nur *die Eisberg* nannte.

»Warum haben Sie es nicht früher probiert? Sie wissen doch: Freitag ab eins macht jeder seins!«

»Weil Sie mich erst um halb zwei gebeten hatten, dass ich mich darum kümmern soll.«

Luise versuchte, dem Eisberg-Blick standzuhalten. Sie fröstelte.

Draußen war Altweibersommer, Spinnfäden wehten am Fenster vorbei und glänzten wie Traumgespinste, der blaue Himmel leuchtete frisch geputzt. Hier drinnen aber sank die gefühlte Temperatur auf beinahe null Grad. Luise ärgerte sich, dass sie sich am Morgen von der Sonne an der Nase hatte herumführen lassen. Mit ihrem Kaffee in der Hand hatte sie noch im Schlafanzug ein paar gestohlene Momente lang auf dem Balkon gesessen und sich dann nach dem Duschen für ihr Lieblingssommerkleid entschieden. Das dünne aus Chiffon. Vielleicht die letzte Chance, es in diesem Jahr noch einmal zu tragen. Violette Blumen in unterschiedlichen Nuancen auf cremefarbenem Grund. In diesem Kleid fühlte sie sich, als sei sie selbst eine Malvenblüte, die drauf und dran war, sich zu öffnen. Dabei wusste sie doch genau, dass es montags klüger wäre, sich eine Rüstung anzulegen. Wochenplanung mit Frau Berg war die denkbar schlechteste Umgebung für zarte Malven.

»Muss ich denn immer alles selbst machen?«, giftete der Mund hinter dem Schreibtisch. »Warum machen wir diese Besprechungen überhaupt?«

»Entschuldigung, Frau Berg, aber das Projekt mit den Flyern ist erst Mittwoch reingekommen. Wir hatten es letzten Montag noch gar nicht in der Planung. Und es war auch nicht abzusehen, dass –«

»Dann notieren Sie sich den Anruf in der Druckerei für heute als ersten Punkt auf der Liste. Wir haben sowieso schon zu viel Zeit verloren.«

Frau Berg wandte sich ab, ließ ihre Finger über die Tastatur fliegen und starrte auf den Computer. Aus dem Augenwinkel konnte Luise das Logo einer Immobilien-Suchmaschine auf dem Bildschirm erkennen. Also muss es wohl wirklich ein sehr anstrengendes Wochenende gewesen sein. Drei Trennungen der Bergs hatte Luise in ihrer Zeit bei *Text-Berg* schon mitbekommen. Und die drei dazugehörigen Versöhnungen ebenfalls. Sie war sich nicht sicher, welche Launen ihrer Chefin sie schlimmer fand, die »Ich suche mir eine eigene Wohnung«-Ausbrüche oder die »Wir sind so verliebt wie am Anfang«-Euphorie, die darauf folgte. In beiden Phasen neigte Frau Berg dazu, während der Wochenplanung mindestens viermal mit ihrem Mann zu telefonieren. Luise bemühte sich dann, möglichst unbeteiligt zu wirken. Schweigsam wie die Akten, dezent wie die Steckdosenleiste, auf Stand-by wie der Drucker wartete sie darauf, dass es mit der Besprechung endlich weiterging. Und dabei hatte sie mittlerweile mehr private Details der Familie Berg mitbekommen, als ihr lieb war.

»Ist noch was, Frau Blum?« Die Stimme war so kalt wie vorher der Blick.

Luise zuckte zusammen. Sie schüttelte den Kopf, klappte in Lichtgeschwindigkeit ihren Block zu und erhob sich. Für heute war die Wochenplanung also beendet.

Im Grunde hatte sie sich das alles einmal ganz anders gedacht, doch diese Überlegungen schob Luise schnell zur Seite, als sie sich an ihren Schreibtisch setzte und zum Telefon griff. Vor gut acht Jahren hatte sie einen Job für den Übergang gesucht, weil ihre Stelle in dem Büro, in dem sie eigentlich auch nur übergangsweise arbeiten wollte, bis etwas Richtiges käme, gestrichen worden war. Nicht wissend, was dieses Richtige eigentlich sein könnte, war sie im Schreibbüro von Frau Berg gelandet. Nur ungern gestand sie sich ein, dass Übergänge und Provisorien wohl mittlerweile eine Spezialität von ihr waren. Sie vergaß manchmal sogar, dass sie ein abgeschlossenes Germanistikstudium in der Tasche hatte, und bezeichnete sich wie selbstverständlich als Mädchen für alles. Genau in dieser Funktion war sie nun für *Text-Berg* tätig. Am Anfang waren es Korrekturen und Tippen nach Band gewesen, aber schnell schien ihre Chefin begriffen zu haben, dass Luise auch gut im Kundenkontakt war, ein Auge für Grafiken und Layout besaß und Grundkenntnisse in Buchhaltung hatte. Provisorien und Übergangsjobs waren schließlich die beste Ausbildung im Alles-Können. Und so hatte es nicht lange gedauert, bis aus der Arbeit auf Abruf eine zeitlich befristete Stelle geworden war, die seither jährlich verlängert wurde. Mehr, meinte Frau Berg, könne sie ihr leider nicht bieten. Wegen der unsicheren Auftragslage. Und mehr verlangte Luise auch nicht, denn insgeheim hoffte sie immer noch darauf, dass dieses Richtige, nach dem sie sich sehnte, sich ihr plötzlich bieten würde. Und dann musste sie flexibel sein, um sofort zugreifen zu können.

»Mmmm, die sehen ja lecker aus. Darf ich?«, fragte Svenja, als sie sich auf Luises Schreibtisch setzte und sehnsüchtig zur Untertasse mit den Cantuccini blickte.

»Nimm nur«, nickte Luise und ließ sich in ihren Stuhl zurücksinken. Der Nacken tat ihr weh, die Ohren summten.

Sie hatte den halben Vormittag telefoniert, bei der Druckerei einen Express-Termin für den neuen Kunden mit den Flyern ergattert, einen Rabatt wegen der hohen Auflage ausgehandelt und sogar noch die Druckvorlage korrigieren können, weil dem Eisberg-Blick mal wieder ein paar Schreibfehler entgangen waren. Dann hatte sie die restliche To-do-Liste für heute abgearbeitet und außerdem die Adressdatenbank auf Vordermann gebracht. All die Dinge, die ein Mädchen für alles so nebenbei hinbekam.

»Ich brauche eine Pause, ganz dringend«, stöhnte Svenja.

»Bist du schon fertig mit den Briefen, oder ist es gestern wieder spät geworden?«

»Ich war am Tresen bis halb drei. Und vorher gab's Live-Musik. Mir brummt immer noch der Kopf.« Svenja war bei *Text-Berg* für die Übersetzung von amtlichen Schreiben aus dem Spanischen zuständig. In ihrer Freizeit half sie in der Bar ihres Freundes aus. »Kann es sein, dass die Berg mal wieder Ärger mit ihrem Mann hat?« Sie schnappte sich den nächsten Keks.

»Weiß nicht.« Luise zuckte mit den Schultern. Sie mochte Svenja. Mehr als sie ihre Chefin mochte. Aber die Loyalität, die sie nach all den Jahren mit der Berg verband, war wie ein Knebel.

»Immer wenn sie so miese Laune hat und den ganzen Morgen telefoniert, hat sie Ärger mit ihm. Ist dir das noch nicht aufgefallen? Hörst du. Sie keift schon wieder.« Svenja deu-

tete zur Tür.

»Habe ich gar nicht mitbekommen«, log Luise.

»Stimmt es eigentlich, dass er ihr das Büro hier finanziert, damit sie sich zu Hause nicht langweilt?«, bohrte Svenja weiter und blickte unsicher zwischen dem letzten Keks und Luise hin und her.

»Nimm ruhig, ich hab noch mehr.« Svenjas Frage ignorierend, griff sie in ihre Schreibtischschublade, in der zwei Cellophantütchen mit Cantuccini lagen: ein angefangenes und eines mit einer kleinen violetten Seidenbandschleife um den Verschluss-Clip.

»Wenn er es nicht täte, wäre der Laden hier doch schon längst pleite.« Svenja machte eine kurze Pause und sah Luise an. »Und wenn du nicht immer wieder ihre Fehler ausbügeln würdest, auch.«

Luise legte ein paar Kekse auf den leeren Teller und tat, als hätte sie diesen Nachsatz ebenfalls nicht gehört.

»Es ist kurz vor eins«, sagte Svenja unvermittelt mit Blick auf die Uhr. »Dann können wir nur hoffen, dass sie gleich besser drauf sein wird.«

»Wieso?«, fragte Luise und räusperte sich.

»Heute um eins kommt doch Ole. Und wenn der kommt, ist sie immer gut drauf.« Ohne zu fragen, tunkte Svenja ihr Cantuccini in Luises Kaffee. »Kann ich aber auch verstehen. Ole ist nett.«

»Ach ja«, murmelte Luise, halb Frage, halb Feststellung.

Sie hoffte, Svenja würde sich so sehr auf die Kekse konzentrieren, dass sie nicht mitbekam, wie auch sie zur Uhr sah.

Aber Svenja war mit ihrer Aufmerksamkeit wohl schon wieder auf dem Flur. Schritte, leise Stimmen. Das Tohuwabohu im Eisberg-Zimmer ebbte ab. Sie hüpfte von Luises Schreibtisch.

»Ich glaub, ich sollte mal wieder.« Sie zögerte. »Für den Weg«, flüsterte sie dann und steckte sich noch rasch einen Keks in den Mund. »Bis nachher.«

Luise gab ihrem Schreibtischstuhl einen kleinen Stoß und rollte vor den Aktenschrank. Sie tat, als würde sie etwas Wichtiges hinter den Glastüren suchen, und warf dabei in der Spiegelung der Scheibe einen schnellen Blick auf ihr Kleid, auf ihre Frisur, auf ihr immer breiter werdendes Lächeln.

Kurz nach eins. Ein Lachen aus Frau Bergs Büro, Schritte, ein Klopfen am Türrahmen. Luise wirbelte herum und bemühte sich, wenigstens ein bisschen Überraschung in ihren Blick zu legen.

»Oh, hallo Ole! Ich habe dich gar nicht kommen hören.« Ihre zweite Lüge innerhalb von zehn Minuten.

»Ich wollte nur wissen, wann du Feierabend machst.« Ein Lächeln, ähnlich warm wie die Sonne am Morgen auf Luises Balkon.

»Ich? Feierabend? Wieso?«

»Die Eisberg hat mal wieder Stress mit ihrem Mann. Uuuaaah!« Ole schüttelte sich. »Sie hat mich nicht mal richtig begrüßt, weil sie nur am Telefon hängt. Und du weißt doch: Wenn ich eine Besprechung ihrer Grafikwünsche in dieser Stimmung überlebe, brauche ich hinterher unbedingt eine Belohnung.«

»Belohnung?«, fragte Luise und ärgerte sich insgeheim, dass sie immer, wenn Ole auftauchte, eine Weile brauchte, um nicht jeden dritten Satz, den er sagte, wie ein Papagei zu wiederholen.

»Gehst du nachher mit mir Kaffee trinken? Also: Wenn du nichts Wichtigeres vorhast.«

»Moment mal«, sagte sie und blickte in ihren Kalender, in dem für heute Nachmittag nichts eingetragen war – was sie aber auch schon gewusst hatte, bevor sie ihn aufschlug. »Ja, passt. Ich bin bis halb drei hier. Danach ist frei.«

»Super! Dann bis später.« Ole wandte sich zum Gehen. Doch mit einem kurzen Blick über die Schulter sagte er noch: »Schönes Kleid. Steht dir gut.«

Luise hörte, wie seine Schritte sich entfernten. Und vor Freude auf ihrem Schreibtischstuhl wippend, öffnete die Malve ihre zart erröteten Blütenblätter.

Häuser flogen vorüber. Sie hatte die Scheibe ein Stück heruntergekurbelt, Fahrtwind im Haar. Nachmittagsträgheit breitete sich aus, ihr Nacken entspannte sich langsam. Eine Fahrradklingel, Wortfetzen, ein Lachen. Die Kakophonie der Stadt. An der Ampel zur Fußgängerzone Akkordeonklänge. Sanfte Melancholie wehte herein. Das Licht floss weich durch die Straßen. Altweibersommer-Sehnsucht. Eine lange Schlange reihte sich vor der Eisdiele auf. Ole fuhr langsamer, weil Kinder mit schlumpfblauen Lippen verzückt über die Straße liefen und eher Augen für das tropfende Gebilde in ihrer Faust hatten als für den Verkehr.

»Das werde ich nie verstehen«, sagte Ole. »Es sieht nicht nur ekelhaft blau aus, es schmeckt auch genau so.«

Luise sah zu den Kindern auf der Straße und dann zu

ihm. Manchmal, nachts, wenn sie im Dunkeln lag und nicht schlafen konnte, dachte sie an diesen Fächer von Lachfalten um seine Augen. Sie hätte die Linien aus dem Gedächtnis nachzeichnen können. In diesen Momenten, halbwach, allein zwischen den Laken, mit seinem Bild im Kopf, war Ole ihr vielleicht am nächsten. Dann hatte sie ihn ganz für sich, in ihren Gedanken, in ihrer Phantasie. Sie seufzte. Trägheit und Melancholie. Sie war sich sicher, dass er wusste, wie es um sie stand, auch wenn sie nie darüber gesprochen hatten. Aber warum hätten sie das tun sollen? Die Situation war schon klar, als sie sich vor mehr als zwei Jahren kennengelernt hatten. Unverrückbar. Sie streckte die Beine aus. Es quietschte leise.

»Oh, hört sich fast so an, als hättest du ihn gefunden«, sagte Ole mit einem kurzen Seitenblick und lachte. »Den sucht sie schon eine ganze Weile.«

Luise bückte sich, schob die Zeitungen zur Seite, die im Fußraum neben ihrer Tasche lagen, und entdeckte ein kleines, quietschendes Etwas. Sie zog es unter der schwarzen Gummimatte an einem langen Band hervor, auf dem LillyLillyLilly eingewebt war.

»Sie verliert ihn dreimal in der Woche. Wir können froh sein, dass sie noch keinen eigenen Hausschlüssel hat, sondern nur diesen Schlüsselanhänger. Das käme uns teuer, jede Woche einen nachmachen zu lassen.«

»Wäre fünfeinhalb nicht auch ein bisschen früh für einen eigenen Schlüssel?«, fragte Luise und legte ihren Fund auf die Rückbank. Außer Sichtweite.

»Keine Ahnung. Aber wenn sie nächstes Jahr in die Schule kommt, wird Nele drei. Und dann will Judith wieder arbeiten. Zumindest halbtags. Spätestens da müssen wir uns was überlegen.«

Luise schwieg. Sie schaute aus dem Fenster, doch ihr Blick hielt nichts fest. Es waren innere Bilder, die an ihrem Auge vorbeiflogen: Ole an seinem ersten Tag bei *Text-Berg*. Der neue Grafiker, der den Internetauftritt ausbauen sollte. Alle waren hingerissen von ihm, selbst Luise, die gerade frisch getrennt war und innerlich wie aufgeschürft. Die Erkenntnis, dass sie sich in ihn verliebt hatte, überrollte sie an dem Tag, als sie seine Frau kennenlernte, Judith, die sympathisch, schwanger und mit Ole sehr glücklich war. Die perfekte Familie, eine große Kugel aus Glück, die so rund und leuchtend und in sich geschlossen war, dass niemand auch nur auf die Idee käme, in diese Harmonie eindringen zu wollen. Warum also sollte Luise da mit Ole über ihre Gefühle reden? Man musste die Sache nicht schlimmer machen, als sie war, und sie mit Emotionen belasten, die ganz offensichtlich keinen Raum hatten.

Doch die Freundschaft mit Ole wollte sie nicht missen. Um nichts in der Welt. Beziehung, das war ihr sowieso viel zu kompliziert. Es war wie Crème brûlée. Die bekam sie auch nie hin. Entweder war alles zu matschig und zerfloss, oder der Karamell war so hart, dass jeder Dessertlöffel daran scheiterte. Am schlimmsten war der Versuch gewesen, bei dem ihr der Karamell angebrannt war. Bizarrerweise war das ausgerechnet an Jörgs Geburtstag passiert, dem letzten, den sie gemeinsam gefeiert hatten. Der Geburtstag, an dem sie einfach nur alles richtig machen wollte und nichts gelang. Die Förmchen waren ruiniert und die Liebe eigentlich auch, was allerdings nicht am Nachtisch lag. Anschließend hatte sie beschlossen, die Finger davon zu lassen. Von Crème brûlée und von Beziehungen.

»So, wir sind da«, sagte Ole und bog auf den Parkplatz am See.

Wenn schon Belohnung nach einem Eisberg-Tag, hatte er vorhin verkündet, dann richtig. Das hieß im Klartext: italienischer Kaffee mit Rieseneisbecher und Blick auf Segelboote und Wellen. Und vielleicht noch ein kleiner Spaziergang hinterher.

»Das Kleid steht dir wirklich unglaublich gut«, sagte er mit anerkennendem Blick beim Aussteigen. Er lächelte.

»Danke«, antwortete Luise leise und legte, ohne dass er es bemerkte, die Cantuccini-Tüte mit dem violetten Seidenband neben Lillys Schlüsselanhänger auf die Rückbank. Dann ließ sie die Autotür ins Schloss fallen.

Risotto

»Moment! Davon war nicht die Rede.« Anne blieb mitten auf dem Gehweg stehen und verschränkte die Arme vor der Brust.

»Es dauert bestimmt nicht lange«, sagte Luise und ertappte sich dabei, dass sie zu der Tonlage griff, die sie normalerweise für Tiere und kleine Kinder reserviert hatte.

»Du hast mir vorhin was von Steinpilzen und altem Käse erzählt, die du noch für dein Risotto brauchst, aber nichts von steinalten Leuten.«

»Anne, bitte, nur fünf Minuten. Ein paar Flyer, zwei Fragen, und dann sind wir wieder draußen.«

Sie wusste, wenn sie zu sehr drängelte, würde sich Anne tatsächlich verhalten wie ein Hund, den man am Halsband zog.

»Das hast du doch vorher gewusst mit dem Tag der offenen Tür, oder?«

»Nein, aber es wäre eine prima Möglichkeit, sich das Ganze mal schnell anzuschauen und ein paar Informationen zu holen. Wenn du nicht mit reinkommen willst, kannst du auch hier warten. Ich bin gleich wieder zurück.«

Luise hatte bereits die Hand auf der Türklinke zum ›Haus zum Guten Hirten‹.

»Kommt gar nicht in Frage«, sagte Anne. »Wenn du allein da drin bist, wird es Stunden dauern, und ich langweile mich hier draußen zu Tode. Vielleicht gibt's ja Kuchen. Kann man in einem Seniorenheim zumindest erwarten.« Mit zwei langen Schritten stand sie neben ihr. »Und wenn nicht, bleiben wir wirklich nur fünf Minuten.«

»Versprochen«, sagte Luise.

»Dieses Zimmer ist ein Beispiel für unsere Pflegeausstattung. Natürlich bringen die meisten unserer Bewohner ihre eigenen Möbel mit. Pflegebetten können dann im Falle eines Falles später gestellt werden«, sagte die Pflegerin, die sich als Schwester Ursula vorgestellt hatte, in einem Ton professioneller Freundlichkeit.

»Im Falle eines Falles«, wiederholte Anne. »Nett ausgedrückt.«

Schwester Ursulas Rücken versteifte sich kaum merklich, dann schloss sie die Zimmertür und bat Anne und Luise, ihr zu den Gemeinschaftsräumen zu folgen. Luise blickte auf die Kunstdrucke an den Wänden und fühlte sich unbehaglich. Insgeheim fragte sie sich, warum sie eigentlich hier gelandet war, anstatt wie geplant auf dem Markt, und warum sie Seniorenheime mittlerweile beinahe magisch anzogen.

»Ich glaube nicht, dass deine Mutter sehr begeistert wäre, ihre siebzig Quadratmeter plus Garten auf zwölfeinhalb zu reduzieren«, flüsterte Anne ihr ins Ohr.

»Unsere Zimmer haben sechzehn Quadratmeter«, korrigierte die Pflegerin, die offensichtlich über ein besseres Gehör verfügte als ihre Bewohner. »Sie sind alle ähnlich geschnitten. Und dies hier ist der Gruppenraum.«

Sie öffnete die nächste Tür zu einer Gemütlichkeit, die Luises gesammelte Vorurteile über ein Seniorenheim bis ins Detail bestätigte. Angefangen von den Beige-Braun-Tönen der Wände und der Sitzgelegenheiten über die unverwüstlichen Monstera-Kübelpflanzen in der Zimmerecke bis hin zum zweckmäßigen Linoleumboden in einem undefinierbaren Grau. An einem der Tische saß ein Grüppchen Senioren und spielte Mensch-ärgere-dich-nicht. Luise blickte unsicher zu Anne, die nur die Augen verdrehte, während Schwester Ursula auf die Gruppe zusteuerte und ein paar Sätze wechselte.

»Das war unser Spielekreis«, erklärte sie anschließend auf dem Weg in den Speisesaal, wo für die Besucher tatsächlich eine Kaffeetafel aufgebaut war. »In unserem Programm finden Sie noch weitere Gruppen und Freizeitaktivitäten. Wir haben einen Singkreis, einen Lesezirkel und sogar eine Sitzgymnastik-Gruppe.«

»Also ungefähr das, was du dir für deine Mutter vorgestellt hast, oder?« Anne sah Luise durchdringend an und hob die Augenbrauen. Dann wandte sie sich an Schwester Ursula. »Bieten Sie eigentlich auch Tanzkurse für Ihre Senioren an? Tango vielleicht? Oder Salsa?«

»Tango? Nein. Aber wir veranstalten in den Wintermonaten regelmäßig Tanznachmittage. Einmal im Monat. Das ist zwar etwas schwierig, weil wir sehr wenig männliche Bewohner haben und die, die da sind, nur ungern tanzen. Aber der Zuspruch bei den Damen ist im Allgemeinen sehr groß.«

»Ach, das mit dem Tanzpartner wäre für Frau Blum kein Problem. Die hat bereits einen festen. Der dürfte sie hier doch auch besuchen, oder?«

»Zum Tanzen? Natürlich. Gern. Jederzeit.«

»Zum Übernachten auch?«

 »Anne, hör auf!« Das war das Erste, was Luise seit dem Blick in das Pflegezimmer sagte.

»Aber wieso? Ich dachte, wir sind hier, um uns zu informieren. Du meintest doch, wir sollten die Chance nutzen, vor Ort die wichtigsten Fragen zu klären.«

»Und das haben wir jetzt auch«, sagte Luise scharf. Sie wusste selbst nicht, ob sie schreien oder laut lachen sollte.

»Dann ist es ja gut.« Anne wandte sich nach einem Blick auf ihre Uhr an Schwester Ursula: »Vielen Dank für Ihre Mühe. Das Angebot mit dem Kuchen können wir leider nicht mehr annehmen, denn wir sind schon wesentlich länger hier, als eigentlich geplant war.«

»Wenn wir nicht schon ewig befreundet wären, müsstest du jetzt sehen, wo du was zu essen bekommst«, sagte Luise, während sie das Risotto umrührte. Ihre Stimme war versöhnlich, ihre Wut auf Anne hatte sich gelegt. Was zum einen dem Abstand geschuldet war, der nun zwischen ihrem Herd und dem Gruppenraum im ›Haus zum Guten Hirten‹ lag, zum anderen hatte sich Anne hinterher bei Luise angemessen zerknirscht für ihre Fragen an Schwester Ursula entschuldigt. Und Entschuldigungen, die mit einer Flasche Prosecco unterstrichen wurden, konnte Luise einfach nicht ablehnen.

»Auf das Leben!«, sagte Anne und reichte ihr ein Glas. »Mögen wir noch lange ohne Pflegebetten auskommen.«

»Und alle, die wir lieben, auch«, ergänzte Luise.

»Was machst du eigentlich mit dem Kram?«, fragte Anne und deutete auf die Info-Zettel aus dem Seniorenheim. »Es ist ja nicht das erste Mal, dass du dir so etwas angeguckt hast.«

»Ich sammle sie, wieso?«

»Sammelst sie? Wie viel hast du denn mittlerweile?«

»Einen Ordner mit Flyern.« Luise zögerte, rührte, gab noch etwas Hühnerfond in den Topf, rührte weiter, »und einen mit Infos aus dem Internet über Seniorenresidenzen, betreutes Wohnen und Pflegedienste hier in der Nähe«. Sie zögerte erneut, gab einen kleinen Schluck Wein zum Risotto, rührte und rührte. »Und einen mit Stiftung-Warentest-Urteilen über Notfallarmbänder, Seniorenhandys und Rollatoren.« Rühren, Fond, rühren, eine kleine Prise Meersalz, eher aus Verlegenheit, und wieder rühren.

Mit einem gequälten Gesichtsausdruck drehte sie sich zu Anne um. »Machst du dir denn keine Sorgen, was ist, wenn deine Eltern alt werden?«

»Meine Eltern sind schon alt. Aber das ist nicht der Punkt. Meinst du nicht, dass deine Mutter diejenige sein sollte, die sich nach einem Seniorenheim umschaut, und nicht du? Und ist es dir nicht lieber, wenn sie tanzen geht, anstatt Stiftung-Warentest-Urteile über Treppenlifter zu vergleichen?«

»Aber sie ... na ja ... sie verdrängt das, glaube ich. Und ich habe doch eine Verantwortung für sie. Ich bin schließlich die Einzige, die sie jetzt noch hat.«

»Wann warst du eigentlich das letzte Mal tanzen?«

»Ich? Also ...« Hinter Luise dampfte es, und die Geräusche im Kochtopf wurden verdächtig laut. »Mist! Jetzt ist es beinahe angebrannt. Deckst du bitte schnell den Tisch?

Die anderen kommen gleich. Wo ist nur die Butter? Ach, hier. Und die Pilze?«

Wie ein Derwisch wirbelte sie zwischen Küchentisch und Herd hin und her, erleichtert, dass sie Annes Frage übergehen konnte.

»Tut mir leid, wenn ich das sage, aber eigentlich bin ich ganz froh, dass du nicht mehr mit Jörg zusammen bist«, gab Thorben zu.

»Kann ich verstehen«, sagte Luise und räkelte sich genüsslich. Dann streckte sie die Beine aus und legte ihre Füße in Thorbens Schoß. »Aber kommen wir nun zur Rechnung: Du hattest einmal Risotto und drei Gläser Wein – das macht zehn Minuten Fußmassage.«

»Das ist nicht dein Ernst«, jammerte er.

»Diese armen Füße waren heute vier Stunden unterwegs zwischen Biomarkt, Weinladen, Herd und Küchentisch. Nur für dich und dein Risotto. Thorben, wir alle hier wissen, was du wirklich gut kannst. Und Massagen gehören definitiv dazu.« Luise wackelte aufmunternd mit den Zehen. Anne und Sybille lachten.

»Okay.« Thorben fügte sich seufzend. »Aber nur, wenn es hinterher noch was Süßes gibt.« Sanft begann er, Luises Ballen zu drücken.

»Ich bin auch froh, dass ihr getrennt seid«, sagte Sybille dann und tupfte mit der Fingerspitze ein paar Parmesanraspeln von ihrem Teller. »Seit Jörg ausgezogen ist, dürfen wir wieder viel öfter bei dir essen. Das hatte ich echt vermisst. Auch wenn meine Waage das wahrscheinlich etwas anders sieht.«

»Außerdem zieht mir niemand den Teller unter der Nase

weg und räumt ihn in die Spülmaschine, bevor ich wirklich fertig bin«, sagte Anne und kratzte den letzten Rest Risotto aus dem Kochtopf.

»Aber am allerfrohsten bin ich. Das könnt ihr mir glauben«, schnurrte Luise wohlig, als Thorben vorsichtig in die empfindliche Stelle über ihrem Hacken kniff. »Es gibt kein Gemecker mehr über zu viel Knoblauch an den Steinpilzen, kein demonstratives Gähnen, weil du schon wieder da bist.« Sie strahlte Anne an. »Kein Augenrollen mehr, wenn du beim Essen die Vor- und Nachteile von Samenbanken abwägst«, sie prostete Sybille zu, »und kein eifersüchtiges Schmollen, weil mir meine Lieblings-Ex-Affäre zwischen Hauptgericht und Espresso die Füße massiert.«

Luise lächelte in die Runde und genoss einen dieser seltenen Momente, in denen alles perfekt zu sein schien. Die sich wie Verliebtheit anfühlten, obwohl weit und breit nichts Begehrenswertes auszumachen war. Abgesehen von Wein, Reis und Pilzen. Aber vielleicht lag es auch daran, dass bei ihr bestimmte Gerichte so etwas wie Verliebtheit auslösen konnten: Der Geruch von Steinpilzen verbreitete eine erdige Sinnlichkeit, das samtig-sämige Risotto war wie eine weiche Liebkosung des Gaumens. Im bissfesten Kern des Arborio-Reises hingegen steckte eine tiefe Weisheit, die dem Ganzen Halt gab. Eine Mitte. Kochen war Gefühl, war Hingabe. Eine Einladung zum Essen war für Luise eine Art Liebeserklärung – an den Eingeladenen, an das Leben.

»Und eine neue Küche hätte ich vermutlich auch noch nicht«, sagte sie schließlich mit einem Lächeln.

Luise und ihre Küche. Das war Liebe auf den ersten Blick. Nachdem ihre Beziehung mit Jörg zu Ende gegangen war

und der anfängliche Schock nachgelassen hatte, wusste sie, dass sie etwas Einschneidendes in ihrem Leben ändern musste. Sie kannte genügend Frauen, die den ersten Trennungsschmerz mit Abos für Fitnessstudios bekämpften, mit teuren Klamotten in auffallenden Farben, die sie nie anzogen,
 mit zu hohen Schuhen, in denen sie Wadenkrämpfe bekamen, oder mit Haarschnitten, die sie später meist bereuten. Luise hasste Fitness genauso, wie sie hohe Schuhe hasste, und sie hing an ihren Locken. Darum hatte sie sich, nachdem Jörg endgültig ausgezogen war, eine Küche maßschneidern lassen.

Während andere Frauen im zweiten Trennungsstadium dazu neigten, sich eine Dazwischen-Beziehung zu suchen, die als eine Art Brücke von dem Verflossenen zum Wieder-richtig-im-Fluß-Sein dienen sollte, suchte Luise nach einem ganz anderen Mann. Ihre erste Liebesbeziehung nach Jörg hieß Günter und war rein platonisch angelegt. Günter war Tischler und eine Empfehlung von Frau Berg, denn eines musste man der Berg lassen: Sie hatte ein Auge für Qualität und wusste, wer wirklich gut war. Und Günter war gut. Luises Arbeitsfläche war in exakt der richtigen Höhe, die Türen ihrer neuen Küchenschränke matt rosenfarben, die Schubladen liefen wie von selbst, geräuscharm, ohne Widerstände. Luise hatte einmal in einer Geschichte gelesen, wie ungeahnt beruhigend es sein konnte, gut laufende Schubladen auf- und zuzuziehen, wenn Beziehungen kritische Punkte erreichten. Darum hatte sie es passend gefunden, sich genau so eine Küche mit genau solchen Schubladen zur Trennung zu gönnen. Rosenrot – Jörg wäre ausgerastet.

Jörg war immer charmant gewesen, humorvoll, unkompliziert, und er hatte Luises Vorliebe für Provisorien geteilt.

Das einzig Feste und Konstante in seinem Leben waren die Frauen, die immer wieder seine Bahn kreuzten, und die Geschichten, die er zum Vertuschen ihrer Existenz erfand. Luise entschied sich nach der Trennung, zumindest in einem Punkt Abschied von Provisorien zu nehmen und Nägel mit Köpfen zu machen: ein Durchbruch in der Wand zur Abstellkammer, eine Wandverkleidung über der Arbeitsplatte, magentafarben und hochglanzlackiert. Sie hatte einen Teil ihres gehüteten Erbes, das ihr nach dem Tod ihres Vaters ausgezahlt wurde, in den Umbau, in die Küche und in die Anschaffung eines großen Esstisches investiert. In Stühle in Rot, in Pink und in Natur, stapelbar, für mehr Gäste, als sie insgesamt in den vier Jahren Beziehung mit Jörg empfangen hatte. Manchmal, wenn sie traurig war, sich einsam fühlte und anfing, Jörg – oder besser: das Phantom, mit dem sie zusammengelebt hatte – zu vermissen, kochte sie sich einen Tee, setzte sich auf ihre Arbeitsplatte, ließ die Beine baumeln, wie sie es früher schon daheim bei ihren Eltern gemacht hatte, und strich mit ihrer Hand sanft über das honigfarbene Nussbaumholz. Glatt, weich, leicht abgerundet an den Kanten. Spätestens nach einer halben Tasse Tee spürte Luise keine Sehnsucht mehr. Jedenfalls hatte ihre Arbeitsplatte keine störenden Haare auf den Schultern, schnarchte niemals und zog einem weder die Bettdecke noch den Boden unter den Füßen weg. Luise vermisste nichts. Vor allem: keinen Jörg!

»Wer will Kaffee?« Sie nahm ihre Füße von Thorbens Schoß und reckte sich.

»Hmmm, Eis oder Schokolade?«, fragte Anne. »Wäre das vielleicht auch noch drin?«

»Und ein Grappa?«, murmelte Thorben.

»Oder ein Vin santo mit Biscotti?«, hauchte Sybille.

»Ihr seid unmöglich!« Luise lachte und wollte aufstehen, aber Anne legte ihr die Hand auf die Schulter.

»Lass mal, ich mach das schon.« Sie stand auf und ging zur Küchenzeile. Sanft und wie nebenbei strich sie mit der Hand über die Nussbaumplatte. »Weißt du, worauf ich gespannt bin?« Sie wandte sich zu Luise um, die fragend mit den Schultern zuckte.

»Wie es wohl wäre«, sagte Anne dann grinsend, »wenn du dich eines Tages entschließen würdest, ein Leben zu führen, das kein Provisorium mehr ist, sondern so rosenrot wie deine Schranktüren und so glänzend wie deine zyklamfarbene Wandverkleidung.«

Hefekuchen

Luise legte den Hörer auf und starrte gedankenverloren zu Svenja, die diese Woche ausnahmsweise an dem zweiten Schreibtisch in Luises Büro arbeitete. Wieder war der Anrufbeantworter am anderen Ende der Leitung angesprungen. Seit gestern Abend hatte sich daran nichts geändert. Die vertraute Stimme ihrer Mutter auf dem Band, die verkündete, Hedda Blum sei gerade nicht zu sprechen und würde sich umgehend melden, sobald sie die Nachricht abgehört hätte. Auch auf dem Handy hatte es Luise am Morgen ein paar Mal probiert, obwohl sie wusste, dass ihre Mutter es so gut wie nie benutzte, weil ihr der Umgang mit Technik Probleme machte. Ihre Mutter nicht erreichen zu können beunruhigte Luise.

Wehmütig dachte sie an die Zeit, als ihr Vater lebte. In seinen Zuständigkeitsbereich fielen alle Dinge, die mit Kabeln, Tasten und Strom ausgestattet waren. Abgesehen natürlich von Herd, Mixer und Waschmaschine, für deren Bedienung allein Luises Mutter verantwortlich war. Ihre Eltern hatten sich ohne Diskussionen auf die damals übliche Aufteilung von Bohr- und Nähmaschinen-Terrain geeinigt. Und sie waren offensichtlich glücklich damit gewesen. Für Luise waren sie das perfekte Paar. Kein Streit hatte länger als bis zum Abend gedauert, keine Trennung durch Reisen oder Krankenhausaufenthalte länger als eine Woche. Es hatte keine Affären, keine Eskapaden gegeben. Luise hatte sich nie vorstellen können, dass dieses Miteinander irgendwann einmal ein Ende hätte. Ihre Eltern waren für sie wie zwei Hälften desselben Apfels. Der eine undenkbar ohne den anderen.

Und dann war wie aus heiterem Himmel ein Anruf aus dem Krankenhaus gekommen, an einem Nachmittag im August vor sechs Jahren. Luise konnte noch heute jeden Gedanken, jedes Gefühl, jede körperliche Regung abrufen. Auch wenn sie die Worte ihrer Mutter am Telefon nicht ganz verstanden hatte, war doch das Wichtigste zu ihr durchgedrungen: Herzinfarkt, Intensivstation, keine genauen Prognosen. Sie hatte sich gewundert, dass sie eine Taubheit spürte, keinen Schmerz, dass sie funktionierte, anstatt zu weinen. Sie hatte sich selbst dabei beobachtet, was sie tat, und hatte alles aus dem Off kommentiert. ›So, das ist jetzt also die Nachricht, vor der du dich insgeheim immer gefürchtet hast‹, hatte sie sich gesagt. ›Nun ist es also so weit. Steh auf und pack deine Sachen.‹ Dann hatte sie eine kleine Reisetasche mit dem Nötigsten gepackt. Ein Anruf bei Jörg, bei Anne, eine Autofahrt über 85 Kilometer, von der sie später nicht mehr wusste, wie sie diese überhaupt unfallfrei hinter sich gebracht hatte.

Erinnerungsfetzen. Ihre Mutter, plötzlich sehr klein, neben dem Krankenhausbett, ihr Vater so blass wie die Laken. Das Gurgeln in den Schläuchen, das regelmäßige Fiepen des

Herzmonitors, das Quietschen von Schuhen auf dem Krankenhausflur. Das frühe Abendlicht, das durch die Lamellen der Jalousie gefallen war, hatte ein apricotfarbenes Muster in die sterile Farblosigkeit des Zimmers geworfen. Luise hatte wie in magischen Kindergedanken versucht, an den Lichtstreifen abzuzählen, ob ihr Vater überleben würde. Diesen Tag, den nächsten. Ja, nein, ja, nein. Vielleicht, hatten die Ärzte noch am Nachmittag gesagt. Die Streifen waren über die Bettdecke gewandert, die Sonne untergegangen. Gegen zwei Uhr in der Nacht war dann kein regelmäßiges Fiepen mehr zu hören gewesen, sondern ein Dauerton, nicht sehr laut und trotzdem schneidend. Dieser Ton hatte Luises Leben in ein Vorher und ein Nachher zerteilt. ›Nun ist er fort‹, war damals ihr erster Gedanke gewesen. ›Nun ist er fort und hat mich im Stich gelassen.‹ Und noch während sie das dachte, hatte sie sich dafür geschämt.

Die Zeit danach war ihr wie ein Schwarzweißfilm in Erinnerung. Die Trauerfeier Anfang September. Bloß die Fassung nicht verlieren und Haltung bewahren. Sie hatte stark sein wollen für ihre Mutter. Dinge regeln, Ämtersachen klären, eine Hilfe sein. In ihrer Kindheit hatte sie nicht wirklich bedauert, dass es da keinen Bruder oder keine Schwester gab. Nach dem Tod ihres Vaters hatte sie sich zum ersten Mal in ihrem Leben sehnlichst Geschwister gewünscht, mit denen sie die Verantwortung, die sie nun spürte, hätte teilen können. Es war nicht so, dass ihre Mutter hilflos war oder etwas von Luise eingefordert hätte, doch Luise war sich sicher, es wäre der Wunsch des Vaters gewesen, dass sie sich kümmert.

»Du kommst mir heute vor wie die Berg«, sagte Svenja. »Du hängst schon den ganzen Tag am Telefon. Hast du etwa auch Stress zu Hause?« Sie kicherte. »Der Vorteil bei dir ist allerdings, dass du dabei nicht so keifst wie sie.« Ohne eine Antwort abzuwarten, beugte sie sich wieder über den Bildschirm.

Luise griff erneut zum Hörer: »Frau Berg? Kann ich heute ein bisschen früher Schluss machen? Ich muss da noch was erledigen. Was Familiäres.« Dann schnappte sie sich ihre Tasche und den Autoschlüssel. Wenn sie gut durchkam, könnte sie in etwas mehr als einer Stunde dort sein.

»Ach du meine Güte, Kind, ist was passiert?« Hedda Blum sah überrascht aus, als ihre Tochter vor der Tür stand.

»Bei mir nicht. Aber vielleicht bei dir?« Luises dunkelgraue Besorgnis hatte vor etwa zehn Kilometern ein paar wutrote Schlieren bekommen, die sie daran hinderten, ihrer Mutter voll Erleichterung um den Hals zu fallen. Vor zehn Kilometern nämlich hatte sie es noch einmal auf dem Festnetz probiert. Es war besetzt gewesen. Und vor fünf Kilometern immer noch. So lange konnte niemand auf den Anrufbeantworter sprechen. Also musste jemand zu Hause sein.

»Was soll denn passiert sein? Mir geht's gut«, sagte Hedda Blum fröhlich. »Ich wollte gerade Kaffee kochen. Hast du Hunger?«

Luise nickte. Die Unbekümmertheit ihrer Mutter machte sie sprachlos. Und natürlich hatte sie Hunger. Vor lauter

Sich-Sorgen-Machen hatte sie den ganzen Tag kaum etwas hinunterbekommen.

»Ich habe frischen Hefekuchen da. Mit Äpfeln. Petzolds haben mir vorgestern noch einen Eimer Boskop rübergebracht. Du kannst dir gern welche mitnehmen. Und der Kür-

bis hinten im Garten ist auch reif. Den kannst du nachher gleich ins Auto packen.«

Luise lief hinter ihrer Mutter her wie ein Entenküken, durch den Flur in die Küche, zum Schrank, Kaffeegeschirr, Kuchengabeln, alles wie immer. Erst beim Griff zum Milchkännchen kam es ihr vor, als würde sie endlich aus ihrer Erstarrung erwachen.

»Kannst du dir eigentlich vorstellen, dass ich mir Sorgen gemacht habe?«, fragte sie schließlich und musste sich sehr beherrschen, dass ihr Ton nicht zu scharf geriet.

»Warum denn?«, fragte die Mutter verblüfft.

»Weil ich seit gestern Abend versucht habe, dich zu erreichen, aber es war immer nur dein Band dran. Und das Handy, das ich dir gegeben habe, benutzt du ja nie.«

»Ach je. Hast du es oft probiert? Ich wollte gestern noch bei dir anrufen, bevor ich losgefahren bin, um dir zu sagen, dass ich weg bin. Es hat sich ganz spontan ergeben. Aber bei dir war besetzt, und ich musste los, sonst wären die Karten weg gewesen. Und dann, na ja, habe ich es irgendwie, hmmm ...« Luises Mutter zögerte. »Ich habe es dann nicht noch mal probiert. Wir hatten uns ja schon nachmittags gesprochen. Du wusstest doch, dass es mir gutgeht.«

»Klar, du hast erzählt, dass du die Gardinen gewaschen hast und sie aufhängen willst. Aber dass du abends ausgehst, hast du nicht gesagt.«

Luise bemühte sich sehr, nicht wie eine Glucke zu klingen. Aber manchmal überkam sie aus heiterem Himmel eine Angst, dass ihrer Mutter etwas passiert sein könnte. Am liebsten hätte sie die Sache mit den Gardinen gestern gar nicht erfahren. Die meisten Unfälle passieren schließlich im Haushalt. Ihre Mutter war noch sehr agil – fit genug für Tango!, dachte Luise bitter –, aber wie schnell kann man von einer Leiter fallen? Ein Stück Tüll auf der Leiterstufe, ein falscher Schritt – zack! Wer würde mitbekommen, wenn sie dann mit gebrochenem Bein hilflos auf dem Teppich lag? Man steigert sich schnell in solche Fantasien hinein, wenn man der Angst erst einmal die Tür geöffnet hat.

»Aber wieso bist du dann heute Morgen nicht ans Telefon gegangen?«, fragte Luise weiter.

Die Mutter stocherte im Kuchen herum. »Weil ich heute früh nicht zu Hause war, darum!«, sagte sie schließlich. Ein wenig Trotz in der Stimme.

»Hast du einen Arzttermin gehabt?«, fragte Luise besorgt, doch dann überschlug sie kurz, dass heute Morgen gegen halb sieben, als sie das erste Mal bei ihrer Mutter angerufen hatte, noch keine Arztpraxis geöffnet war. »Ohhhh«, sagte sie dann gedehnt, »du bist also gar nicht ...« Sie sah ihre Mutter an, und dann starrte sie schnell auf ihr Kuchenstück. Über den Äpfeln Streusel mit Zimt. Genau so, wie sie es mochte.

»Ich bin heute früh nicht hier gewesen, weil ich gestern Abend gar nicht mehr nach Hause gefahren bin.« Die Stimme ihrer Mutter gewann hörbar an Sicherheit. »Weil wir nach dem Theater noch etwas essen waren. Und du sagst doch immer, wenn ich mehr als ein Glas Wein getrunken habe, soll ich nicht Auto fahren.« Sie sah Luise herausfordernd an.

»Aber wenn du wusstest, dass du mit dem Auto fährst, wieso hast du dann ...«

»Weil der Wein sehr gut war – und weil ich Lust dazu hatte.« Ein Satz, der keine weitere Frage und keinen Widerspruch duldete.

Luise hob den Blick, sah ihre Mutter an und fragte sich, wie gut sie sie wirklich kannte. Sie wusste, dass ihre Mutter gleich zwei Süßstofftabletten in ihren Kaffee geben würde, und hatte die Geste, mit der sie dann den Löffel über der Tasse abtropfen ließ, unzählbar oft gesehen. Eine kurze, präzise Bewegung aus dem Handgelenk. Sie kannte jede Falte, jeden Altersfleck in ihrem Gesicht. Aber da war ein Leuchten, das Luise nie zuvor gesehen hatte. Als wären die Augen ihrer Mutter größer als sonst, ein bisschen heller, der Blick klarer und weiter. Und das irritierte sie sehr.

»Wie lange kennst du ihn eigentlich schon?«, versuchte sie so gelassen wie möglich zu fragen.

»Paul? Gut vier Monate.«

»Und woher?«

»Er war auf Tante Gertruds Geburtstag. Ein alter Schulfreund von ihr. Er erzählte, dass er tanzen geht. Und du weißt doch, wie gern ich immer getanzt habe.«

»Ihr wart doch so gut wie nie tanzen, Papa und du«, stellte Luise überrascht fest.

»Das stimmt. Trotzdem habe ich immer gern getanzt.«

Luise sah ihre Mutter an. Plötzlich war da etwas sehr Aufrechtes in deren Haltung. Etwas, was Luise lange nicht mehr an ihr gesehen hatte. Ihre Mutter war eine schöne Frau, immer noch. Ein klar geschnittenes Gesicht, leuchtend blaue Augen.

»Aber warum hast du mir nicht von ihm erzählt?«, fragte Luise.

»Weil ich befürchtet habe, dass du es nicht verstehst.«

Für einen Moment schwiegen sie beide. Irgendwo in der Ferne bellte ein Hund. Ein Kind lachte. Die Kirchturmglocken begannen zu läuten.

»Paul wird gleich da sein. Ich habe die Gardinen noch im Trockner. Er wollte mir helfen, sie aufzuhängen.«

Luise trank ihren Kaffee aus und schob den Kuchenteller zur Seite. »Ich muss los, Mama.«

»Willst du nicht noch bleiben? Du kannst ihn kennenlernen.«

»Tut mir leid, ich muss wieder zurück. Es war ja nicht geplant, dass ich komme.« Sie griff ihre Tasche und ging zur Tür. »Ich bin auch eigentlich noch verabredet.«

Als Luise kurz vor der Autobahnauffahrt endlich Anne auf dem Handy erreichte, um zu fragen, ob sie gleich vorbeikommen könne, fiel ihr auf, dass sie weder den Kürbis noch die Äpfel mitgenommen hatte.

Kartoffelbrei mit Soße

Luise schniefte, riss zwei Blatt Papier von der Rolle und schneuzte leise ihre Nase. Sie fühlte sich elend und verbot sich jeglichen Gedanken, der dieses Szenario kommentieren könnte. Sie wusste, wie dumm das alles von außen aussah. In Filmen verdienten Frauen in dieser Situation nur das Kopfschütteln der Zuschauer und ein mitleidiges Lächeln. Wie sie dort saß, heulend, mit einer Rolle Toilettenpapier im Arm, auf dem Klo von *Text-Berg*, Donnerstagmittag kurz vor eins. Im Kino hätte sie sich darüber lustig gemacht. Sie hörte Schritte auf dem Flur, unterdrückte das Schniefen und lauschte. Die Schritte gingen an der Tür vorüber, wurden leiser, entfernten sich. Luise versuchte, durchzuatmen und sich zu beruhigen. Ewig konnte sie nicht hier sitzen bleiben.

In den Jahren bei *Text-Berg* hatte sie sich ein dickes Fell zulegen müssen, doch leider gab es in diesem Pelz immer noch dünne Stellen. Wochenlang schaffte es Luise auch in Krisenzeiten, durch die Tage im Schreibbüro zu navigieren, ohne dass es zu unangenehmen Zusammenstößen kam. Doch dann geschah etwas Unvorhergesehenes, fiel ein unbedachtes Wort, gab es eine Nachfrage, eine Geste, und Luises kleines Boot kollidierte mit der Eisberg.

Sie hatte schon in der Morgenbesprechung gemerkt, dass die Stimmung im Hause Berg am vergangenen Wochenende wohl noch schlechter gewesen war als in den letzten zwei Monaten. Dazu brauchte Luise keine Wahrsagerin zu sein, sondern nur auf die Augenränder ihrer Chefin zu schauen, die durch eine Extra-Schicht porzellanfarbenen Concealer eher betont als gemildert wurden. Zwei auffällig helle Halbmonde unter geröteten Augen. Es war offensichtlich, wie der Konflikt im Hause Berg auf einen weiteren Höhepunkt zustrebte. Im Büro ballte sich die Anspannung seit Ende September wie eine dunkle Gewitterwolke zusammen. Luise schlief seit einer Weile schlechter. Nachts schreckte sie aus Träumen auf, in denen irgendetwas Gesichtsloses auf ihrem Brustkorb hockte und ihr die Luft abschnürte. Auch in der letzten Nacht war sie wieder atemlos aufgewacht. Nach einer Stunde Hin-und-her-Wälzen war sie aufgestanden, hatte dicke Socken angezogen und sich mit einem Becher heißer Honigmilch auf die Arbeitsplatte in der Küche gesetzt. In kleinen Schlucken hatte sie die süße Beruhigung getrunken

und sich dabei gefragt, wie lange sie das eigentlich noch mitmachen wollte. Sie war jetzt fünfundvierzig. Wollte sie mit fünfzig immer noch der Puffer zwischen Frau Berg und der Realität sein? Und selbst wenn sie es wollte – wie lange würde sie das überhaupt weiter durchhalten? Wie lange käme sie noch klar mit den Schlafstörungen, mit der Anspannung,
mit der Wut? Aber eine Kündigung kam auch nicht in Frage, denn welche Alternative hatte sie zu ihrem Job im Schreibbüro? Allein bei der Vorstellung, wieder Bewerbungen schreiben zu müssen, wurde ihr übel. Noch übler, als ihr bei *Text-Berg* war.

Was konnte sie schon vorweisen? Sie hatte keine großartige Karriere gemacht, keine Erfahrungen in Führungspositionen, und sie verfügte nicht über nützliche Kontakte. Dass *Text-Berg* seit Jahren nur funktionierte, weil Luise als Einzige den Überblick über sämtliche Projekte hatte, ahnten zwar die meisten Geschäftspartner, doch Frau Berg würde ihr das sicher nicht in einem Arbeitszeugnis quittieren. Im Gegenteil. Luise kannte nur zu gut die Berg'schen Fußangeln in den Beurteilungen derjenigen, die gegangen waren. Schließlich war sie es, die alle Zeugnisse hatte tippen müssen. Und mit dem Zeugnis, das sie im Falle ihrer eigenen Kündigung zu erwarten hatte, würde sie den Kampf um eine Stelle gegen jede Zwanzigjährige, die mehr Kompromissbereitschaft und ein unverbrauchteres Lächeln zeigte, schon von vornherein verloren haben. Alle redeten über die Generation Praktikum. War Luise denn die Einzige in ihrem Alter, die keine Festanstellung ergattert hatte und sich von einem Zeitvertrag zum nächsten hangelte? Die bis jetzt keinen vernünftigen Rentenplan hatte oder Kinder, Familie, Doppelhaushälfte vorweisen konnte? Drückte sie sich insgeheim davor, Verantwortung zu übernehmen? Erwachsen zu werden? Konnte man ihr Leben wirklich auf diesen Nenner bringen, oder war das als Erklärung nicht doch etwas zu einfach?

Über diesem Gedanken hatte sie sich in der letzten Nacht mit angezogenen Knien auf der Arbeitsplatte hockend eine weitere Portion Honig in die Tasse geträufelt. Denn noch schlimmer als die namenlosen Nachtmahre, die sie aus dem Schlaf schreckten, waren die realistischen Horrorvisionen, die auftauchten, wenn sie alptraumverschwitzt aus dem Bett geflüchtet war. Sie hießen *Zukunft*, *Absicherung* und *Rente*. Bis zum Morgengrauen hatte Luise keine Ruhe gefunden. Daher war es kein Wunder, dass auch sie mit Augenrändern in der Frühbesprechung gesessen hatte. Nur waren ihre dezenter retuschiert.

Kurz vor der Mittagspause hatte sich die Gewitterwolke schließlich entladen. Das erste Donnergrollen war über das Stockwerk hinweggefegt, als wütendes Geschrei aus dem Zimmer von Frau Berg erklang und der Rest der Büroetage den Atem anhielt. Kurz darauf waren Absatzschuhe von einem Ende des Flurs zum anderen gestürmt. Jeder Schritt ein weiterer Donner, der sich in Gehörgänge und Gemüter bohrte. Ohne Vorwarnung war Frau Berg dann vor Luises Schreibtisch wie ein Kugelblitz eingeschlagen. Luise hatte versucht, ihr Telefonat mit einer Postkartenfirma möglichst schnell zu beenden, denn Frau Berg war es egal, ob sie in etwas hereinplatzte oder nicht. Sie war hier die Chefin. Sie brauchte nicht anzuklopfen und nicht zu warten. Ihr gehörte der Laden. Die Hierarchien waren klar: Sie *war* die Hierarchie! Und Luise war schuld an allem, was im Berg'schen Büro schieflief. Das war an diesem Vormittag der Adressverteiler, der sich ohne Vorankündigung von der Berg'schen Compu-

terfestplatte verabschiedet hatte und nicht mehr auffindbar war. Luises Erklärung, dass sie weder am Computer ihrer Chefin noch an einem der Netzwerk-Computer gearbeitet hatte und dass auch die beiden Honorarkräfte, die heute zum Tippen ins Büro gekommen waren, keinen Zugang zur Festplatte hatten, wurde von Frau Berg weggewischt durch
die Feststellung: »An mir liegt das jedenfalls nicht. Und wenn die Datei bis morgen nicht wieder im System aufgetaucht ist, können Sie Ihr Wochenende mit dem Eintippen der Adressen verbringen.« Unter weiteren Äußerungen wie »alles Amateure hier« und »Ihre nächste Vertragsverlängerung muss ich mir gut überlegen« war Frau Berg wieder hinausgerauscht.

Wie lange saß sie nun schon hier? Eine Viertelstunde, eine halbe? Luise hatte jegliches Zeitgefühl verloren. Sie stellte die Rolle Toilettenpapier zurück auf den Spülkasten, dankbar für jede Minute, die sie ungestört geblieben war. Hoffentlich hatte Frau Berg in der Zwischenzeit nicht kontrolliert, ob sie an ihrem Platz war. Erneut erklangen Schritte auf dem Flur. Ein zaghaftes Klopfen an der Tür folgte. Sie hielt den Atem an.

»Luise?«

Ihre Lungenflügel begannen zu beben, als sie Oles Stimme erkannte.

»Ist alles okay mit dir?«, flüsterte er durch die Tür.

Ihr Schluchzen flammte wieder auf und war so herzzerreißend, dass es draußen zu hören war.

»Pass auf: Ich brauche ungefähr eine Stunde, bis ich das Chaos, das sie auf ihrer Festplatte angerichtet hat, in Ordnung gebracht habe«, sagte er leise. »Dann habe ich frei und gehe. Und du kommst mit.«

»Aber ich kann doch nicht ...«, begann sie zu widersprechen.

»Natürlich kannst du. Du hast neulich gesagt, dass du noch Überstunden offen hast. Putz dir die Nase und pack deine Sachen. Wenn ich fertig bin, komme ich in dein Büro

und hole dich.«

Ohne ihre Antwort abzuwarten, verschwand er.

Wie gern wäre Luise einfach nur weiter mit Ole durch die Stadt gefahren. Nebeneinandersitzen, reden und schweigen. Sie fühlte sich wie eine Schiffbrüchige, die von ihrem Helden auf sein Boot gerettet worden war. Der Verkehr um sie herum klang wie Brandung, und mit der Autolüftung auf höchster Stufe war die Temperatur im Wagen beinahe karibisch. Langsam beruhigte sie sich.

»Judith freut sich, dass du mitkommst. Sie hat mir vorhin eine SMS geschrieben. Und eine Überraschung gibt es auch noch. Meinte sie zumindest«, sagte Ole fröhlich.

»Eine Überraschung, wie schön!« Luises Unterton klang skeptisch. Eigentlich war ihr der heutige Ausraster von Frau Berg Überraschung genug. Die Vorstellung, dass die Kinder in der Kita eventuell irgendein Lied eingeübt hätten, das sie atonal und voller Inbrunst vortragen wollten, überforderte Luises Geduld gerade etwas. Vielleicht war es doch keine so gute Idee, Oles Angebot eines Mittagessens im vertrauten Familienkreis anzunehmen.

Sie fuhren durch die Siedlung. Bunte Reihenhäuser mit hübschen Vorgärten fädelten sich an der Straße entlang wie Holzperlen auf einer Kinderkette. In einigen Gärten lagen noch die Kürbisse von Halloween, in anderen wanden sich bereits die ersten Lichterketten in den Bäumen. Alle Straßen

trugen ornithologische oder botanische Namen. Luise verlief sich jedes Mal, wenn sie Ole und Judith besuchte. Sie konnte sich einfach nicht merken, ob sie nun in den Finken-, den Amsel- oder den Meisenweg musste. »Weil er in seinem Vogelhäuschen mit ihr und nicht mit dir wohnt«, hatte Anne mal in einer stillen Stunde gesagt. Luise hatte das natür-
lich abgestritten. Doch ein-, zweimal hatte sie Ole besucht, ohne dass Judith oder die Kinder da gewesen waren, und bei diesen Gelegenheiten hatte sie sich ertappt, wie sie in Gedanken das Haus nach ihrem Geschmack einrichtete. Für sich und Ole. Hellere Vorhänge ohne Blumenmuster, ein Herd mit zwei Gasflammen zusätzlich und ein Durchbruch zwischen Wohn- und Spielzimmer, damit Platz wäre für ihren Esstisch. Das Spielzimmer brauchten sie nicht. Sie würden eines der Kinderzimmer im ersten Stock behalten, wenn die Mädchen am Wochenende zu Besuch kämen. Dann war ihr Blick auf die Magneten am Kühlschrank gefallen, mit denen die Familienfotos festgemacht waren, und schlagartig hatte Luise ein schlechtes Gewissen gehabt. Trotzdem hätte sie Anne nie im Leben recht gegeben.

Ole parkte den Wagen an der Buchsbaumhecke. Ein gelbes Kinderrad mit Stützrädern lag umgekippt im Vorgarten, an der Haustür hing ein Namensschild aus bunter Modelliermasse: »Hier leben, lieben und spielen Lilly, Nele, Judith und Ole Borger-Brück«. Dieses Schild hing bei Luises letztem Besuch noch nicht. Sie rümpfte innerlich die Nase. Nur Kränze aus Salzteig fand sie noch schlimmer als das.

»Von meiner Mutter«, sagte Ole entschuldigend und deutete auf das Schild, als hätte er ihre Gedanken erraten. »Volkshochschule. Modellieren ist ihre neueste Leidenschaft. Manchmal wünschte ich, sie wäre bei ihrem Theaterabonnement geblieben. Aber weil sie einmal die Woche kommt und auf die Kinder aufpasst, können wir es nicht einfach verschwinden lassen. Das würde sie uns übelnehmen. Ich hoffe nur, mein Vater fängt nicht noch mit Laubsägearbeiten oder so an.« Er verdrehte die Augen.

»Ja, Eltern sind manchmal komisch«, nickte Luise. Sie dachte kurz an ihre Mutter, mit der sie seit ihrem Überraschungsbesuch vor drei Wochen zwar so regelmäßig wie immer telefonierte, das Thema Paul aber ausklammerte.

»Bleibt nur zu wünschen, dass unsere Kinder mal etwas anderes über uns sagen«, seufzte Ole und schloss die Tür auf.

Zweistimmiges Indianergebrüll empfing sie. Lilly preschte um die Ecke, ein grüner Streifen über der Nase, zwei rote auf den Wangen und eine blaue Feder im Stirnband.

»Markus ist da, Markus ist da«, krähte sie. Ohne Ole und Luise zu begrüßen, schob sie ihre kleine Schwester, die ähnlich bunt aussah wie sie und ihr auf den Fersen gefolgt war, zur Seite und rannte zurück nach drinnen.

»Markus?«, murmelte Ole und blickte Lilly irritiert nach, »das ist unmöglich.«

»Bin Indianer«, sagte Nele, die immer noch im Türrahmen stand und stolz mit den Fingern über ihre Kriegsbemalung fuhr. Dann streckte sie Ole ihre verschmierten Hände entgegen, damit er sie auf den Arm nehmen konnte.

Judith stand an der Spüle, als sie eintraten, und goss einen großen Topf Kartoffeln ab. Lilly stimmte erneut ihren Indianergesang an, und der Mann, den sie dabei umtanzte, kam lächelnd auf Ole zu. Es folgte eine Begrüßung, die eher zu jugendlichen Gangsta-Rappern auf einem Schulhof gepasst hätte als zu zwei Männern Anfang vierzig in einem Reihenhaus. Der komplizierten Choreografie des Abklatschens folgte jedoch eine so herzliche Umarmung, dass Luise immer mehr das Gefühl bekam, hier fehl am Platz zu sein. Fieberhaft suchte sie nach einem Grund, um doch noch vor dem Essen verschwinden zu können.

»Das ist Markus. Die beiden waren in einer Klasse und haben dann zusammen studiert«, flüsterte ihr Judith leise zu, als Luise sie begrüßte. »Er ist ein Netter, aber kann sich nie auf etwas festlegen. War jetzt ein Jahr in England, wegen der Liebe. Vorhin rief er an, er stehe am Flughafen. Ist völlig überstürzt aus London weg. Eigentlich wollte er im Januar seine Wohnung hier auflösen, um ganz rüberzugehen. Hat sogar einen festen Job dort. Nun hat ihn seine Freundin vor die Tür gesetzt. Mehr weiß ich auch noch nicht. Die Kinder haben die ganze Zeit dazwischengequatscht.«

Wie aufs Stichwort unterbrach Lilly sie mit lautstarkem Gesang. Luise war erstaunt, wie Judith zwischen Kartoffeln und Putenfleisch so nebenbei ein fremdes Leben mit seinen aktuellen Dramen in geschätzten zehn Sätzen zusammenfasste. Sie fragte sich, was Judith wohl über ihr Leben erzählen würde. Oder schon erzählt hatte.

»Lilly ist völlig aus dem Häuschen«, redete Judith unterdessen weiter. »Markus ist ihr Patenonkel. Im Sommer waren wir ja ein paar Tage bei ihm in London. Das hat Ole dir bestimmt erzählt, oder? Da hatten es die Mädchen mit Pocahontas. Dass er ihnen nun die Indianersachen mitgebracht hat, katapultiert ihn für Lilly endgültig in den Heldenhimmel.«

»Er wusste schon immer, wie man Leute um den Finger wickelt«, lachte Ole, der sich mit Markus im Schlepptau zu ihnen gesellte.

Markus stellte sich vor, lächelte freundlich, reichte Luise die Hand und gab zwei, drei höfliche Floskeln von sich, während sich in Luise spontan und nicht annähernd so sanft wie in ihrer Rosen-Küche Schubladen öffneten. Sie zögerte, Markus auf den ersten Blick einzuordnen, doch ihr Frühwarnsystem bei Männern hatte sich in den letzten Jahren verfeinert. Mittlerweile reichten ihr ein paar Sätze, eine Geste, um ihr Urteil zu fällen. Ole zuliebe wollte sie nicht vorschnell sein. Schließlich sind Kindheitsfreundschaften, die bis jenseits der vierzig überleben, etwas Besonderes. Und wenn Markus für Ole wichtig war, konnte sie ihn nicht gleich in einer Schublade mit der Aufschrift »Vorsicht, Blender!« verschwinden lassen.

»Ich nehme gern noch Kartoffelbrei«, sagte Markus und hielt Judith den Teller hin. »Der schmeckt genau wie bei Frau Brück.« Er zwinkerte ihr zu, und sie quittierte es mit einem Lächeln.

Luise hatte ihr Besteck schon zur Seite gelegt und schob innerlich endgültig die erste Schublade zu. Sie war geduldig genug gewesen. »Zu vertraulich«, befand sie. Natürlich war es schön, dass er Judiths Kartoffelbrei lobte, obwohl sie für Luises Geschmack zu wenig Muskat genommen hatte. Auch der Vergleich mit Oles Mutter war ein großes Kompliment, denn Markus hatte während der Scheidung seiner Eltern in Oles Familie ein zweites Zuhause gefunden, und der Kartoffelbrei von Frau Brück bedeutete für ihn ein Stück heile Kindheit. Aber Luises Radar hatte etwas in dem Geplänkel zwischen ihm und Judith wahrgenommen, das sie unpassend fand. Zu nah, zu vertraut. Ob Ole das nicht mitbekommen hatte? Oder ob es ihn nicht störte?

»Und warum hat Virginia dich rausgeschmissen?«, fragte Ole, während er mit der Gabel die Reste des Geschnetzelten von seinem Teller aufpiekte. Die Kinder hatten sich mittlerweile ins Spielzimmer verzogen.

»Als ich endlich den Job hatte, war sie genervt, wenn ich Arbeit mit nach Hause genommen habe und abends vorm Computer saß, anstatt mit ihr in den Pub zu gehen«, sagte Markus. »Aber der Job war einfach wichtig. London ist teuer.«

»War das alles?«, bohrte Ole weiter.

»Um ihre Nörgelei zu vermeiden, habe ich nichts mehr mit nach Hause genommen, sondern bin länger im Büro geblieben. Aber das hat ihr auch nicht gepasst. Letzte Woche hat sie mich in der Firma abgeholt und mir vor den Kollegen eine Riesenszene gemacht.«

»Warum das?« Ole sah Markus interessiert an.

»Keine Ahnung. Sie ist in mein Büro reingerauscht, hat die Praktikantin angeschrien, die mit mir zusammen ein Meeting vorbereitet hat, und dann hat sie mich vor allen zur Schnecke gemacht.«

»Aha«, sagte Ole und tauschte einen kurzen Blick mit Judith. »Sieht sie gut aus?«

»Virginia? Ihr habt sie im Sommer doch kennengelernt. Sie ist toll. Sie ist großartig. Sie ist einfach perfekt.« Markus seufzte.

»Nein, ich meine die Praktikantin. Sieht die gut aus?«, hakte Ole nach.

»Na ja, also, hm«, druckste Markus.

»Mitte zwanzig, lange, dunkle Haare, große blaue Augen?«, übernahm Judith den Faden.

»O nein! Völlig falsche Fährte.« Markus blickte von ihr

zu Ole und schüttelte den Kopf. »Das mit Virginia ist wirklich was Ernstes gewesen. Mit der Praktikantin war nichts. Garantiert nicht! Außerdem ist sie aschblond und ein bisschen zu dünn.«

Judith und Ole begannen zu lachen. In Luise hingegen gab es den nächsten großen Knall. Drei Schubladen schlossen sich gleichzeitig: »Zu viele Frauen«, »Zu viele Geschichten«, »Zu sehr wie Jörg«! Sie kannte diesen unschuldigen Unterton. Ihm würde später, das wusste sie, ein Heer von Geschichten folgen. Luise hatte die Nase voll von Geschichten. Sie fragte sich nur, was Ole so sehr an Markus schätzte. Aber egal was es war, sie musste ihn nicht mögen. Und wenn sie jetzt ging, müsste sie ihn noch nicht einmal wiedersehen.

Häppchen

»Und ihr seid wirklich sicher, dass sie sauer wäre, wenn ich nicht mitkäme?« Thorben versuchte schon zum dritten Mal, seit er auf der Rückbank Platz genommen hatte, dem gemeinsamen Abend zu entfliehen.

»Jaha!«, antworteten Anne und Luise im Chor. Scheibenwischer und Heizung liefen auf Hochtouren. Nach einer Woche Dauerfrost schneite es nun, pünktlich drei Tage vorm ersten Advent.

»Aber wenn ihr beide da seid, reicht das doch. Mir geht es heute wirklich nicht gut. Sie wird mich bestimmt nicht vermissen.«

»Ach Thorben, natürlich wird sie das. Und außerdem: Wer könnte dich schon ersetzen?« Luise bremste vorsichtig, als die Ampel auf Rot sprang. »Sybille hat vorhin extra noch mal gesagt, dies sei der wichtigste Tag des Jahres für sie.«

»Das hat sie von dem Tag, als der Supermann auftauchte, auch behauptet«, warf Thorben ein.

»Welchen Tag meinst du genau?«, fragte Anne vom Beifahrersitz. »Den Tag, an dem sie ihn kennengelernt hat und überzeugt war, diesmal den optimalen potenziellen Kindsvater gefunden zu haben? Oder den Tag, an dem Supermann zu Bad-Man wurde, weil er ihr die ganze Zeit verschwiegen hatte, dass er sterilisiert ist?«

Thorben brach in Gelächter aus, während Anne versuchte, sich trotz Luises Schlingerfahrt auf vereister Straße mit Glitzerlidschatten und Wimperntusche etwas Feiertagsstimmung ins Gesicht zu zaubern.

»Wir müssen ja nicht den ganzen Abend bleiben. Es soll ein paar kurze Reden geben. Ein Chor wird singen. Und nach den Häppchen können wir bestimmt verschwinden«, sagte Luise.

»Häppchen? Hmmm«, murmelte Thorben und klang schon etwas versöhnlicher.

»Ein Chor?«, kreischte dafür Anne. »O nein! Doch nicht etwa Weihnachtslieder, oder? Davon hat sie mir nichts gesagt. Entschuldigt mich bei ihr! Sagt, mir sei plötzlich übel geworden. Und wenn Natascha auftaucht, schickt ihr sie in diese kleine Bar an der Ecke, ja? Ich warte da.«

»Neihein!«, sagten Luise und Thorben im Duett.

Mit einem wütenden Schnaufen schmiss Anne den Eyeliner zurück in ihre Handtasche. »Ihr seid wirklich tolle Freunde!« Sie verschränkte die Arme vor der Brust, sah schmollend aus dem Fenster und schwieg, bis sie an der Galerie ankamen.

Luise ließ den Wagen langsam an der Reihe parkender Autos vorbeirollen, als von außen etwas Metallenes an das Fahrerfenster klopfte. Es war ein Ring, der auf einem langen, schlanken Finger an einer zarten, wohlgeformten Hand saß.

»Meine Güte, ich vergesse immer wieder, wie umwerfend sie aussieht.« Thorben blickte verträumt auf die Frau, die nun winkend und lachend um den Wagen herum zur Beifahrerseite lief. »Natascha ist wirklich dein Glückstreffer.«

»Sag ihr das bitte nicht«, flüsterte Anne, deren Miene sich beim Anblick ihrer Freundin sofort aufhellte. »Manchmal kann ich selbst kaum glauben, dass sie ausgerechnet mit mir zusammen ist. Und du musst sie nicht mit Komplimenten auf den Gedanken bringen, dass sie vielleicht doch etwas Besseres verdient hat.« Sie wandte sich zwinkernd zu Luise und Thorben um. »Ich springe schon mal raus. Wir warten vor der Tür. Versprochen: Ich laufe nicht weg.«

»Manchmal bin ich ganz schön neidisch auf sie«, sagte Thorben und beobachtete die innige Umarmung auf dem Gehsteig. »Ich frage mich, wie Anne das geschafft hat. Sie ist so anders als Natascha.«

»Manche Frauen stehen auf Macho-Allüren. Natascha anscheinend auch«, sagte Luise lachend und fuhr wieder an. »Was die Coolness betrifft, kannst du dir jedenfalls eine dicke Scheibe von Anne abschneiden. Und von dem Rest, der alles andere als cool ist, schwärmst du ja heute noch.« Im Rückspiegel sah sie, wie Thorben die Augen verdrehte und wieder aus dem Fenster sah.

»Weißt du, manchmal frage ich mich, wann das alles so ernst und kompliziert geworden ist«, begann er nach zwei Straßenecken nachdenklichen Schweigens. »Ich kann es hin und her wenden, wie ich will, meine Antwort ist immer dieselbe: Die Achtziger, das war mein Leben. Auch wenn es furchtbar sentimental klingt. Für mich stimmt es so. Wir hatten Pop, wir hatten Punk, wir hatten Pershings. Wir waren politisch, wir waren promiskuitiv.«

»Wir hatten auch scheußliche Pickel. Ich zumindest«, ergänzte Luise die Reihe der wichtigen Achtzigerjahre-Ps. »Und ich bin froh, dass die weg sind.«

Thorben überhörte es. »Wir hatten so viel Spaß. Die Zeit seitdem, das war für mich wie ein Blindflug. Ich weiß bis heute nicht, wie ich landen konnte, wo ich bin. Noch weniger weiß ich, ob ich da jemals hinwollte. Oder ob ich jetzt überhaupt noch dort sein will.« Seine Augen schweiften über Schaufenster, die in Rot und Gold beinahe ertranken. Kunstschnee, Weihnachtskugeln und Lametta. Sein Blick aber schien auf innere Landschaften gerichtet. »Ich habe mich nie für diesen Weg entschieden. Irgendwie bin ich da reingerutscht. Ein bisschen Computer, ein paar Aktien, und plötzlich hatte ich eine Menge Geld. Ich habe eine Bilderbuchkarriere gemacht. Darauf könnte ich eigentlich stolz sein. Für mich war es nur ein Spiel. Aber was habe ich davon? Klar, Spaß. Nur: habe ich wirklich etwas geschafft? Was bleibt mir? In zwei Jahren? In zehn?« Schweigend schaute er den wirbelnden Schneeflocken zu. »Manchmal«, sagte er schließlich, »wenn ich im Flugzeug sitze und zu irgendeinem Meeting fliege, überlege ich, welche Momente wohl an meinem inneren Auge vorbeizögen, wenn das Ding abstürzen würde. Ich bleibe dann immer an der Zeit mit euch hängen. Als wir alle noch nichts hatten – außer uns. Sybilles Partys mit hunderten von Leuten. Deine Tür, die immer offen war, wenn mal wieder jemand von uns Liebeskummer hatte. Annes ständig wechselnde und völlig chaotische Eso-Öko-Emanzen-Revolutions-WGs.«

»Das sag nachher aber bitte nicht laut«, sagte Luise und stoppte den Wagen, weil sie endlich eine Parklücke gefunden hatte.

 »Weißt du, woran ich manchmal denke, wenn ich mit irgendwelchen ach-so-wichtigen Geschäftspartnern in irgendeinem dieser superteuren Restaurants vor riesigen Tellern mit winzigen Portionen von Pasta mit Trüffeln auf Schnickschnack-Soße sitze?«, fuhr Thorben unbeirrt fort.

Luise schüttelte den Kopf.

»Mir fällt die Zeit ein, als wir Pasta noch Nudeln genannt haben und Anne nicht geglaubt hat, dass es einen Unterschied macht, ob sie Kartoffeln oder Spaghetti kocht. Sie hat die ganze Packung Nudeln auf einmal ins kalte Wasser geschüttet und von Anfang an mitgekocht. Anschließend haben wir Ketchup mit Tütenparmesan über die klebrige Pampe gekippt. Wir waren glücklich. Heute denke ich, dass Annes Nudel-Pampe vielleicht die beste Pasta war, die ich jemals gegessen habe.«

»O Thorben, das ist hart«, sagte Luise und zog den Schlüssel aus der Zündung. »Wenn du das noch mal sagst, kannst du Dienstag vergessen.«

»Wieso? Was ist am Dienstag?« Thorben sah sie überrascht an.

»Dienstag wollte ich Hokkaido-Gnocchis ausprobieren, die ich bei dem Essen zum siebzigsten Geburtstag meiner Mutter machen möchte. Und du solltest einer der Test-Esser sein. Aber wenn dein ultimatives Gourmet-Highlight Annes Nudeln mit Tütenparmesan ist, muss ich mir wohl jemand anders für mein Probeessen suchen.«

»Kürbisgnocchis, klingt gut. Natürlich komme ich. Gern! Und was gibt es dazu?«

»Sicher keinen Ketchup«, sagte sie lachend.

Es waren bereits viele Gäste in der Galerie, als Thorben und Luise eintraten. Anne und Natascha standen Arm in Arm vor einer der Vitrinen, waren aber offensichtlich mehr mit sich als mit den Exponaten beschäftigt. Luise ließ ihren Blick durch den Raum schweifen und entdeckte Sybille sofort. Sie war umringt von einer Gruppe Menschen, die um ihre Aufmerksamkeit buhlten. Sie glühte und funkelte wie eine Sonne im Mittelpunkt ihrer selbst erschaffenen Galaxie. Sybille war wunderschön. An diesem Abend erinnerte sie Luise an die Schneekönigin in Hans Christian Andersens Märchen, jedoch in einer freundlicheren Version. Die Haut nicht wie Schnee, sondern wie Vanilleeis, die dunklen Haare aufgetürmt wie zu einer Krone aus Lakritz. Kein Schmuck. Dafür glänzten ihre Augen wie Juwele aus Aquamarin. Sybille trug ein cremefarbenes Cashmerekleid mit einem leicht perlmuttfarbenen Schimmer, sehr klassisch, sehr schlicht. Es umschmeichelte ihren Körper bei jeder Bewegung. Das Motto der Veranstaltung war »Mythen aus Schnee und Eis«. Der Untertitel war bei Sybilles Anblick jedoch schnell vergessen: »Sozialprojekte entwickeln ihren Traum einer weißen Weihnacht«.

Was immer Sybille organisierte, stets war sie selbst der strahlende Mittelpunkt. So war es bereits früher gewesen, auf diesen Festen, an die sich Thorben im Auto erinnert hatte. Luise dachte an Partys in Fabriketagen mit Blick über die Stadt, Konzerte in halb verfallenen Lagerhallen, Kellergewölbe im

Kerzenlicht, Stöckelschuhe und Federboas, Roulette im Hinterzimmer, Zigarettenspitze, Ohrringe aus Jett. Dosenbier, Campari, Absinth. Sie alle hatten gedacht, dass Sybille irgendwann beruflich im Eventbereich landen würde. Zu aller Überraschung hatte sie jedoch an ihrem vierunddreißigsten Geburtstag verkündet, es wäre Zeit, ihr Studium zu beenden. Knapp zehn Jahre war das her. Und genauso konsequent, wie Sybille sich in die Partys gestürzt hatte, stürzte sie sich nach ihrem Studienabschluss in die Sozialarbeit. Allerdings nicht, um verirrte Seelen zu retten, sondern um das zu machen, was sie schon immer gut konnte.

»Alles nur Logistik und Management«, sagte Sybille lachend, als sich Luise und Thorben durch den Pulk von Leuten zu ihr durchgekämpft hatten. »Wenn es weiter so gut läuft, haben wir am Ende des Abends einen neuen Sponsor an der Angel, der unsere Behinderten-WGs mit Computern ausstattet. Und unsere anderen Geldgeber werden begeistert sein, wenn sie morgen ihr Gesicht in der Presse sehen mit einem Lob für ihr soziales Engagement. Um ehrlich zu sein: Ich bin ziemlich stolz, was unsere Gruppen heute Abend auf die Beine gestellt haben.«

»Wirklich beeindruckend«, sagte Thorben und drehte sich zu den fast zwei Meter hohen Leinwänden um, auf die Landschaften mit Acrylfarbe und Kunstschnee gesprüht waren.

»Das ist von der Graffiti-Gruppe aus unserem Jugendzentrum. Die haben seit Beginn des Schuljahres daran gearbeitet. Damit hat eigentlich alles angefangen. Sie hätten natürlich auch die Hausfassade ihres Hinterhofs besprühen können, doch wen interessiert das? Ist für die meisten doch nur irgendeine Schmiererei. Die Jungs müssen als Künstler gesehen werden; sie müssen aus ihrer Schmuddelecke rauskommen. Deshalb haben sich Tobi und ich vor ein paar Wochen zusammengesetzt und Ideen gesammelt.«

»Tobi?«, fragte Luise, die sich zwar dunkel erinnerte, dass Sybille diesen Namen neulich erwähnt hatte, aber ihr fiel nicht mehr ein, in welchem Zusammenhang.

»Dieser junge Künstler, den wir im Sommer für die Betreuung der Graffiti-Gruppe eingestellt haben. Davon hatte ich doch erzählt, oder? Ein sehr fähiger Kopf.«

»Ein *Kopf*«, wiederholte Thorben vieldeutig und warf Luise dabei einen Seitenblick zu.

»Ja, ein guter Pädagoge und begnadeter Maler. Er hat auch den Kontakt zur Galerie gemacht. Da habe ich mich eingeklinkt und ein Konzept entworfen, bei dem man die Ausstellung der Graffiti mit unseren anderen Projekten verbinden kann. Et voilà! Ihr wisst ja: Kunst hat mich schon immer interessiert.«

Thorben und Luise folgten Sybilles Blick, der bei diesen Worten über die Köpfe der Anwesenden hinwegflatterte und bei einer Gruppe von wild gestikulierenden Jugendlichen landete. Mitten unter ihnen stand wie ein Fels in der Brandung ein Mann, groß, schlank, Anfang dreißig, der Sybilles Augenaufschlag mit einem vertraulichen Zwinkern erwiderte.

»Das ist dann wohl Tobi, der begnadete Künstler?«, fragte Luise, bemüht, sich ein Grinsen zu verkneifen. »Ich kann mir vorstellen, wie sehr du an einer Verbindung mit der Kunst interessiert bist.«

»Und wenn er auch noch gut mit Kindern kann«, übernahm Thorben den Faden, brachte den Satz jedoch nicht zu Ende, weil er sich einen Rippenstoß von Luise einfing.

Sybille überging die Anspielung und manövrierte die beiden zum Büfett. »Das hier verdirbt mir allerdings die Laune.« Angewidert zog sie die Augenbrauen in die Höhe, ihre Lippen bildeten eine messerscharfe Linie. Sie deutete auf eine Ansammlung von vier Nudelsalaten, einem Kartoffel-

salat und einer Schüssel Undefinierbarem mit Lauch und Mandarinen, die alle in wässerig weißen Saucen versanken. »Es war wohl doch keine gute Idee, das Büfett dem Handarbeitskreis zu überlassen. Mythen aus Schnee und Eis.« Sie schnaufte verächtlich. »Das hat vielleicht beim Eisbären-Häkeln hingehauen, aber das hier sieht so mystisch aus wie die Schiffsküche der Titanic kurz vorm Absaufen.«

»Aber schmecken tut es«, murmelte Thorben, der sich einen Teller geschnappt hatte und begeistert ein Dreierlei an Nudeln probierte.

Sybille ignorierte Thorbens Kommentar und schaute Luise an. »Findest du das gut? Das geht doch besser, oder? Verlange ich zu viel?«

Für einen kurzen Moment sah Luise in Sybilles Augen ein Fünkchen Unsicherheit aufglimmen. Etwas, was nicht allzu oft passierte. Mythen aus Schnee und Eis für ein Büfett umzusetzen fand Luise keine einfache Aufgabe, wenn man sich nicht auf Naheliegendes wie Vanilleeis mit Sahne beschränken wollte. Während Thorben sich ungerührt auf die Salate Nummer vier bis sechs stürzte und Sybille den Jugendlichen, die für das Geschirr zuständig waren, ein paar Anweisungen entgegenzischte, kaute Luise nachdenklich an ihrer Unterlippe und überlegte, wie sie ein Büfett zu diesem Thema gestaltet hätte.

»Weiß als Basis. Das ist ja klar. Hatte die Handarbeitsgruppe wohl auch im Kopf«, sagte sie nach einer Weile, während sie immer noch gedankenverloren auf die traurigen Salatschüsseln blickte. »Aber weil das allein zu trist wäre, hätte ich Farbtupfer gesetzt. Weihnachtlich. Rot und Grün und ein bisschen Gold. Schließlich habt ihr ja auch den weihnachtlichen Untertitel in der Ankündigung. Ich hätte Kartoffelcremesuppe mit Kräutern gemacht und in weißen Kaffeetassen serviert. Das ist gut für große Gruppen vorzubereiten, und es sieht ein bisschen aus wie Tannenspitzen unterm ersten Schnee. Mit etwas Fantasie würden mit Ziegenkäse gefüllte und überbackene Champignons als Schneebälle durchgehen. Und vielleicht Sushi. Reis ist ja auch weiß. Da wäre symbolisch das Meer mit drin, über das der Weihnachtsmann mit seinem Rentier fliegen muss. Zu Fisch fallen mir außerdem noch hell gebackene Crêpe-Röllchen mit einer Lachs-Meerrettich-Füllung ein. Als Nachtisch Baiser mit, ja, natürlich, Eis. Vielleicht Granatapfel dazu, wegen der Farbe. Das erinnert an rote Christbaumkugeln. Oder Zitronensorbet mit Litschis. Oder Nuss-Sahnetorte mit Adventsgewürzen und darüber noch ein Marzipanüberzug mit einem Hauch von Blattgold.« Sie hob den Blick und sah Thorben und Sybille an, die sie mit offenen Mündern anstarrten. »Okay«, fuhr sie dann kleinlaut fort, »das mit dem Blattgold wäre wohl etwas zu aufwändig. Außerdem nähme dir dann keiner mehr ab, dass du Sponsoren brauchst.«

»Ich bin so eine Idiotin«, sagte Sybille kopfschüttelnd. »Ich hätte dich gleich fragen sollen. Nächstes Mal. Ganz bestimmt. Aber nun muss ich euch allein lassen. Der Geldgeber ruft.« Sie straffte die Schultern, setzte ihr offizielles Lächeln auf und folgte dem Wink ihres Geschäftsführers, der mit einem Herrn in der Ecke stand.

»Ich habe für sämtliche Nichten und Neffen selbstgebastelte Ohrringe in Schneeflockenform und Häkel-Eisbären gekauft. Und Natascha hat sich in ein Bild verliebt«, flüsterte Anne kurze Zeit später die Zusammenfassung ihres bisherigen Abends in Luises Ohr. »Bevor sie aber gleich eine hal-

be Monatsmiete für etwas ausgibt, das ich auf keinen Fall in unserer Wohnung sehen möchte, verschwinden wir besser. Außerdem habe ich böse Vorahnungen.« Sie deutete auf den Chor, der sich im Eingangsbereich der Galerie formierte. »Wir warten in der Bar an der Ecke auf euch«, sagte sie und zog Natascha mit sich auf die Straße.

»Was ist denn mit Anne los?«, fragte Thorben und sah ihnen hinterher.

Bevor Luise antworten konnte, spürte sie eine Bewegung in ihrer Tasche. Fieberhaft begann sie, nach ihrem Telefon zu suchen. Das Display zeigte einen verpassten Anruf, die Handynummer ihrer Mutter. Luise wurde blass. Ihre Mutter rief sie nur in Ausnahmefällen mobil an und schon gar nicht von ihrem eigenen Handy aus. »O Gott!«, sagte Luise und sah entsetzt zu Thorben. »Es ist bestimmt was Schlimmes passiert. Ich muss unbedingt raus und sie anrufen.«

». . . Waaaas? Argentinien? . . . Aber er kann doch nicht einfach einen Flug für dich buchen, ohne dich vorher zu fragen . . . Überleg mal, wie alt du bist! . . . Buenos Aires ist nicht Bad Oeynhausen, Mama. Du wirst in drei Wochen siebzig! . . . Geburtstagsgeschenk? Überraschung? Ich soll mich mitfreuen? Worüber? Das ist doch eine völlig blöde Idee . . . Wir wollten alle zusammen feiern. Zu Hause. Familie und Freunde. Das hatten wir so ausgemacht. Warum mischt sich dieser Typ jetzt ein? . . . Wie? *Ich* wollte, dass du deinen Geburtstag groß zu Hause feierst und nicht du? Was soll *das* denn jetzt? ... Du hast doch zu allem Ja und Amen gesagt ... Natürlich kannst du selber entscheiden, was du tust. Ich hoffe nur, du machst dir Gedanken über die Konsequenzen ... Dann feiere doch in Argentinien mit deinem Paul! ... Ja, ist mir egal. Völlig. Aber glaub bloß nicht, dass ich dich irgendwo abhole, wenn etwas passiert ist ... Ich leg jetzt auf, Mama ... Ich leg auf!«

Luise stand wie angewurzelt auf dem Gehsteig vor der Galerie. Als sie sich zur Fensterfront umwandte, wurde ihr klar, dass sie wohl lauter geredet hatte als beabsichtigt. Die Tür zur Galerie stand sperrangelweit offen, die Musik vom Band drinnen war bereits abgestellt, der Chor hatte noch nicht mit seinem Weihnachtslieder-Medley begonnen. Die Gespräche waren teilweise verstummt. Neugierige Gesichter blickten ihr entgegen, offensichtlich interessiert, was vor der Tür wohl gerade abgelaufen sein mochte.

»Luise?« Thorbens Stimme war ganz dicht neben ihr. »Ist alles okay?« Seine Hand lag auf ihrer Schulter.

Nichts ist okay, schoss es ihr durch den Kopf. Tausend Gedanken wirbelten wie Schneeflocken, aber sie ergaben keinen Sinn, keinen Zusammenhang. Sie dreht durch. Sie spinnt. Sie lässt sich völlig beeinflussen. Ihre Mutter! Was wollten die beiden in Buenos Aires? Tango tanzen. Sie sollte eher an die Thrombosegefahr denken. Argentinien war ein Langstreckenflug. Und das Essen, das Luise seit Wochen für den Geburtstag geplant hatte? Was hatte er überhaupt zu melden? Er war ein Fremder, der sich in ihre Familie drängte. Heraus bekam Luise aber kein einziges Wort. Sie sah Thorben an und merkte, als er ihr mit seinem Taschentuch über die

Wangen strich, dass es wohl nicht Schnee war, der ihr in den Wimpern hing, sondern Tränen.

»Wollen wir zu Anne und Natascha gehen, oder soll ich dich lieber nach Hause fahren?«

»Nach Hause«, sagte sie leise.

Koffein

»Haben Sie an den Kaffee gedacht?«

»Ja, der läuft gerade durch.«

»Milch, Zucker?«

»Steht auf dem Tablett.«

»Und wo bitte schön ist das Tablett?«

»In der Küche. Ich bringe es herein, sobald der Kaffee fertig ist.«

Luise stellte eine Schale mit Schokoladentäfelchen auf den Tisch in Frau Bergs Büro und rückte die Blumenvase zurecht. Sie bemühte sich, gelassen zu bleiben, doch das war schwierig, wenn Frau Berg dauernd dazwischenfunkte. Natürlich wusste Luise, wie wichtig ihrer Chefin das Treffen mit Doktor Kahle war. Seit er Frau Berg vorletzte Woche vorgestellt wurde, war von nichts anderem die Rede. Ein Abendessen mit Anwälten und Ärzten. Frau Berg hatte in der Besprechung am darauffolgenden Montag in den höchsten Tönen geschwärmt. Vom Zander, von Doktor Kahle und von der gepflegten Konversation. Erbrecht und Schönheitschirurgie, Schadenersatzklagen und Eigenfetttransplantation. Luise hatte bei Frau Bergs plötzlicher Begeisterung für Körperfett und die Vielzahl der Orte, an die es dekorativ umgesiedelt werden konnte, geahnt, dass sich das Dessert an jenem Abend vermutlich in doppelter Portion an Frau Bergs Rundungen schmiegen durfte, da ihre Chefin nach dem Zander einen Entschluss gefasst haben musste. Durch einen kleinen Eingriff würde das Berg'sche Fett von jenseits der Gürtellinie zukünftig die Zornesfalten ihrer Stirn auspolstern, wodurch sich an den Wutausbrüchen sicher nichts ändern würde, aber immerhin wären die Spuren beseitigt. Zumindest die in ihrem Gesicht. Luise versuchte sich bei all diesen Überlegungen, von denen sie lieber nicht so detailgetreu erfahren hätte, mit der Vorstellung aufzumuntern, dass sie zukünftig jedes Mal, wenn sie ihre tobende Chefin anblickte, auch ein Stück des wütenden Gesäßes vor sich hätte. Und mit diesem Gedanken im Hinterkopf würde sie das alles sicher nicht mehr so ernst nehmen.

»Wann kommt der Messenger mit dem Flyer?«, fragte Frau Berg zum dritten Mal.

»Er müsste jeden Augenblick hier sein«, antwortete Luise, die schon in der Druckerei hatte anrufen müssen, um daran zu erinnern, dass sich das Faltblatt für »Beauté Nouvelle«, die Privatpraxis von Doktor Kahle, tatsächlich pünktlich auf den Weg zu *Text-Berg* machte.

Der geplante minimal-invasive Eingriff an Stirn und Hüften beruhte nämlich auf einer kleinen Gegenleistung. Hatte Doktor Kahle nicht schon lange einen Werbe-Flyer entwerfen lassen wollen? Seit geraumer Zeit schwebte ihm so etwas vor, nur hatte er bis jetzt noch nicht die richtigen Ansprechpartner dafür gefunden. Mais voilà! Das Essen schien eine Fügung zu sein, und so hatte man sehr schnell über Kooperationen und Freundschaftsdienste geredet. Freundschaften mussten dem Finanzamt ja nicht gemeldet werden. Bei dieser Information war Luise eingefallen, dass das Fachgebiet von Herrn Berg Steuerrecht war. Nachdem Doktor Kahle wohl auch verführerisch die Worte ›später vielleicht sogar eine Imagebroschüre in Hochglanz‹ in die Luft gemalt hatte, musste ihre Chefin noch einen lukrativen Folgeauftrag oder die Möglichkeit einer weiteren freundschaftlichen Runderneuerung gewittert haben.

»Das akademische Viertel«, sagte Frau Berg nach einem kurzen Blick auf die Uhr mehr zu sich als zu Luise. »Oder es ist ein Notfall dazwischengekommen. Haben Sie endlich alles?« Sie nahm Luise die Flyer, die gerade abgegeben worden waren, aus der Hand und überflog die Seite.

»Kaffee steht auf dem Tisch. Milch, Zucker. Es ist alles da.« Luise klang, als ob sie Anweisungen für autogenes Training gäbe. Sie versuchte, Ruhe auszustrahlen und dezent im Hintergrund zu wirken. Wenn Doktor Kahle erst einmal da wäre, könnte sich Luise nach hinten in ihr Büro zurückziehen und durchatmen. Sie hatte seit dem Abend in der Galerie kaum geschlafen und war fünf Tage übermüdet durch den Alltag getaumelt. Die dunklen Gefühle, die Frau Berg in ihr auslöste, die Wut auf ihre Mutter, die Traurigkeit darüber, dass niemand zu Hause auf sie wartete, mit dem sie all diese Sachen besprechen konnte, kein Mann, keine Katze, all das hatte sie beiseitegeschoben, denn egal wie es ihr ging, heute musste sie hundertfünfzigprozentig präsent sein. Frau Berg konnte zwar Hof halten und repräsentieren wie eine Königin, doch für den reibungslosen Ablauf des Protokolls war Luise zuständig.

Es klingelte.

»Huschhusch«, sagte Frau Berg, den Blick auf den kleinen

Schminkspiegel in ihrer Linken gerichtet. Mit der anderen Hand wedelte sie in Richtung Tür, als wolle sie eine lästige Fliege verscheuchen.

Für einen kurzen Moment schloss Luise die Augen. Sie versuchte, sich zu beherrschen. Nur noch eine kleine Weile. Wenn sie durchhielt und alles glattlief, würde sie früher Schluss machen können. Nach Hause fahren. Schlafen. Doch unaufhaltsam spürte sie eine Welle in sich branden, glühend heiß, die von einem Punkt kurz unterhalb ihres Nabels über den Magen hinwegspülte, ihr Sonnengeflecht in Brand setzte, das Brustbein hinaufrollte und ihre Wangen glühen ließ.

»Frau Blum, bitte!« Frau Berg sah vom Spiegel auf und Luise direkt in die Augen, sämtliche Hierarchie von *Text-Berg* lag in diesem Blick.

Luise drehte sich um, schluckte das gallige Gefühl hinunter und öffnete die Tür.

Nachdem sie Doktor Kahle in das Büro geführt und den Kaffee eingeschenkt hatte, war Luise überflüssig. In der Küche steckte sie sich eines der restlichen Schokoladentäfelchen in den Mund und stellte den Wasserkocher an. Sie entschied sich gegen einen Espresso. Er würde ihr Herz nur noch mehr ins Stolpern bringen. Im Küchenschrank fand sie ein Päckchen Detox-Tee. Gut. Was beim Fasten reinigte, würde vielleicht ja auch bei Luise das Gift der letzten Tage hinausspülen. Mit dem Tee ging sie in ihr Büro, ließ die Tür ins Schloss fallen und setzte sich an den Schreibtisch. Ruhe, endlich Ruhe. Sie legte ihre Hände um die Tasse, schloss die Augen und atmete durch. Wenn jetzt alles glattging, hätte sie eine Stunde für sich. Wäre Doktor Kahle dann fort, würde Frau Berg sie rufen, um sämtliche Details des Treffens loszuwerden, und Luise müsste sich mit noch mehr privaten Informationen, die sie nichts angingen und die sie nicht hören wollte, vollstopfen lassen. Danach würde sie jedoch die Gunst der Stunde nutzen und fragen, ob sie früher gehen dürfte.

Doch anscheinend hatte das Leben anderes geplant. Das Telefon klingelte. Ein interner Anruf. Der Anschluss von Frau Berg: »Frau Blum, kommen Sie nach vorn. Sofort!«

»Schauen Sie sich das an. Ist das etwa Ihr Ernst?« Frau Berg stand mitten im Raum, den Rücken kerzengerade, das Gesicht wutverzerrt. Sie hielt Luise den Flyer entgegen.

Luise sah es auf den ersten Blick. Sah es, weil sie den Text in- und auswendig kannte. Sie hatte ihn nicht nur mehrmals Korrektur gelesen, sondern selbst geschrieben, darum wusste sie genau, wo die Fallen in den Formulierungen lagen und welche Worte man behandeln musste, als sei man ein Schlangenbeschwörer. Schlangen pflegen sensiblen Umgang und wollen umworben und gewürdigt werden. Sie vertragen keinen Ghettoblaster und keine Soundmaschine, sondern verlangen nach Flötenspiel. Schlangenworte sind ihnen ähnlich. Sie widersetzen sich der Rechtschreibprüfung des Computers und bedürfen eines wachen Blicks. Luise hatte in der vergangenen Woche aus den Vorgaben und Stichworten von Doktor Kahle einen fließenden Text formuliert, hatte ihn feinfühlig überarbeitet, ausgefeilt und präzisiert. Für seine allzu trockenen Formulierungen hatte sie Worte gefunden, die einen Rhythmus hatten und mit dem Rest harmonierten. Sperrige Fachtermini, die nicht zu vermeiden waren, hatte sie behutsam in den Gesamtkontext eingebettet. Daher wusste sie auch genau, dass es bei einer autologen Fettzelltransplantation um eine Verpflanzung eigener und nicht fremder

Fettzellen ging, hatte nachgelesen, worum es sich bei hyaloronsäurehaltigen Fillern handelte, und hatte aufgeführt, dass Doktor Kahle Couperose unter anderem mit Elektrokaustik behandelte. So hatte sie es geschrieben. So hatte es Doktor Kahle zu lesen bekommen und abgesegnet. Hätte sie ahnen müssen, dass ihre Chefin nach Doktor Kahles Okay für den Text auch noch die Rechtschreibprüfung des Computers als Kontrollinstanz herangezogen hatte, ohne Luise einen Blick auf das Endergebnis werfen zu lassen? War Luise nun etwa verantwortlich dafür, dass so aus Elektrokaustik Elektroakustik wurde, Falten nicht mit Fillern, sondern mit Filtern behandelt wurden und die Fettzellen nicht mehr in einer autologen, sondern einer autonomen Transplantation verpflanzt wurden?

Doktor Kahle, der vermutlich arbeitslos würde, wenn es autonome Transplantationen gäbe, zündete sich eine Zigarette an und beobachtete wortlos das Geschehen.

»Selbst dazu, die Adresse richtig von der Visitenkarte abzuschreiben, waren Sie nicht in der Lage.« Frau Bergs Finger bohrte sich auf die Rückseite des Faltblattes. »Können Sie noch nicht einmal Korrektur lesen? Wofür taugen Sie überhaupt? Sie haben den Flyer, in den ich so viel Arbeit gesteckt habe, verhunzt. Sie sind eine einzige Blamage für mein Büro!«

»Ich habe Batonstraße geschrieben«, sagte Luise leise, weil sie wirklich Batonstraße geschrieben hatte und nicht Betonstraße, wie es nun rechtschreibprüfungskorrekt dort stand. »Und ich weiß nicht nur, wie man sie richtig schreibt, sondern auch, wo sie ist. Ich fahre viermal in der Woche daran vorbei.« Sie hob ihren Blick und sah Frau Berg ins Gesicht. Das hatte sie in einer vergleichbaren Situationen bisher noch nie gewagt.

»Papperlapapp. Wenn Sie es geschrieben hätten, stünde es ja da. Wofür bezahle ich Sie eigentlich?«

»Ich habe es korrekt geschrieben«, wiederholte Luise mit ruhiger Stimme. Was eine große Leistung war, denn diese rote Welle Wut, die schon vorhin in ihr nach oben gerollt war, saß nun wieder kurz vor ihrem Kehlkopf. Luise hatte Angst, dass sie Feuer speien würde, wenn sie die Woge nicht aufhielt. Dass sie Dinge aussprechen könnte, die sie bereuen müsste. Die endgültig wären. Die nichts hinterlassen würden als verbrannte Erde.

»Ich glaube Ihnen kein Wort, Frau Blum. Sie haben einen großen Fehler gemacht. Da brauchen Sie sich jetzt gar nicht rauszureden. Sie sollten sich bei Doktor Kahle für Ihre unqualifizierte Arbeit entschuldigen.«

»Das ist wirklich nicht nötig«, warf der ein, doch drang er mit diesem Einwand nicht durch.

»Ich rede mich nicht raus, Frau Berg«, sagte Luise und hielt dem Eisbergblick stand. »Ich habe korrekt gearbeitet, denn ich habe den Flyer nicht nur Korrektur gelesen, sondern ich habe ihn auch verfasst, den gesamten Text, den Sie Doktor Kahle letzte Woche vorgelegt hatten.« Luises Stimme war klar und tief wie ein Schiffshorn im Nebel. Dann brach die Sturmflut los. Die rote Welle wurde stärker als Luises Angst. »Sie wissen es doch genau: Der Flyer war meine Arbeit, nicht Ihre. Und ich muss mich dafür auch nicht entschuldigen, weder bei Ihnen noch bei Doktor Kahle, denn diese Fehler im gedruckten Text sind nicht meine Schuld. Sie selbst haben den Flyer offensichtlich noch mal mit der Rechtschreibprüfung korrigiert, nachdem er Doktor Kahle vorgelegen hatte. Sie haben diese Fehler erst hineingebaut. Ich habe den Text danach nicht mehr zu Gesicht bekommen.«

»Nicht in diesem Ton! Was erlauben Sie sich? Das ist ja eine Unverschämtheit!«

»Ja, stimmt«, sagte Luise oder besser diese glutrote Geisterwelle, die Besitz von ihr ergriffen hatte und nicht mehr zu stoppen war: »Es ist eine Unverschämtheit – wie Sie mit mir umgehen! Ich hätte schon viel früher Konsequenzen ziehen müssen. Das, was ich mir darum nun tatsächlich erlaube, ist: zu kündigen. Auf der Stelle. Fristlos.« Sie straffte die Schultern und wandte sich im Gehen noch kurz an Doktor Kahle: »Es freut mich, dass Ihnen der ursprüngliche Text des Flyers gefallen hatte. Das ist ein großes Lob für mich. Für die Fehler in der Endfassung kann ich mich, wie gesagt, nicht bei Ihnen entschuldigen. Aber dass Sie das jetzt alles mit anhören mussten, tut mir sehr leid.« Sie gab ihm die Hand und vermeinte ein kurzes Aufblitzen von Verständnis in seinem Blick zu erkennen. Aber vielleicht irrte sie sich auch. Ohne eine weitere Reaktion abzuwarten, verließ sie erhobenen Hauptes das Berg'sche Büro. Erst auf dem Flur dämmerte ihr, was sie soeben getan hatte.

»Bring a bottle, bring a friend – oder wie heißt das?«, sagte Anne, als sie in der Tür stand. Sie drückte Luise eine Flasche Sekt in die Hand und zog Natascha hinter sich her in die Küche. »Herzlichen Glückwunsch zu diesem Schritt, Luise, und euch: Hallo!«

Sybille winkte nur kurz, und Thorben fragte: »Was wollt ihr: Sybilles Sekt, euren Sekt, meinen Brandy oder Luises Nervenstärkungstee?« Er deutete auf ein Durcheinander von Flaschen, Gläsern, Tellern, Tassen, Keksen und Chipstüten auf Luises Küchentisch.

»Genau das – in genau dieser Reihenfolge.« Anne lachte,

hängte ihre Jacke über einen der Stühle und umarmte Luise. »Alles in Ordnung mit dir?«

»Weiß nicht«, antwortete Luise, denn sie wusste es wirklich nicht. Ihr war, als stünde sie neben sich. Als würde sie dieser Frau, die auf den Namen Luise reagierte und die ihr irgendwie entfernt ähnlich sah, über die Schulter schauen, seit sie die Tür zum Büro von Frau Berg geschlossen hatte. Was davor in diesem Büro passiert sein musste, war ihr nur in Bruchstücken im Gedächtnis. Erst nach und nach kamen immer mehr dieser Bruchstücke zusammen.

»Sieht nach Umzug aus«, sagte Natascha und deutete zur Arbeitsplatte. Dort stand eine Kiste mit Schnickschnack: eine Kaffeedose, diverse Teepäckchen, ein extradickes Stuhlkissen, eine beleuchtbare Leselupe, mehrere Kunstpostkarten im Bilderrahmen und obenauf eine Tasse mit der Aufschrift ›Kollegin des Jahres‹.

»Aus- nicht Umzug. Zumindest habe ich Svenja die restlichen Kekse dagelassen«, sagte Luise und fragte sich, warum sie das nicht auch mit dem Kaffee und dem Tee getan hatte. Allein bei der Vorstellung, wie sie hier, an ihrem ureigenen Rückzugsort, die Kaffeedose aufschrauben würde, die bei *Text-Berg* neben dem Instant-Cappuccino ihrer Chefin gestanden hatte, wurde ihr übel. Vorhin, beim Einpacken ihrer persönlichen Sachen, war sie wie in Trance gewesen. Alles mitnehmen, keine Spuren hinterlassen. Sie hatte ihre Schubladen ausgeräumt, während Frau Berg auf dem Flur zeterte, hatte die Akten mit den Projekten, an denen sie gerade arbeitete, auf den Schreibtisch gestapelt und dann den Büroschlüssel zusammen mit ihrer Kündigung obenauf gelegt. Das musste als Übergabe reichen. Sie war sich nicht sicher, ob ›fristlos‹ hieß, dass sie wirklich von heute auf morgen wegbleiben konnte, aber sie war fest entschlossen, keinen Schritt mehr in dieses Büro zu setzen. Sie hatte den Kopf noch kurz zu Svenja ins Zimmer gesteckt und etwas wie »Ich bin weg« gemurmelt. Dann war sie gegangen, die Kiste mit ihrer persönlichen Habe unterm Arm. Im Treppenhaus hatte ihr Handy vibriert. Es war Thorben, mit dem sie nachmittags verabredet war. »Ich fahre jetzt nach Hause«, hatte sie nur gesagt.

»Bist du krank?«, hatte er gefragt.

»Ich habe gekündigt«, hatte sie geantwortet. Dann hatte sie aufgelegt und ihr Handy abgestellt. Das Nächste, woran sie sich erinnerte, war Thorben, der mit einer Flasche Brandy im Arm vor ihrer Tür stand.

»Dein Abgang muss sehr beeindruckend gewesen sein«, sagte er. »Als du aufgelegt hattest, habe ich bei dir im Büro angerufen und hatte deine junge Kollegin an der Strippe. Sie hat mir erzählt, was sie mitbekommen hat. Sie macht sich große Sorgen um dich. Und weil du nicht mehr zu erreichen warst, bin ich hergekommen, so schnell ich konnte.«

»Das tut mir leid«, sagte Luise, konnte sich aber ein Lächeln nicht verkneifen. »Svenja wird jetzt eine Menge aushalten müssen. Ich hoffe, sie nimmt mir das nicht übel.«

»Sie wird es verkraften. Ich schätze mal, du hast ihr so viele Kekse dagelassen, dass sie fürs Erste über die Berg-Launen hinwegkommt. Auch wenn der Vorrat hier sicher alles andere in den Schatten stellt.« Er nahm sich einen der Cantuccini aus der riesigen Dose, die Luise zu den Chips auf den Tisch gestellt hatte.

»Am allerwichtigsten aber ist, dass du wieder gute Laune bekommst«, sagte Sybille und schenkte Sekt nach. »Ich muss gestehen, dass ich mich weniger gesorgt, sondern eher gefreut habe, als Thorben anrief, um es mir zu erzählen. Es war doch längst fällig, dass du endlich gehst. Darum habe ich sofort Anne Bescheid gesagt, damit wir diesen Wendepunkt in deinem Leben gebührend feiern können.«

»Und weil ich das mit dem Feiern eine gute Idee fand, habe ich einfach früher Schluss gemacht und auch gleich Natascha mitgenommen«, sagte Anne.

»Und ich dann noch mehr Sekt«, grinste Natascha. Sie zog eine weitere Flasche aus ihrer Umhängetasche und stellte sie auf den Tisch. »Willkommen in der Freiheit!«

Zimtsternschnuppen

Es gibt Menschen, die behaupten, man wisse in einer Stadt nie, welche Jahreszeit gerade ist, weil man den Sommer kaum vom Frühjahr oder Herbst unterscheiden könne. Lediglich den Winter erkenne man an der schlechten Laune der Mitmenschen, an den Matschrändern auf den Stiefeln und den Glühweinschwaden, die den Blick vernebeln. Luise wusste, dass das nicht stimmte. Man musste nur die Augen offen halten und die Sinne schärfen für die feinen Veränderungen in der Stadt, die unabhängig vom Wetter stattfanden.

Pünktlich Ende April kehrten die Mauersegler zurück, die unter der Dachrinne im Nachbarhaus nisteten und ihre Abende damit verbrachten, mit lautem Geschrei in halsbrecherischen Runden über Luises Balkon hinwegzufegen. Daran erkannte sie, dass es Frühjahr geworden war und sie in ihrer Straße bald über einen zarten Teppich aus herabfallenden Kirschblüten flanieren konnte. Kurz danach öffnete die Eisdiele um die Ecke und läutete den Sommer mit einer orange-weiß-gestreiften Markise ein, die sie schützend über die Köpfe der Kundschaft breitete. Unabhängig vom Wetter bevölkerte für die nächsten fünf Monate eine lange Schlange Wartender den Bürgersteig, denn hier gab es das beste Aprikoseneis des Viertels. Rollten die Eisverkäufer ihre bunten Fahnen wieder ein und legten Schokostreusel und Himbeersauce zum Winterschlaf ins Regal zurück, wurden sie von lautstarkem Vogelgezwitscher begleitet. Der Sommer gab den Staffelstab weiter an den Herbst, und in Luises Kopf erklang das Vogelbeerbaum-Gedicht von Marina Zwetajewa, das sie so sehr mochte, denn neben dem Ladenfenster der Eisdiele flammten die Ebereschen genauso wie in den Gedichtzeilen. Beim Anblick der roten Dolden konnte Luise der Lyrikerin ihre Lust, in die bitteren Beeren beißen zu wollen, nachfühlen, aber Luise wusste auch, dass die Früchte in rohem Zustand auf den Magen schlugen. Erst gekocht wurden sie bekömmlich. Jedes Mal, wenn sie unter den weithin leuchtenden Bäumen stand, dachte sie, dass sie irgendwann etwas aus Vogelbeeren kochen würde. Marmelade oder eine Beilage zu dunklem Braten. So lautstark, wie die Vögel sich morgens in den Baumkronen um die roten Früchte stritten, hängten sie sich am späten Nachmittag an die kleinen Trauben im Weinlaub, das bis zu Luises Balkon heraufrankte. Dort führten sie ihre Debatten darüber, wer die besten Beutestücke bekommen sollte, mit unvermindertem Eifer fort. Wenn Luise in der letzten Abendsonne, die Strickjacke um die Schultern gelegt, auf ihrer kleinen Holzbank saß, kommentierte sie das Treiben zwischen den Blättern. Als sie sich zum ersten Mal dabei ertappt hatte, war sie kurz zusammengezuckt und hatte erschrocken den Mund geschlossen. Sie war sicher, falls Anne jemals erfahren sollte, dass Luise mit den Spatzen redete, würde sie ihr das bei jeder passenden und unpassenden Gelegenheit unter die Nase reiben und ihr raten, endlich mehr unter Menschen zu gehen. Wenn das Weinlaub dann abgefallen war und Ruhe einkehrte im Hof,

weil es kälter wurde und selbst die beiden Jungen aus dem zweiten Stock nicht mehr draußen Ball spielten, wusste sie auch ohne Glühwein und Lametta, dass Weihnachten vor der Tür stand. Was nie ein Problem gewesen war. Bis jetzt.

»Internetdating ist einfach super«, sagte Thorben voll Überzeugung, als Luise beim alljährlichen Treffen zum vierten Advent sein Geschenk ausgewickelt hatte. Sie starrte ihn irritiert an. Es war ein Gutschein für drei Schnuppermonate der Internet-Partnerbörse, in der auch er sich seit ein paar Wochen herumtrieb. »Und es ist so bequem! Du kannst was von regelmäßig Pilates und heißen Dessous schreiben und dabei ganz entspannt in deinen Jogginghosen auf dem Sofa sitzen.« Er schaute Luise fröhlich und mit roten Wangen an.

»Na prima«, sagte sie. »Soll das heißen, du findest, dass ich mich im Netz verstecken muss, weil ich sonst nichts auf die Reihe kriege? Keine Beziehung, keinen Job? Dass ich etwas dazuerfinden muss, um attraktiv zu sein? Und dass ich zufrieden sein kann, wenn dann mein erfundenes Ego mit einem anderen erfundenen Ego online einen netten Abend hat, während unsere wahren Leben ein Desaster sind? Vielen Dank auch!« Sie versuchte, es wie einen Scherz klingen zu lassen, was ihr jedoch misslang.

Thorben sah sie verstört an. »Eigentlich wollte ich dich nur ein bisschen ablenken, weil wir ja über die Weihnachtstage alle weg sind und du dieses Jahr auch nicht zu deiner Mutter ...« Mitten im Satz unterbrach er sich und biss sich auf die Lippen.

Luise blickte auf den Gutschein, schweigend, Tränen in den Augen.

»Ich habe es nett gemeint. Okay? Ich wollte dir eine Freude machen. Mehr nicht.«

»Dann buche ich es unter gut gemeintem Versuch ab«, sagte Luise barsch und griff sich das nächste Päckchen.

»Bevor du es auspackst«, kam Sybille ihr zuvor, indem sie ihre Hand auf Luises Finger legte, die bereits am Seidenband zuppelten: »Auch mein Geschenk ist nett gemeint und kein verkappter Hinweis, dass ich finde, du siehst mitgenommen und alt aus. Es ist einfach nur eine Kleinigkeit, mit der ich dir etwas Gutes tun will.«

»Hmmm«, grummelte Luise und riss das Seidenpapier auf. Zum Vorschein kam eine Packung der Gesichtscreme, die sie vor einer Weile heimlich bei Sybille im Bad ausprobiert hatte und die sie seither in Parfümerien umschlich, jedoch mit Blick auf das Preisschild immer wieder zurück ins Regal stellte. Luise versuchte, den Kloß im Hals hinunterzuschlucken. »Von wegen Kleinigkeit – du spinnst doch!«

»Ich denke, ich weiß ganz gut, was ich tue. Genauso wie Anne«, sagte Sybille und lieferte das Stichwort, bei dem Anne in ihre Tasche griff.

»Ich habe nämlich auch einen Gutschein.« Anne schob einen Umschlag über den Tisch. »Natascha geht regelmäßig dorthin und findet sie gut. Ich habe extra nachgefragt, ob du das auch zwischen den Jahren einlösen kannst. Sie haben geöffnet, du musst nur vorher anrufen und einen Termin ausmachen.«

»Anderthalb Stunden?«, sagte Luise mit gekrauster Stirn, nachdem sie die Klappkarte des ayurvedischen Wellness-Instituts überflogen hatte. »So lange kann doch kein Mensch auf einer Massagebank liegen.« Aber das kam schon so leise, dass es kaum mehr zu verstehen war. Der Rest versank
 in Tränen.

Luise hatte sich den ganzen Nachmittag zusammengerissen. Am liebsten wäre sie gar nicht zu Sybille gekommen, doch da sie sich seit über zwanzig Jahren immer reihum am vierten Advent trafen, konnte sie sich nicht davor drücken. Und warum auch? Der trotzige Teil in Luise wollte nicht das alljährliche Ritual absagen, nur weil sie ihren Job los war, keine Beziehung hatte und ihre Mutter vor drei Tagen tatsächlich mit einem geriatrischen Tangotänzer nach Argentinien gefahren war, um dort ihren siebzigsten Geburtstag zu zelebrieren, während ihre Tochter sich allein unterm Weihnachtsbaum grämte. Anne hatte sich damals schließlich auch mit vierzig Fieber nicht gedrückt, sondern hatte kurzerhand alle zu sich eingeladen, auf die Gefahr hin, dass keiner der drei anderen die Weihnachtstage ohne Viren verlebte. Also hatte der weniger trotzige und sehr verletzte Teil Luises ein bisschen Baldrian genommen und ein paar Notfallbonbons gelutscht, um an diesem Nachmittag einigermaßen im Takt zu bleiben. Doch die Fürsorge der drei anderen traf sie mitten ins Herz, was sie ungeschickt und mit ruppigen Kommentaren zu verbergen suchte. Da gute Freunde aber auch damit umgehen können, verurteilte niemand Luises Bemerkungen zu den Geschenken oder regte sich über sie auf. Im Gegenteil. Sie waren da, saßen neben ihr an diesem Nachmittag, geduldig, beständig. Als die Tränen liefen, zog Thorben sie an sich und wiegte sie in seinen Armen wie ein Kind. Sybille machte noch eine Runde Espresso, und Anne füllte die Likörgläser nach.

»Du weißt, dass du uns jederzeit anrufen kannst«, sagte Anne, als Luise aus Thorbens Umarmung wieder auftauchte, »Alpen heißt nicht, dass wir unerreichbar sind. Natascha und ich haben beide unsere Handys an, wenn wir nicht gerade über die Piste huschen. Und Sybille ist sicher auch froh, wenn du sie mit Anrufen vorm heimatlichen Gänsebraten rettest. Dann kann sie vielleicht ihre unvermeidliche Januar-Diät um zwei Tage kürzen. Außerdem ist sie ja am achtundzwanzigsten schon wieder hier.«

»Und wenn alle Stricke reißen, setzt du dich kurzentschlossen in den Zug. Mein Angebot steht. Du brauchst nur zwei Stunden. Ich hole dich auch garantiert vom Bahnhof ab«, ergänzte Thorben, der Luise vorgeschlagen hatte, ihn über die Feiertage zu seinen Eltern zu begleiten.

»Ich komme schon klar«, schniefte Luise, während sie nach einem Taschentuch suchte. »Ich bin ja kein Kleinkind mehr«, sie schneuzte sich die Nase, »auch wenn ich mich gerade vielleicht wie eines verhalte.« Sie probierte ein schiefes Lächeln. »Fahrt nur und amüsiert euch. Ich werde mich über die Feiertage mit Gesichtscreme einbalsamieren, mich in Jogginghosen und meiner schönsten Unterwäsche durchs Internet flirten, und wenn ich am siebenundzwanzigsten immer noch traurig und allein bin, löse ich die ayurvedische Massage ein und verführe den Masseur.«

»Ein guter Plan«, grinste Sybille, »könnte glatt von mir sein.«

Luise hatte die Weihnachtstage immer bei ihren Eltern verbracht, nur dreimal war sie nicht zu Hause gewesen. Einmal, als sie Annes wegen jener Vierzig-Fieber-Grippe pflegte; einmal, als sie frisch verliebt in Jörg war und kaum mitbekommen hatte, dass überhaupt Weihnachten war; und einmal, weil Sybille als Überraschung für alle zusammen über Silvester ein Ferienhaus in Dänemark gemietet hatte. Aber diese

Reise war erst am zweiten Feiertag gestartet, so dass Luise zumindest noch den Heiligabend bei ihren Eltern war. Meist fuhr sie schon zum Geburtstag ihrer Mutter in ihre alte Heimat und kam erst kurz vor Silvester zurück. Pünktlich am neunzehnten Dezember stand sie bei ihren Eltern vor der Tür, half, Torten zu backen, Salate vorzubereiten, Suppen zu kochen, Soßen zu rühren, den Tisch zu decken. So war es all die Jahre gewesen. Die Verwandtschaft kam vorbei, Freunde, Nachbarn. Nach dem Geburtstag am einundzwanzigsten, wenn alles aufgeräumt und wieder einsortiert war, besuchte Luise alte Schulfreundinnen. Mit ihnen schwelgte sie in Kindheitserinnerungen und den neuesten Tratschgeschichten. In der Weihnachtszeit streifte sie die Stadt für eine Weile ab und zog sich ihr altes, vertrautes Kinderleben über, ähnlich wie sie abends in ihr weiches Nachthemd aus Jugendtagen schlüpfte, das zwar ein bisschen eng geworden war, aber immer noch nach demselben Weichspüler roch, den ihre Mutter schon seit Jahren benutzte und den sie unter tausend verschiedenen Aromen erkannte. Der Flanell verströmte den Geruch von Lavendel und Sicherheit. Von zu Hause. Die Weihnachtstage bei ihren Eltern waren für Luise immer eigentümlich zeitlos gewesen, Tage, herausgelöst aus dem Alltag wie süße Orangenspalten aus der bitteren Schale. Waren alle Einkäufe erledigt und die letzten Geschenke besorgt, wurde die Wohnung weihnachtlich geschmückt, der Tannenbaum aufgestellt, der Keksteller hergerichtet. Der Tod des

Vaters hatte an diesen Ritualen nichts geändert. Neben den Nüssen und Zimtsternen gab es Stollen, den früher nur ihr Vater gegessen hatte. Weder Luise noch ihre Mutter mochten Stollen. Trotzdem wurde er gekauft und auf den Teller gelegt, wo er dann am Ende der Weihnachtstage einsam zurückblieb.

Es war dunkel. Die Geschäfte hatten geschlossen, die Gottesdienste mit Krippenspiel für die Kleinen waren schon lange vorüber, die Christvespern hingegen in vollem Gange. Hinter den Fenstern glückliche Familien, Rotkohl und Knödel, Kinderlachen. Den Schal bis über die Ohren gezogen, die viel zu dünnen Schuhe durchnässt, die Hände tief in den Taschen des alten Dufflecoats, wanderte Luise durch die leeren Straßen. Vor einer halben Stunde hatte es zu schneien begonnen, und der Schnee fiel in immer dichter werdenden Flocken. Um die Straßenlaternen bildeten sich glitzernd wirbelnde Heiligenscheine. Auf einer verschneiten Autoscheibe war eine schon leicht verwehte Botschaft gemalt. Lena + Moises. Ein Herz drum, ein Pfeil durch. Weihnachten, das Fest der Liebe. Luise zog die Schultern noch ein Stück höher, so dass sie fast ihre Ohrläppchen berührten. Wie viele Menschen gab es in dieser Stadt? Wo waren sie nun? Hatten sie alle ein Zuhause mit Weihnachtsbaum und Zuckerguss? Sie ging weiter. Der Döner-Imbiss am Hauptbahnhof hatte geöffnet.

»Einen Tee?«, fragte der Mann hinterm Tresen, als Luise die handgeschriebene Angebotstafel überflog.

»Nein, danke. Ein Bier!«, sagte sie, obwohl ihr schon kalt genug war.

Sie bestellte Falafel dazu und aß im Stehen mit Blick auf

den Taxistand. Um nicht auf die fröhlich blinkenden Lichterketten schauen zu müssen, drehte sie der Eingangstür den Rücken zu. Weiter hinten im Laden redete der Besitzer mit jemandem in einer Sprache, die Luise nicht verstand. Das beruhigte sie, denn so würde sie zum Essen wahrscheinlich kein »Stille Nacht« über den Lautsprecher der Musikanlage hören müssen. Die Bällchen im Falafel schmeckten wie Sägemehl, was nicht am Koch lag, sondern an ihr, das wusste sie. Ihr war zum Heulen zumute. Die Eingangstür ging auf, noch mehr Kundschaft, Gelächter, der Getränkekühlschrank klappte. Ohne sich umzudrehen, biss sie in das Fladenbrot. Pappmaché mit Soße.

»Luise?«

Widerstrebend wandte sie den Kopf zur Seite. Sie brauchte einen Augenblick, um das Gesicht einzusortieren. Dann fielen ihr wieder die Schubladen ein, in denen sie es bereits vor einer Weile abgelegt hatte: ›Zu viele Frauen‹, ›Zu viele Geschichten‹, ›Zu sehr wie Jörg‹.

»Hallo«, sagte sie und blickte wieder hinaus zum Taxistand. Oles Freund Markus war wirklich der Letzte, mit dem sie jetzt reden wollte.

»Dann bist du also gar nicht weg«, sagte er, halb Frage, halb Erkenntnis.

Luise warf ihm einen kurzen Seitenblick zu, ohne zu antworten. Dann nahm sie einen Schluck Bier aus der Flasche.

»Ole hatte erzählt, dass er dich auch eingeladen hat für heute Abend, aber du hast abgesagt. Wolltest du nicht mit einem Freund zu dessen Eltern fahren?«

»Ich bin am Bahnhof«, sagte sie. Ein Blick, kälter als der Schnee da draußen. »Züge kommen, Züge gehen. Wonach sieht das wohl aus?« Und noch ein Schluck Bier, auch kalt.

Es stimmte. Ole hatte sie eingeladen. Weihnachten im Kreis der Familie. Enge Freunde kämen abends zum Essen. Sie hatte dankend und mit Ausrede abgelehnt. Sie konnte heute keine Familie ertragen. Schon gar nicht Oles. Und auch Bescherungen hatte es in ihrem Leben in letzter Zeit genug gegeben.

»Es sieht jedenfalls nicht so aus, als würdest du gleich verreisen wollen, um irgendwo Weihnachten zu feiern. Keine Geschenke, kein Gepäck.«

Luise blickte an sich hinunter, auf ihre durchweichten Schuhe, mit denen sie in einer dreckigen Schneematschpfütze stand. »Ist im Schließfach«, sagte sie nach kurzem Überlegen.

»Bist du sicher, dass alles in Ordnung ist?«

»Bei mir schon.« Luise hoffte, dass er endlich aufhören würde mit seinen Fragen.

»Sie haben tatsächlich Wein. Ich habe gleich zwei Flaschen genommen. Kommst du?« Etwas Großes, Schlankes, mit Rehaugen baute sich neben Markus auf und legte die Hand auf seinen Ärmel. Manikürte Fingernägel mit Glitzersteinchen auf den weißen Nagelmonden. Kleine Blütenmuster in Perlmutt zweigten davon ab.

»Luise, falls dir jetzt spontan einfällt, dass du doch nicht über die Weihnachtstage verreist, könntest du einfach mit uns zu Ole fahren. Wir haben noch Platz im Wagen.«

Er sah sie an mit einem Blick, den sie nur zu gut kannte. Der sie daran erinnerte, wie sie schon einmal vor langer Zeit Weihnachten in dieser Stadt verbracht hatte. Und auf diese Erinnerung hätte sie sehr gern verzichtet. Ihr reichte ihr aktuelles Leben ohne alte Geschichten. Sie schaute auf die Uhr. »Nein, ganz sicher nicht. Mein Zug geht in zwanzig Minuten. Aber ihr könnt Judith, Ole und die Kinder gern von mir grüßen.«

»Okay, machen wir.« Er zögerte. »Schöne Feiertage dir.« Er machte einen Schritt auf sie zu, und einen Augenblick schien es, als wolle er ihr die Hand geben, sie in den Arm nehmen, oder was auch immer man an Tagen wie diesem aus lauter Nächstenliebe tat. Doch Luise blieb stehen, reglos wie eine Eisskulptur, die Hände versenkt im Dufflecoat. Als die beiden mit ihrem Wagen außer Sicht waren, machte auch sie sich auf den Weg. Quer durch die kalte Stadt, zurück in ihre Wohnung.

Zu Hause blinkte ihr Anrufbeantworter. Thorben mit schönen Grüßen war auf dem Band, eine ihrer alten Schulfreundinnen und Tante Gertrud. Dann die Stimme ihrer Mutter: »Hallo, Luise! Hier ist Mama. Ich wollte dir schöne Weihnachten wünschen.« Knacken in der Leitung, Knistern. Schweigen. »Ich hoffe, es geht dir gut.« Wieder Schweigen. Straßenlärm im Hintergrund. »Ich probiere es später noch mal.«

Sie schaute auf ihr Handy, beantwortete die SMS von Sybille, von Anne und von Svenja, sprach Thorben auf die Mobilbox und wünschte auch Ole per Telefon eine gute Weihnachtszeit. Für dieses Gespräch schaltete sie extra den Fernseher ein, damit ein paar feiertägliche Geräusche im Hintergrund erklangen und keine Vermutungen oder dummes Gerede bei der Feier im Reihenhaus aufkamen.

Dann stellte sie ihr Handy ab, drehte den Anrufbeantworter leise und legte sich aufs Sofa.

Und dort blieb sie liegen, während die Zeit floss wie zäher Sirup.

Die Stunden dehnten sich, glitten ineinander, verschwammen. Das Fernsehprogramm gab den Takt vor. Aschenbrödel löste eine Nuss ein und tanzte auf dem Ball mit dem Prinzen, Dickie trat gegen den Fernseher, der Papst segnete die Stadt und den Erdkreis, der Schnee rieselte leise. Zwischendrin döste sie ein, wachte auf, schaltete um. Humphrey Bogart, ein verknautschter Engel in Schwarzweiß. Sie ließ die Bilder an sich vorüberziehen. Auf der Mattscheibe und auf ihrer inneren Leinwand. Die letzten Tage, Wochen, Jahre. Provisorien und verpasste Chancen. Nicht gesagte Worte, ungelebtes Leben. Märchenhafte Sehnsüchte. Brüche. Sie versank in Melancholie, Selbstmitleid und Fertigpizza. Am Abend des zweiten Feiertages machte die Fernbedienung schlapp.

Es wurde ruhig in der Wohnung. Luise hatte tatsächlich die ganze Weihnachtszeit auf dem Sofa verbracht, eingehüllt in ihre Decke. Sie hatte es nicht mal unter die Dusche geschafft. Sie fühlte sich stinkend, schwach, wie nach einer Krankheit. Zerbrechlich und einsam. Alle anderen schienen einen Plan zu haben vom Leben. Ein Ziel. Und sie?

Wie oft hatte sie Sybille aufgebaut, wenn die mal wieder von irgendwelchen Männern enttäuscht wurde, hatte Thorben darüber hinweggetröstet, dass die Zeit raste und seine Haare immer spärlicher wuchsen, hatte Anne beim Glücklichsein zugeschaut. Und dann ihre Mutter, um die sie sich ständig sorgte. Der tägliche Anruf, die regelmäßigen Besuche, die Begleitung bei wichtigen Terminen. Wie viel Zeit hatte sie mit dem Leben anderer Menschen verbracht? Sicher, sie hatte viel zurückbekommen. Unterstützung, Aufmunterung, Geschenke. Sie brauchte nur an das Adventstreffen zu denken. Aber nun saß sie hier allein auf dem Sofa, und die anderen waren glücklich, auch ohne sie. Sie hatten sich ihr eigenes Leben aufgebaut. Thorben hatte seine Karriere, Sybille ihren Job und ihre Affären, Anne hatte die Liebe ihres Lebens gefunden – und ihre Mutter einen neuen Partner.

Sie hatte viel in ihre engsten Beziehungen investiert. Zeit,
 Energie. War immer da gewesen, immer erreichbar. Thorben, das Finanzgenie, könnte ihr vielleicht eine Rechnung aufmachen. Jemand wie er hätte ihr sagen können, welche Beziehungsaktien sie behalten sollte und welche es besser aufzulösen galt. Welche Ausgaben eine Fehlinvestition waren. Aber funktionierte eine wirtschaftliche Kalkulation auch mit Emotionen? Konnte sie so einfach eine Anlagenumverteilung auf ihren Gefühlskonten durchführen? Welche emotionalen Rücklagen hatte sie?

Welchen Wert hatte Glück? Ihr eigenes Glück?

Wann war sie das letzte Mal glücklich gewesen?

Was machte sie glücklich?

Wenn jetzt eine Sternschnuppe fiel, was würde sie sich wünschen?

Sie schob die Fernbedienung zur Seite. Es war gut, dass nun Ruhe war. Sie hatte das Gefühl, als würde sie endlich zu sich kommen nach all den Märchen, Chorkonzerten, Spielfilmen und Kochshows. Selbst an Weihnachten gab es die. So viel Inszenierung, so wenig Herz.

Was also machte sie glücklich?

Milchreis mit Zimt und Zucker.

Hühnersuppe.

Sahne. Vanille.

Zimtsterne.

Ihre Hände im Kuchenteig.

Das kräftige Orange von frischen Möhren.

Der Duft von Backgemüse mit Rosmarin in der Ofenröhre.

Der Dampf gekochter Kartoffeln, in die sie Butterflöckchen mengte und Muskatnuss rieb.

Der Moment, wenn die Konsistenz der Sauce Hollandaise genau jenen Punkt zwischen zu flüssig und zu spät annahm.

Das Lachen ihrer Gäste am Küchentisch.

Der Geschmack von Portwein, der sich langsam über die Zunge im Rückgrat ausbreitete.

Sie war glücklich, wenn sie kochte. Wenn sie für Freunde kochte. Und am glücklichsten war sie, wenn ihre Freunde glücklich waren über das, was sie gekocht hatte.

Sie blieb noch einen Augenblick auf dem Sofa liegen und starrte auf den dunklen Fernseher. Dann wickelte sie sich aus ihrer Decke, brachte all das, was sich in den letzten Tagen auf ihrem Couchtisch, auf dem Sessel, auf dem Fußboden rund um das Sofa angesammelt hatte, in die Küche, stellte den Geschirrspüler an und ging unter die Dusche.

Es war halb acht.

Es wurde Zeit, zu beginnen.

Champagner

Sie hatte darauf bestanden, dass sie kommen, alle, auf jeden Fall, selbst wenn sie von der Silvesternacht noch verkatert wären. Sie wusste, es war sehr spontan, am dreißigsten Dezember für den Neujahrsabend einzuladen, und ihre Vehemenz war für Außenstehende wenig einsichtig. Trotzdem verfolgte Luise ihren Plan hartnäckig. Sie wusste nämlich auch, dass ihr desolater Zustand vor Weihnachten ihr As im Ärmel war. Normalerweise spielte sie nicht mit Krankheiten oder Gemütszuständen, aber in diesem Fall war ihr jedes Mittel recht. Sie wollte es einfach so schnell wie möglich bekanntgeben, damit sie nicht mehr zurückkonnte. Was gesagt war, war gesagt – das ließ sich nicht rückgängig machen. Anne hatte Luises Einladung per SMS bekommen. Sie hatte daraufhin aus den Alpen zurückgerufen und zu bedenken gegeben, dass Natascha und sie erst gegen fünf Uhr am Nachmittag von ihrer Skireise zurück seien und es für sie daher nahezu unmöglich sei, noch am selben Abend auszugehen, worauf Luise nur geantwortet hatte, sie habe das schon eingeplant und sie würden mit dem Essen erst gegen acht beginnen. Thorben wollte sich ebenfalls eine Hintertür offenhalten, denn er war von seiner neuen Internet-Bekanntschaft auf eine Silvesterparty eingeladen worden und hoffte, dass diese Einladung den Neujahrstag mit einschloss. Die Möglichkeit legte für seinen Geschmack jedenfalls das Online-Profil von *Sugarbabe* nahe: Schmollmund mit blonder Mähne und langen Beinen, gut fünfzehn Jahre jünger als er, suchte eine starke Schulter zum Anlehnen. Also ihn! Er hatte etwas von karmischer Fügung gemurmelt, als er versucht hatte, sich schon mal rein prophylaktisch für sein eventuelles Fernbleiben von Luises kleinem Neujahrsempfang zu entschuldigen, doch die hatte nur orakelt: »Wenn du tatsächlich bei ihr landest und sie einlöst, was du dir von ihr versprichst, wirst du spätestens am frühen Nachmittag so fertig sein, dass du froh bist, wenn du einen Grund hast zu verschwinden. Und wenn du doch nicht mitkommen darfst zu ihr, bist du sowieso froh, wenn du stattdessen uns drei sehen kannst.« Darauf war ihm kein überzeugendes Gegenargument eingefallen. Sybille war die Einzige, die ihr Kommen sofort freudig zugesagt hatte, denn nach der Feier in der Galerie hatte sie mit ihrem jungen Künstler, dessen Namen Luise schon wieder vergessen hatte, alle Akte einer Beziehung im Schnelldurchlauf durchgespielt und war pünktlich zu Silvester beim letzten angekommen: »Du willst keine Kinder. Du hast Angst, dich einzulassen. Ich trenne mich!« In diesem Zustand war Sybille erfahrungsgemäß zu allem bereit, wenn sie nur nicht allein zu Hause grübeln musste.

Und so saßen sie schließlich um acht am Neujahrsabend rund um den Küchentisch. Anne, Thorben und Sybille schauten Luise gespannt an, weil sie spürten, dass etwas in der Luft lag. Vor ihnen standen Häppchen, Salate und Fingerfood, doch wagte keiner zuzugreifen. Esseneinladungen bei Luise waren immer etwas Besonderes. Sie verstand es, die Seelen glücklich zu machen, und auch wenn die Mägen noch so voll waren, war die Stimmung ungezwungen. Diesmal jedoch war die Atmosphäre anders als sonst. Ernsthafter. Bedeutend. Alles wirkte wie ein durchdachtes Arrangement. Wie ein Gemälde. Wie das opulente Bühnenbild eines alten, französischen Kinofilms. Die drei Gäste ließen stumm ihre Blicke schweifen über die kleinen Kartoffelspieße mit Kräutern, die Etagere mit gefüllten Weinblättern, marinierten Zucchini und eingelegten Auberginen, das Schälchen mit Tintenfischsalat, den Ruccola mit grünen Bohnen und gerösteten Mandeln, die Pflaumen im Speckmantel. Eigens für Anne gab es kaltes Hühnchenfleisch mit Walnusssoße, das sie so gern mochte und das sie sofort mit Luises Spontaneinladung versöhnte. Im Kerzenlicht dampfte eine kleine Frittata mit Mangold, bei der Thorbens Gedanken an *Sugar-*

babe so schnell zerschmolzen wie der Fontina-Käse im Teig. Auf einem Teller daneben glänzten Feigen mit Mascarpone unter goldfarbenem Honig, bei deren Anblick Sybille leise seufzend ihre Diätpläne über den Haufen warf. Über allem schwebte der Duft von warmem Weißbrot mit Rosmarin.

In die erwartungsvolle Stille hinein knallte schließlich der Korken des Champagners, den Luise eigentlich für den Geburtstag ihrer Mutter besorgt hatte, um an Mitternacht stilecht mit ihr anzustoßen. Da sich das aber erledigt hatte, wollte sie nun etwas anderes feiern: sich selbst! Die Flasche hatte die letzten drei Wochen wie ein Mahnmahl auf der Kommode im Flur gestanden. Als sie am zweiten Weihnachtstag zum wer-weiß-wievielten Mal daran vorbeigegangen war und das orangefarbene Etikett in ihrem Augenwinkel einem Warnschild gleich aufleuchtete, traf sie die Erkenntnis wie ein Blitz: Warum immer das Beste bis zum Schluss aufheben? Warum das Besondere nur für die anderen? War sie selbst denn keinen Champagner wert? Dem Knall des Korkens folgte Luises Toast, der das einleiten sollte, was sie an diesem Abend zu sagen hatte. Das, worüber sie seit dem Ausfall der Fernbedienung gegrübelt hatte und das in ihrer Fantasie aufgegangen war wie ein gut gekneteter Hefeteig. Das Gestalt angenommen hatte. Das all den vergangenen Wochen, Monaten, vielleicht sogar den ganzen fünfundvierzig Jahren Luise-Leben eine Wendung geben würde, einen roten Faden, einen Sinn. Sie goss ein, reichte die Gläser herum und hob ihres.

»Auf Neues und Gutes«, sagte sie dann feierlich und sah in die Runde. »Auf euch und auf mein *Essen mit Freunden.*«

Nachdem sie die Schüsseln und Schälchen geleert hatten und von Champagner auf Wein umgestiegen waren, hatte Luise ausführlich von ihren verpfuschten Feiertagen, dem Zusammenbruch – ihrem eigenen und dem der Fernbedienung – und von ihren Gedanken über das Glück und über das Kochen erzählt.

»Das hört sich so an, als ob du seit Weihnachten nichts gemacht hättest außer Kochen und Backen.« Anne sah sie entgeistert an, und in ihrem Gesicht hielten sich Verwunderung und Belustigung die Waage.

»Quatsch! Ich habe auch etwas anderes getan«, konterte Luise. Dann stockte sie kurz. »Ich war einkaufen und in der Bibliothek«, fuhr sie dann nach einer kleinen Pause fort, »habe in alten Kochbüchern gestöbert, meine Zeitschriften sortiert und Rezepte abgeheftet. Dann habe ich mir nur so aus Spaß Web-Seiten von Catering Services angeschaut und habe Angebote und Menüs verglichen, aber nichts hat mir gefallen. Im Internet klingt das immer so professionell und hochglanzpoliert. Trotzdem hatte ich bei allem, was ich da gesehen habe, den Geschmack von Soßenbinder auf der Zunge. Außerdem kochen die meisten für Hochzeitsfeiern, Firmenjubiläen, Turnvereine. Das interessiert mich absolut nicht. Aber kochen will ich. So viel war mir irgendwann klar. Also habe ich überlegt, was ich anders machen würde als die. Besser. Habe mich gefragt, für wen ich eigentlich kochen wollte, wenn *ich* Catering machen würde. Und ich habe mich auch gefragt, was ihr wohl sagen würdet, wenn ich euch von dieser Idee erzähle. *Wie* ich es euch sagen würde. Hier am Küchentisch, dachte ich sofort. Bei Wein und Häppchen. Und plötzlich war mir klar, wie mein Catering-Angebot aussehen könnte: ein Essen mit Freunden. Genau wie mit euch. Kleine Runden in privaten Räumen, gern mit Kochen vor Ort. Keine Massenabfertigung, sondern alles viel persönlicher. Es müsste ein Rundum-Wohlfühlpaket sein. Keine Drei-Sterne-Küche, keine Haute Cuisine, sondern Nahrung für die Seele. Und das alles natürlich in guter Qualität und aufeinander abgestimmt, die Gerichte, das Drumherum. Notfalls bringe ich sogar meine eigenen Weingläser mit, wenn die besser passen. Ich möchte keine großen Gesellschaften bekochen, sondern ich will Menschen glücklich machen. Ich will sie verzaubern. Es soll um Träume gehen. Träume mit Sauce und Zuckerguss.« Sie blickte die drei an und wartete auf Kommentare. Die nicht kamen. Luise hatte mit allem gerechnet. Mit Zweifeln und Kritik, mit Gelächter und Begeisterung. Dass Sibylle kopfschüttelnd abwinken würde, Thorben eine komplizierte Kosten-Nutzen-Rechnung aufstellte, Anne hin und her gerissen wäre. Bloß dieses Schweigen hatte sie nicht erwartet. Diese kaum auszuhaltende Stille.

Sybille drehte ihr Weinglas zwischen den Fingern, langsam, bedächtig, schaute in das rote Funkeln im Kelch, in dem sich das Leuchten der Kerzenflammen fing. Für einen kleinen Moment sah es so aus, als könnte sie in den Tiefen des Riojas die Zukunft erkennen. »Das ist gut«, sagte sie schließlich. »Das ist wirklich richtig genial.« Dann hob sie ihr Glas und prostete Luise zu.

Nachdem das Schweigen von einer allgemeinen Begeisterung abgelöst worden war und alle ihren Ideen und Anregungen freien Lauf ließen, fragte Anne: »Nur ums noch mal klarzukriegen: Du willst aber nicht so etwas wie einen Supper Club gründen, wo irgendwelche Privatleute bei sich zu Hause für andere kochen, oder? Du willst keine Einladungen in Partisanentaktik übers Internet verteilen und keine fremden Leute bei dir am Tisch. Dir geht's nicht nur um den Spaß, sondern auch ums Verdienen?«

»Ja, genau. *Essen mit Freunden* soll ein mobiler Koch-Dienst sein. Eine etwas andere Art des Caterings. Ich will keine unbekannten Leute vernetzen, und ich will sie auch nicht in meiner Wohnung bewirten. Ich will denen, die selbst nicht kochen können, die Möglichkeit geben, bei sich zu Hause etwas zu haben wie wir hier. Ich würde dann Vorgespräche führen, was sie sich genau wünschen, über ihre Vorlieben – und die der Menschen, die sie einladen wollen. Es werden aber immer ihre Gäste, ihre Wünsche und ihre Küche sein. Das einzig Partisanenmäßige, was ich anbieten könnte, ist, dass ich auch mal einen Bluff unterstütze. Dass sie ihren Gästen sagen können, sie hätten selbst gekocht. In dem Fall würde ich so planen, dass ich mich vorher verdrücken kann und als Beweise die dreckigen Kochtöpfe zurücklasse, damit es echt wirkt.«

»Und wenn sie dir die Töpfe am nächsten Tag sauber abliefern, gibt es Preisnachlass. Wunderbar.« Sybille lachte.

»Ich glaube, wenn du es wirklich als Catering im Miniformat aufziehst, ist es gar nicht so schwierig«, sagte Thorben. »Du hast zwar etwas Rennerei mit den Ämtern. Gesundheitsamt, Finanzamt, Gewerbezeugs und so. Aber der Rest? Die Küchenutensilien hast du. Ideen auch. Also!«

»Ich brauche größere Töpfe«, sagte Luise. »Eventuell zwei Herdflammen mehr. Am besten mobile. Ein bisschen Geschirr. Gutes Werkzeug, bessere Messer. Irgendwas zum Transportieren und Warmhalten.«

»Und ein neues und zuverlässiges Auto«, warf Sybille ein, denn der Zustand von Luises Wagen, den die, die höflich waren, als Oldtimer bezeichneten, und der von den weniger Freundlichen nur als prähistorischer Schrott belächelt wurde, war allseits bekannt.

»Und du brauchst eine Homepage«, überlegte Anne laut. »Da könnte dir sicher Ole helfen.« Breites Grinsen.

»Oh, daran habe ich noch gar nicht gedacht.« Luise senkte verlegen den Blick und wischte mit dem Finger ein paar Weintropfen von der Tischplatte. »Gute Idee.«

»Und du brauchst Mundpropaganda«, ergänzte Sybille. »Aber dafür hast du ja uns.«

»Vielleicht gibt es sogar irgendwelche Finanz-Fördertöpfe. Wir können uns nächste Woche mal zusammensetzen und es kalkulieren. Du weißt ja, ich bin ganz gut mit Velddingen. Außerdem habe ich Zeit«, sagte Thorben.

»Ohhhh«, säuselte Sybille, »heißt das, Silvester mit Mausi oder Hasi war ein Reinfall?«

»Sugarbabe«, korrigierte Thorben säuerlich. »Sie hatte leider nicht nur ein altes Foto ins Netz gestellt, sondern zufälligerweise auch einen für sie vorteilhaften Zahlendreher im Geburtsdatum.«

»Böses Babe«, sagte Anne mit gespieltem Mitleid in der Stimme.

»Das wäre zu verkraften gewesen, aber dass sie noch zwei andere Internet-Flirts zur Party eingeladen hatte, war schon ein herber Schlag. Der mit den breitesten Schultern hat dann das Rennen gemacht. Fitnesstrainer. Pünktlich um zwölf, als sich alle Paare um den Hals gefallen sind, habe ich mit ihrem anderen Date und einer Flasche Whiskey, die ich versteckt in einem Schränkchen hinter dem Sofa der Gastgeber gefunden hatte, auf der Terrasse angestoßen. Das ist dann noch ganz nett geworden. Aber was soll's.«

»Armer Thorben! Die weiß gar nicht, was ihr da für ein Goldstück entgangen ist«, sagte Luise und strich ihm tröstend über den Rücken. »Dein Angebot mit der Kalkulation nehme ich übrigens gern an.« Den Kommentar, der ihr auf der Zunge lag und der etwas mit der Ehrlichkeit in Internet-Partnerbörsen und dem Chatten in Jogginghosen zu tun hatte, verkniff sie sich. Stattdessen sagte sie: »Wenn ich euch also richtig verstehe, heißt das, ihr findet es wirklich gut? Den mobilen Koch-Service *Essen mit Freunden*? Ihr würdet mich unterstützen und nicht für verrückt erklären?«

»Ja«, sagte Thorben, »allerdings nur unter einer Bedingung.«

»Und die wäre?«

»Dass wir, deine Freunde, auch weiterhin von dir bekocht werden.«

»Oh, Thorben«, sagte Anne und kam Luises Antwort zuvor, »ich befürchte, dass das mit unseren Essen hier jetzt erst so richtig losgeht.«

Luise stellte die Tassen in die Spülmaschine, sammelte die Zettel zusammen und legte sie auf ihren Schreibtisch. Kontoauszüge, Versicherungsunterlagen, Handschriftliches. Seit Neujahr war erst eine Woche vergangen, doch Thorben hatte sein Versprechen bereits eingelöst und mit ihr ihre Finanzen durchgesprochen, Kosten kalkuliert, nach Förderplänen recherchiert. Es sah besser aus, als sie vermutet hatte. Nach dem Tod ihres Vaters hatte sie erfahren, dass er eine Lebensversicherung zu ihren Gunsten abgeschlossen hatte. Damals wollte sie das Geld nicht. Sie wollte ihren Vater zurück. Die Küche war das Einzige, das sie sich davon geleistet hatte. Den Rest des Geldes hatte sie unangetastet gelassen. Es gab also

Sicherheiten. Rücklagen. »Und wenn es nicht reicht«, hatte Thorben dann gesagt, »könnte ich auch noch was beisteuern. Ich bin überzeugt von deiner Idee.« Sie war vor Rührung in Tränen ausgebrochen. Und als er ging, hatte sie ihm gleich drei Tütchen Cantuccini in die Tasche gesteckt. Seit sie bei *Text-Berg* gegangen war, hatte sie keine mehr gebacken, aber es gab immer noch einen großen Vorrat.

Sie ließ sich die Zahlen zum wiederholten Mal durch den Kopf gehen. Es war machbar. Bis Mitte März wollte sie sich Zeit geben für einen genauen Plan, wollte die anstehenden Ämtergänge erledigen, Anschaffungen tätigen, ein bisschen Werbung machen. Mehr als zwei Monate Zeit also. Die Zettel auf dem Schreibtisch begannen zu vibrieren. Irgendwo da drunter lag ihr Handy. Nur wo?

»Luise? Verstehst du mich?« Sybilles Stimme knarzte aufgeregt aus dem Telefon. »Du kannst mit diesem Koch-Ding nicht im März anfangen. Hörst du? Das geht nicht!«

»Waaas?« Luise war sich nicht sicher, ob sie das richtig verstanden hatte oder ob es nur an der schlechten Verbindung lag.

»Du kannst nicht im März anfangen.«

Weniger Knarzen, aber immer noch derselbe Inhalt.

»Was soll das denn?«, schrie Luise barsch in den Hörer. »Warum soll ich im März nicht anfangen?« Dass sie sehr laut wurde, hatte nichts mehr mit dem schlechten Empfang zu tun.

»Weil ich Kundschaft für dich habe, verdammt noch mal. Die brauchen dich. Genau dich. Nur können sie nicht noch zwei Monate warten. Die brauchen dich nämlich schon früher.«

»Ohhh«, sagte Luise, nun weniger laut, »was heißt früher?«

»Früher heißt: ziemlich bald.«

»Sybille!!!« Luises Knie wurden weich. Sie lehnte sich an die Fensterbank und blickte hinaus auf den Schneemann im Hinterhof. Möhrennase, Kohleaugen, Ärmchen aus Tannenbaumzweigen. An einem hing noch Lametta. Ihr Herz raste. »Wie bald?«

»In zwei Wochen. Am Wochenende.«

Schweigen.

»Luise?«

Schweigen.

»Jetzt ist diese blöde Verbindung –«

»Nein, ist sie nicht.« Luise räusperte sich. »Für wen soll ich kochen?«

»Ein Pärchen bei mir im Haus. Supersüß! Sie ist total verzweifelt. Es geht um ein Essen für insgesamt vier Personen. Seine Eltern. Sonntags zum Mittagessen. Es ist eigentlich wie für uns. Nur ist die Schwiegermutter in spe etwas heikel. Darum dachte ich, das ist ein Fall für dich.«

»Danke, Sybille«, sagte sie zögernd und schaute auf den Kalender. Zwei Wochen. Warum nicht? Im Grunde war es wirklich nicht anders, als für ihre Freunde zu kochen. Vier Leute, das war doch genau das, was sie schon seit Jahren tat und was sie zukünftig tun wollte. »Gut, ich mach's!«

»Prima. Das habe ich ihr auch schon gesagt.«

»Du hast was gesagt?«

»Dass du's machst. Und jetzt lege ich auf. Ich habe ihr nämlich schon deine Nummer gegeben. Sie heißt Katharina. Sie wird bestimmt gleich anrufen.«

Es knackte am anderen Ende. Kein Tschüs. Auf den Tannenbaum-Armen des Schneemanns landeten zwei Meisen und zuppelten am Lametta. Ein kleines Sonntagsessen, heikle

Schwiegermutter. Luises Knie zitterten immer noch. Sie war sich nicht sicher, ob vor Aufregung oder vor Freude. Die Meisen zeterten und das Handy ebenfalls. Sie schaute aufs Display. Unbekannte Nummer. Luise holte tief Luft, bevor sie zum ersten Mal laut aussprach, was sie seit Neujahr ge-
 übt hatte:

»Essen mit Freunden, Luise Blum – was kann ich für Sie tun?«

Kracherle

Luise stieg langsam die Treppe hoch. Unzählige Male war sie schon an dieser Wohnungstür vorbeigegangen. Sybille wohnte seit vielen Jahren im vierten Stock, Katharina und Benni waren erst im Sommer im zweiten eingezogen. Vermutlich war Luise ihnen schon mal im Hausflur begegnet. Dass ihr erster Auftrag ausgerechnet hier sein sollte, gab ihr ein beruhigendes Gefühl. Sybille in der Nähe zu wissen hatte etwas Gutes – und das Vertrauen, das Sybille in sie setzte, ebenfalls. Luise schaute noch einmal an sich hinunter. Seriöse Kleidung, klassisch, nicht zu bieder. Alles in Ordnung. Sie klingelte.

Eine Frau Ende zwanzig öffnete. Zart, blass, sympathisch.

»Komm rein«, sagte sie und führte Luise ins Wohnzimmer. Klare Linien, angenehm unterbrochen durch einige alte Möbel, vermutlich Erinnerungsstücke, viele Bücher und geschmackvolle Nebensächlichkeiten, ein Raum, in dem offensichtlich gern gelebt wurde.

»Setz dich doch. Kaffee oder Tee?« Katharina deutete auf das riesige Sofa.

Luise entschied sich für Tee und versank zwischen weichen Kissen, als sie Platz nahm. Ihr schwebte das Wort Wohnlandschaft durch den Kopf. Nähme man die Bedeutung von Worten ernst, wäre dieses Sofa sicher ein Landstrich in der Toskana, weiche Sommerbrise, Blick auf Weinberge, üppige Mohnblumenfelder in mildem Licht. Ein Ort, von dem man nicht so schnell wieder fortwollte.

»Nimmst du Milch oder Zucker?«, fragte Katharina, die kurz den Kopf zur Tür hereinstreckte.

»Nein, nichts. Danke.«

Die Wohnung war ähnlich geschnitten wie Sybilles, zweieinhalb Zimmer mit Balkon, nur war sie wegen der Kastanie vor den Fenstern etwas dunkler.

»Wollt ihr das Essen hier machen?«, fragte Luise, als Katharina den Tee eingeschenkt hatte. »Oder habt ihr noch ein separates Esszimmer? Denn in der Küche könnte es in Anbetracht der Lage wohl etwas schwierig werden.«

Die *Lage* war einer Dummheit Bennis geschuldet. Als seine sonst sehr korrekte und auf Konventionen bedachte Mutter an Weihnachten wieder einmal beharrlich ignorierte, dass Benni keine Frau fürs Leben mehr suchte, lobte er seine Freundin wie schon so oft in den höchsten Tönen, um seiner Mutter klarzumachen, dass er diese Frau bereits in Katharina gefunden hatte. Nur hatte er diesmal noch eingeflochten, wie gut sie kochen könne. Was nicht stimmte. Was er wusste – und was seine Mutter insgeheim wohl ahnte. Als Bennis Eltern zu seinem Geburtstag ihren Besuch ankündigten, ließ seine Mutter am Telefon wie nebenbei die Bemerkung fallen, wie sehr sie sich schon auf das Essen freue. Seitdem war Krisenstimmung in der Wohnlandschaft im zweiten Stock.

»Bennis Vater ist kein Problem«, sagte Katharina und fuhr sich mit den Fingern durch die kurzen, dunklen Haare. »Schwierig ist nur seine Mutter. Sie hat mich von Anfang an nicht akzeptiert. Mein Doktortitel in Ethnologie hat sie zwar beeindruckt, aber dann hat sie wohl Angst bekommen, dass ich selbst Karriere machen will oder ihren Sohn schnappe und nach Papua-Neuguinea auswandere. Das wäre für sie das Letzte. Sie will eine Schwiegertochter, die ihrem Architekten-Sohn den Rücken freihält, und damit meint sie: Kinder kriegen, Essen kochen, repräsentieren. Das ganze Programm. Sie will einfach nicht kapieren, dass es Benni viel mehr unterstützt, wenn wir beim Italiener sitzen und er mir von seinen neuesten Projekten erzählt, dabei Entwürfe auf die Papierserviette malt und ich das alles kommentiere. Sie versteht nicht, dass ihm mein Urteil wichtiger ist als eine gerade Bügelfalte in seiner Hose.« Sie warf Luise einen traurigen Blick zu. »Nichts kann ich ihr recht machen. Sie meint, Benni hätte eine Frau verdient, die für ihn zurücksteckt, so wie sie es für Bennis Vater gemacht hat. Die alles aufgibt, wie sie alles aufgegeben hat. Sie traut mir einfach nichts zu. Kochen schon gar nicht. Wobei sie in dem Punkt natürlich recht hat.« Trotz ihres Lächelns hatte Katharina Tränen in den Augen, und ihre Verzweiflung war beinahe mit Händen zu greifen. »Aber Benni hängt an ihr, und ihm ist wichtig, dass sie und ich uns mögen.«

»Was hat sie denn für ihren Mann aufgegeben?«, fragte Luise vorsichtig.

»Ihren Job, ihre Heimat. Im Grunde auch ihre Familie. Alles eigentlich.«

»Kannst du mir ein bisschen was über sie erzählen? Wo kommt sie her, was hat sie gemacht, bevor sie geheiratet hat?«

Katharina sah sie verwundert an. »Interessiert dich das wirklich? Es sollte doch eigentlich nur ums Kochen gehen.«

Luise nickte, nahm sich einen Keks und ihre Teetasse, lehnte sich zurück in die weichen Tiefen des Sofas und gab so das Zeichen, dass sie für eine Weile nichts anderes war als Ohr und Mitgefühl.

»Also gut! Bennis Mutter stammt eigentlich aus einer Bauernfamilie im Schwarzwald. Der Hof lag ganz abgeschieden mitten im Wald, wo kein Schulbus hinkam, und sie musste, wenn alles verschneit war, auf Skiern zur Schule. Sie hat Benni, als er klein war, im Winter abends beim Gute-Nacht-Sagen öfter davon erzählt. Er mochte ihre Geschichten immer lieber als die Märchen, die sie ihm sonst vorlas. Benni ist nicht oft dort gewesen, aber wenn er von den Besuchen bei der badischen Verwandtschaft redet, hört es sich an, als sei er im Paradies gewesen. Sein Onkel hat nach dem Tod der Großeltern den Hof übernommen. Es haben Wiesen dazugehört, Felder, ein Stück Wald, Vieh.«

Katharina machte eine Pause und sah Luise an. Ihr Blick stellte die unausgesprochene Frage, ob das genüge. Luise nahm einen weiteren Schluck Tee und wartete wortlos, bis Katharina in ihrer Erzählung fortfuhr.

»Wir waren im letzten Winter zusammen dort, Benni und ich. Das war wirklich märchenhaft. Es gibt zwar keine Kühe mehr auf dem Hof, aber ein paar Hühner, Katzen, einen Hund. Wir sind durch den verschneiten Wald gewandert, bis wir völlig durchgefroren waren. Dann haben wir mit seinem Onkel in der Stube gegessen, auf der Ofenbank. Sie haben einen riesigen Kachelofen, der über mehrere Zimmer geht und das ganze Haus heizen kann. Alles roch nach Holz und nach Feuer. Bennis Tante hat Flädlesuppe gemacht. Brühe mit kleinen Eierkuchenstreifen.«

Luise nickte. »Kenne ich.«

»Das war so einfach. Und so gut. Den Ofen im Rücken, die Suppe vor der Nase.« Katharina machte erneut eine Pause. Die Erinnerung an die Situation war ihren Augen abzulesen, und sie schien für einen kleinen Moment lang wieder

am Ofen zu sitzen, in Wärme und Wohlbehagen. »Sie haben von früher erzählt. Dass die Mutter Dialekt geredet hat. Auf der Sekretärinnenschule haben sich deshalb wohl viele über sie lustig gemacht. Also hat sie alles drangesetzt, um den Dialekt abzulegen, das Ländliche, einfach alles, was ihr nicht gut genug erschien. Sie ist sehr ehrgeizig. Mehr Ehrgeiz hat sie ja auch immer von Benni verlangt.«

»Und früher?«, fragte Luise, um nicht in der Gegenwart zu landen, sondern noch bei dem jungen Mädchen zu bleiben, das Bennis Mutter einst gewesen war.

»Der Onkel hat erzählt, dass sie immer bei den Hühnern im Stall gesessen hat, wenn sie Kummer hatte, ein oder zwei Küken auf dem Schoß, denen sie ihr Leid klagte. Oder wie sie als Kinder Nachmittag um Nachmittag versucht haben, im Bach Forellen mit einem Käscher zu fangen. Wie sie ein mutterloses Kätzchen großgezogen hat. Er hat Fotos geholt, auf denen sie mit einem Blumenkranz aus Buschwindröschen auf einer Wiese steht, in einem karierten Schürzenkleid. Kaum vorzustellen, dass aus diesem kleinen Mädchen, das mit zerzaustem Haar und rutschenden Strümpfen in die Kamera strahlt, Frau Boonkamp wurde. Die Gattin eines Immobilienmaklers. Perlenkette, Chanelkostüm. Undenkbar. Sie ist dann immer weniger in ihre alte Heimat gefahren. Nach dem Tod ihrer Eltern wohl gar nicht mehr.«

Luise knabberte an einem Keks, grübelnd, schweigend.

»Ich dachte an Fisch oder so etwas«, sagte Katharina unsicher. »Irgendwas, was nicht aufwändig ist, so dass ich es vielleicht hätte kochen können, aber das viel hermacht. Was meinst du? Vielleicht Krebsschwanzsuppe als Vorspeise? Könnte sie glauben, dass ich die selbst gekocht habe?«

»Es gibt weder Krebsschwanzsuppe noch Fisch«, sagte Luise schließlich und stellte ihre Tasse mit Nachdruck auf den Couchtisch.

»Aber ich dachte –«, begann Katharina und schluckte den Rest des Satzes hinunter. Auf ihrem Gesicht breitete sich Verzweiflung aus.

Luise hatte eine Entscheidung gefällt. Ihr mobiler Koch-Service sollte sich von dem üblichen Catering unterscheiden. Nicht umsonst hieß er *Essen mit Freunden*. Wenn Luise also mit Bennis Mutter befreundet wäre und ihr zum Essen eine große Freude machen wollte, würde sie ihr garantiert keine Krebsschwanzsuppe vorsetzen. Luise würde eher für die Person kochen, die Bennis Mutter einmal gewesen war, und nicht für die hanseatisch korrekte Makler-Gattin. Wonach sehnte sich das kleine badische Mädchen, das ein mutterloses Kätzchen großgezogen und Verstecken auf dem Heuboden gespielt hatte, heute? Womit könnte es nach so vielen hanseatischen Leckerbissen und edlen Restaurants für ein Essen lang glücklich sein? So glücklich wie damals, als es nach Schneeballschlacht und Schlittenfahrt abends auf der Ofenbank gesessen hatte, um bei dampfender Flädlesuppe Geschichten über den Geist im Mummelsee zu hören. Irgendwo hinter dieser Fassade, an der Katharina immer wieder abprallte, musste doch noch das Herz schlagen, das sich bei den Küken Trost gesucht hatte und mit rutschenden Socken glücklich war.

»Vielleicht machen wir einfach nur Kartoffelsalat«, sagte

Luise schließlich und ignorierte Katharinas entsetztes Gesicht. »Gib mir ein bisschen Zeit, zu überlegen, okay? Heute ist Mittwoch. Das Essen soll in anderthalb Wochen sein, sagst du. Gut. Dann melde ich mich spätestens Montag bei euch. Den Rest klären wir dann.«

Luise klingelte. »Kann bitte einer von euch runterkommen und mir tragen helfen?«, rief sie in die Gegensprechanlage. Sie hatte ihren Bratentopf mitgebracht, einen großen Suppentopf, einige ihrer Messer, die Lebensmittel, die sie brauchte und vor allem die bereits mit Wurstbrät, Kräutern und Gewürzen gestopfte und mit Garn umwickelte Kalbsbrust vom besten Bioschlachter der Stadt. Sie war schon eine ganze Weile auf den Beinen, und mit jedem Handgriff war ihr bei der Vorbereitung klarer geworden, an welche Dinge sie in Zukunft früher denken, für welche Situationen sie gewappnet sein musste. Noch bevor sie losgefahren war, hatte sie schon zweimal bei den beiden angerufen, weil ihr etwas eingefallen war, was sie nicht abgeklärt hatte. Geschirr und Deko waren kein Problem, darum kümmerte sich Katharina. Aber die Küchenausstattung war ein Graus. Man brauchte nur die Küchentür zu öffnen und wusste mit einem Blick, dass dort nur selten gekocht wurde. Benni war überrascht gewesen, als Luise ihm Anfang der Woche ihren Menüvorschlag vorgestellt hatte. Badisch. Ganz traditionell. Kein Schnickschnack, nichts Neumodisches. Flädlesuppe, Feldsalat mit Speck und Kracherle, fein angebratenen Brotwürfeln. Gefüllte Kalbsbrust als Hauptgang, mit Spätzle und Gemüse. Luise hatte sich mit einer süddeutschen Kollegin von Anne beratschlagt, und die meinte, typisch für den Landstrich seien Schäufele oder gefüllte Kalbsbrust. Und eine gute Kalbsbrust bekomme man heutzutage nur selten. Außerdem lieh sie Luise auch gleich ihre Spätzlepresse. Benni hatte sich alles angehört, ein paar Mal »Mhm« und »Ah ja« gemurmelt und schließlich gesagt: »Wenn du recht hast und es funktioniert, werde ich anschließend so viel Mundpropaganda für dich machen, dass du dich vor Aufträgen nicht retten kannst.«

Nun hantierte Luise in der Küche, und der Countdown lief. Benni und Katharina deckten den Esstisch, der jetzt im Wohnzimmer stand, holten Teller aus dem Schrank, Servietten aus der Speisekammer, oder sie standen ratlos in der Tür, sie an ihn gelehnt, er die Arme um sie geschlungen, und beobachteten schweigend die Vorgänge am Herd. Luise gab ihnen die Vinaigrette zu probieren, ließ sie die Brühe kosten. Die beiden nickten anerkennend und im selben Takt. Sie waren ein schönes Paar. Nebenbei erklärte Luise ihnen, was sie gerade machte, damit Katharina bei Nachfragen nicht allzu unwissend dastehen würde.

»Das Allerwichtigste aber ist, dass Bennis Eltern auf keinen Fall in die Küche kommen. Erzählt was von Überraschung oder so. Wenn ihr das bis zur Kalbsbrust hinkriegt, haben wir gewonnen. Du kommst einfach nach der Suppe und nach dem Salat mit den Tellern rein und holst das raus, was ich dir hinstelle. Wenn wir flüstern, im Wohnzimmer Musik läuft und die Türen nicht offen bleiben, dürften sie nicht mitbekommen, dass du hier nicht allein bist. Der Flur ist lang genug. Die Spätzle machen wir nach dem Salat zusammen, denn wenn ich sie zwischen den Gängen allein mache, gäbe es zu viele Geräusche, die ihr mit Nachbarskatzen nicht erklären könntet. Und wenn die Spätzle fertig sind, simse ich Sybille, damit sie runterkommt, um sich bei euch

einen Fön, ein Lexikon oder was auch immer auszuleihen. Sie schafft dabei so viel lautstarke Ablenkung, dass ich mich unbemerkt aus der Wohnung schleichen kann. Den Rest schafft ihr allein. Das Zimtparfait steht im Eisfach, und das Warmmachen der Zwetschgen werdet ihr auch ohne mei-
 ne Hilfe hinbekommen.« Sie nickte Katharina aufmunternd zu. Dann sah sie auf die Uhr. »Oje, langsam sollten wir uns beeilen.«

Es klingelte.

Sie hörte, wie Benni vom Wohnzimmer, aus dem nun klassische Musik ertönte, zur Wohnungstür sauste, und sie sah, wie sich Katharinas Rücken versteifte. Sie selbst war hinter der halb geöffneten Küchentür verschwunden, wo sie abwarten wollte, bis sich die kleine Gesellschaft ins Wohnzimmer verzogen hatte. Katharina richtete sich auf, Kopf hoch, Schultern nach hinten, zehn Jahre Kinderballett zeigten immer noch Wirkung. Noch einmal tief durchgeatmet, Lächeln angeknipst, und dann trat sie auf den Flur. »Schön, dass ihr da seid!«, hörte Luise sie sagen, als die Küchentür ins Schloss gezogen wurde, und: »Nein, hier geht's nicht rein, denn schließlich soll das Essen eine Überraschung werden. Die Wohnungsführung machen wir dann später.« Weitere Begrüßungsfloskeln fielen. Der Vater, vom Klang her ein gemütlicher Bariton, lobte bereits die Wohnung und die ganze Atmosphäre, während Benni noch die Mäntel aufhängte. Seine Mutter hingegen fand, ebenfalls noch im Flur, dass es ihr ein bisschen dunkel vorkäme. In gestochenem Hochdeutsch. Luise beneidete Katharina nicht. Sie konnte sich gut vorstellen, welche Höllenqualen diese gerade durchlitt und wie ihre Angst, dass der ganze Schwindel auffliegen könnte, immer größer wurde. Leise, ganz leise, schnitt Luise die Eierkuchen in feine Streifen und probierte noch einmal die Brühe. Sie war zufrieden, es fehlte nichts. Sie prüfte die Konsistenz der Salatsoße und lugte kurz in den Backofen. Im Grunde war nichts mehr zu tun. Die Zwetschgen waren vorbereitet, das Zimtparfait stand im Kühlfach, der Speck und das Brot für die Kracherle waren gewürfelt. Ab jetzt war es lediglich eine Sache der Koordination. Luise hörte Schritte auf dem Flur und verschwand wieder hinter der sich öffnenden Küchentür.

»Ich bin froh, dass mehr als hundert Kilometer zwischen uns liegen. Verstehst du nun, was ich gemeint habe?«, flüsterte Katharina, als sie die Tür langsam hinter sich schloss. »Die Wohnung ist zu dunkel, die Couch zu niedrig, die Putzfrau nicht gründlich genug. Benni hatte beinahe einen Lachanfall, aber er hat nicht verraten, dass es bei uns gar keine Putzfrau gibt und wir noch heute Morgen gewettet haben, ob es ihr wohl auffällt, dass die Fenster nicht geputzt sind. Ich habe gerade einen Abend im Spa mit einer Person meiner Wahl gewonnen, weil ich recht hatte.« Sie lächelte bitter. »Ich frage mich, warum ich mir das alles antue.«

»Wegen Benni«, sagte Luise leise. »Weil du ihn liebst.«

Sie sahen sich an. Katharina nickte.

»Außerdem hast du sicher schon als Kind gern Verstecken gespielt und bei Räuber und Gendarm immer die Räuber-Seite gewählt.«

»Stimmt!« Katharina lachte kurz auf und schlug sich im selben Atemzug auf den Mund. Sie legte ihr Ohr an die geschlossene Tür. Entfernt Stimmen und Musik.

»Also«, flüsterte Luise, »die Suppe ist so weit fertig. Ich fülle sie in die vorgewärmte Terrine. Dann trägst du sie rüber. Der Braten wird gut, die Kracherle mache ich, wenn du die Suppe abgeräumt hast, der Salat ist vorbereitet. Kein Problem! Jedenfalls solange ihr die Eltern aus der Küche fernhalten könnt.« Luise blickte Katharina aufmunternd an. »Also los: Auf in den Kampf!«

Sie füllte die Suppe ein, gab die Flädle dazu und entließ Katharina mit der Terrine aus der Küche. Leise schob sie die Tür zu. Draußen begann es zu schneien. Das Astgerippe im Hof zog sich einen zarten weißen Mantel über. Einen kurzen Augenblick spürte Luise den Verspannungen in ihrem Nacken nach, dann trat sie noch mal zum Ofen, um den Braten zu begießen. Der Dielenboden knarrte. Nur nicht auffliegen. Nicht jetzt! Luise war sich sicher, dass das Essen gut werden würde, und sie wollte zu gern erleben, ob Flädle und warme Zwetschgen das Herz von Bennis Mutter erweichen konnten. Jetzt nur nicht leichtsinnig werden oder einen Fehler in der ausgeklügelten Logistik machen. Wenn sie die Spätzle hinter sich hätte, würde Sybille sie retten. Es war alles bestens vorbereitet.

Tellergeklapper aus dem Wohnzimmer. Schritte. Die Tür ging auf. Benni mit dem Geschirr.

»Du?«, flüsterte Luise.

»Katharina kommt gleich. Sie muss sich zuerst noch die Geschichte über den großen Kachelofen in der Stube meines Großvaters anhören, auf den ich bei der Suppe so ganz nebenbei das Gespräch gebracht habe«, flüsterte er. Er stellte die Teller ab und strahlte Luise an. »Wenn ich ehrlich bin, muss ich zugeben: ich hätte nicht gedacht, dass es funktionieren könnte. Aber ich glaube, du hast recht gehabt. Sie ist völlig begeistert. Wenn es weiter so läuft, redet sie spätestens beim Nachtisch Badisch.«

Luises Herz hüpfte. Sie stellte den fein geschnittenen Speck auf den Herd, zu dem sie gleich die Brotwürfel geben würde.

Benni schaute in die Pfanne, nickte Luise zu und trat auf den Flur. »Schatz, ich habe die Kracherle schon mal angestellt. Kommst du?«, rief er in Richtung Wohnzimmer, grinste noch einmal zurück durch den Türspalt und verschwand.

Der nächste Gang war kein Problem. Katharina war in der Küche aufgetaucht und hatte sich zum kurzen Verschnaufen mit ihrer Kaffeetasse an den Kühlschrank gelehnt. Luise holte währenddessen die Kalbsbrust aus dem Bräter, bedeckte sie mit Alufolie und schob sie zum Warmhalten in den ausgeschalteten Backofen. Während sie Karotten und Zwiebeln aus dem Fond fischte, ihn mit Wein loskochte, ein wenig Brühe angoss, alles durch ein Sieb seihte, etwas eindampfen ließ und abschmeckte, füllte Katharina die Salatteller, verteilte die warmen Brotwürfel und den Speck auf dem Feldsalat und träufelte die Salatsoße darüber.

»Ich komme, sobald mein Teller leer ist, und Benni bringt dann das dreckige Geschirr, wenn die anderen fertig sind. So haben wir beide hoffentlich genug Zeit für die Spätzle und zum Aufschneiden des Bratens«, flüsterte Katharina, bevor sie wieder verschwand, und zum ersten Mal an diesem Tag lächelte sie.

Luise nahm einen Schluck Wein und schloss die Augen. Sie spürte dem Geschmack nach. Für ein paar Momente versuchte sie abzuschalten. Alles, was sie für die Spätzle brauchten, stand griffbereit. Sie fühlte sich, wie sich Marathonläufer auf den letzten Kilometern fühlen müssen. Sie hatte über den meditativen Moment gelesen, wenn nichts mehr hinterfragt wird und man einfach nur noch läuft. Schritt für Schritt für Schritt. Alle Konzentration auf die Bewegung, auf das Ziel gerichtet. Die Tür öffnete sich.

»Bringen wir's hinter uns«, raunte Katharina, und noch während sie es sagte, griff Luise zur Rührschüssel und begann mit dem Teig.

Katharina hatte bereits das Wasser aufgesetzt, damit sie die Spätzle ins Wasser drücken konnten, sobald es siedete, als sie Stimmen auf dem Flur hörten. Ein verzweifelter Benni, der seine Mutter zu stoppen versuchte: »Mama, nein, verdirb nicht die Überraschung. Bitte nicht in die Küche!«

»Du musst dich verstecken«, sagte Katharina, »sofort!« Ohne weitere Überlegung schubste sie ihre Köchin in die kleine Speisekammer neben der Spüle und schob mit dem Fuß die Tür ran. Luise fand sich Auge in Auge mit Besen, Schrubber, Bohrmaschine, Hausrat, der sonst nirgendwo eine Heimat gefunden hatte, einer verbeulten Gugelhupfform, Unmengen von Dosentomaten, einem Paar Gummistiefel mit alten Socken und einigen Spinnweben wieder. Ihr Herz schlug bis zum Hals. Gut, dass sie keine Stauballergie hatte. Ein Niesen – und alles wäre aus.

»O Gott, wo ist –«, platzte Benni heraus.

»Die gefüllte Kalbsbrust?«, säuselte Katharina. »Die habe ich vorhin zwischen den Gängen abgedeckt in den Ofen geschoben, damit sie warm bleibt. Dann habe ich die Soße gemacht. Und den Spätzleteig. Hier, schau. Das Wasser habe ich auch schon aufgesetzt, und jetzt wollte ich die Spätzle mit der Presse in den Topf drücken.«

Katharina hielt sich unglaublich, auch wenn Luise ein wenig Panik in ihrer Stimme auszumachen meinte. Wie die Spätzlepresse funktionierte, hatten sie vorhin nämlich nicht mehr durchgesprochen.

»Eine Spätzlepresse?«, hörte sie nun die Stimme von Bennis Mutter. »Schaben kannst du sie nicht?«

Luise verdrehte die Augen. Das durfte nicht wahr sein. Sollte es jetzt an der Frage pressen oder schaben scheitern? Durch den haarfeinen Türspalt konnte Luise mehr ahnen als sehen, wie Katharina langsam den Kopf schüttelte.

»Wenn du willst, kann ich es dir zeigen. Habt ihr ein dünnes Brettchen? Und ein Messer?«

Luise traute ihren Ohren nicht. Lief es sogar noch besser, als sie dachte? Nur zu gern hätte sie jetzt die Tür einen Spalt weiter geöffnet, um zu sehen, wie jemand im Chanelkostüm Spätzle schabte. Luise hielt die Luft an und spitzte die Ohren.

»Guck, Mädel, so geht des.«

Sie hätte juchzen können in ihrem Versteck. Auch sie hätte mit Benni wetten sollen. Um noch mehr von dem Gespräch vor der Tür zu hören, veränderte sie ihre Position und stieß dabei aus Versehen leicht mit dem Ellenbogen an die Tomatendosen im Regal, die ins Wanken gerieten, bedenklich wackelten und deren Sturz nur deswegen nicht auffiel, weil Benni das elektrische Fleischmesser genau in dem Moment anschaltete, als die oberste Dose mit einem Salto in die Gummistiefel kippte.

Als sich die Familienkarawane – die Mutter mit den Spätzle, Benni mit dem aufgeschnittenen Braten und Katharina mit der Gemüseschüssel – in Richtung Wohnzimmer entfernte, stellte Luise die restlichen drei Tomatendosen, die sie aufgefangen hatte, zurück an ihren angestammten Platz neben dem Bügeleisen. Sie lauschte in die Küche, wo sich nochmals ein Rascheln näherte. Katharina, die Sauciere in der Hand, öffnete die Tür zur Speisekammer. »Hast du es gehört? Mädel?«, fragte sie leise, Tränen in den Augen.

»Ja, hab ich.« Luise nickte. »Ihr habt es wunderbar gemacht. Und wenn du nachher die Zwetschgen anstellst, vergiss nicht: kleine Flamme, zuerst ein bisschen Wasser in den Topf, damit sie nicht anbrennen, etwas Rotwein dazu und dann noch ein wenig Zwetschgenwasser. Zucker, Zimt. Du kommst klar, ja?«

Katharina nickte.

»Gut.« Luise lächelte. »Und nun mach, dass du rüberkommst, *Mädel.*«

Als die Tür zum Wohnzimmer wieder zugeschoben wurde und das Tischgespräch gedämpfter klang, holte Luise ihr Handy hervor. Es klingelte nur einmal, und schon war Sybilles Stimme am anderen Ende. »Rette mich«, flüsterte Luise in den Hörer. »Bitte. Jetzt. Sofort!«

Zitrone

Das Telefon schlich sich in ihren Traum. Luise zählte im Halbschlaf die Klingeltöne mit, bis der Anrufbeantworter ansprang. Sie lag im Bett und musste sich sortieren. Ihre Muskeln, ihre Knochen, ihre Gedanken. Die Augen hielt sie geschlossen, denn obwohl sie sich zu erinnern meinte, vor dem Zubettgehen die Vorhänge zugezogen zu haben, war das Licht, das durch ihre Lider drang, eindeutig zu hell. Vorsichtig reckte sie den Hals, doch sofort drehte sich alles und kam erst wieder zur Ruhe, als sie seufzend den Kopf zurück auf die Kissen bettete. Es war spät geworden gestern. Für Luise eindeutig zu spät.

Nachdem sie unbemerkt ihrem Exil in der Speisekammer entkommen war, stieß sie mit Sybille im vierten Stock auf ihren Erfolg an. Und da sie den ganzen Tag nichts außer ein paar Probehäppchen gegessen hatte, bestellte Sybille Pizza, was Luise, die erschöpft auf das Sofa gesunken war, eine wunderbare Idee fand. Nach dem Essen hatte es zum Espresso das überzählige Zimtparfait gegeben. Allerdings wurden im vierten Stock dazu keine warmen Pflaumen gereicht. Hier gab es Zwetschgenwasser pur. Als Katharina und Benni nach dem Elternbesuch abends überglücklich und mit einer Flasche Wein vor Sybilles Tür standen, hatte Luise schon einige Promille in sich. Trotzdem wurde zu viert weitergefeiert. Frau Boonkamp war vor lauter Freude und Rührung sogar so weit gegangen, Katharina das Du anzubieten. Und das, davon war Benni überzeugt, hatten einzig und allein Luise und ihr Menü vollbracht. Vielleicht müsse man sich gesehen fühlen, um auch den anderen wirklich sehen zu können. Um einen Kontakt auf Augenhöhe zuzulassen, hatte Luise daraufhin philosophiert. Sie hatte das als einen sehr klugen Gedanken befunden, dort, auf Sybilles Sofa mit dem Weinglas in der Hand, auch wenn sie sich nun nur noch an Bruchstücke davon erinnern konnte.

Etwas auf ihrem Nachttisch summte. Der Wecker oder das Handy? Es war an der Zeit, aufzustehen. Nach seinem Montagstermin bei *Text-Berg* wollte Ole vorbeikommen, um mit ihr Details ihrer Homepage zu besprechen. Bis dahin musste das Chaos in der Küche beseitigt sein, denn nachdem das Taxi sie gestern Abend vor der Tür abgesetzt hatte, war sie nur noch erschöpft ins Bett gefallen. Sie streckte den Arm aus, tastete nach ihrem Handy. Es war elf Uhr zehn, und sie hatte eine neue Nachricht:

»Liebe Luise, habe dich zu Hause nicht erreicht. Darum so: wir sind wieder gut gelandet. Freue mich, wenn du anrufst. Mama«

Sie kniff die Augen zusammen. Ihre Mutter? Eine SMS? Das war nicht möglich. Sie kontrollierte die Nummer. Es stimmte. Luise war versucht zurückzurufen, sofort, mobil, doch als sie sich im Bett aufsetzte, merkte sie, dass sie dem noch nicht gewachsen war. Jedenfalls nicht vor dem ersten
 Kaffee.

Kurz vor halb zwei. Für einen Moment schloss sie die Augen, legte die Hände um die Kaffeeschale und ließ die Wärme in sich einsickern. Das Aspirin zeigte Wirkung. Sie hatte alles erledigt, was vor Oles Besuch zu tun war. Zuerst hatte sie sich die Küche vorgenommen, die glücklicherweise weniger dramatisch aussah als gedacht. Das meiste an dreckigen Töpfen und Geschirr stand ja woanders. Die Spülmaschine war schnell bestückt, der Boden gefegt. Das reichte. Danach hatte sie so lange geduscht, bis sie aussah wie ein gebrühter Hummer und das Gefühl hatte, dass der gestrige Abend aus sämtlichen Poren hinausgespült war. Dann erst hatte sie sich einen Kaffee gemacht. Und zum Kaffee wollte sie ... sollte sie ... müsste sie endlich ... Sie atmete durch und trank einen großen Schluck.

An Weihnachten hatten sie sich das letzte Mal gesprochen. Nachdem zwei Anrufe ihrer Mutter auf dem Anrufbeantworter gelandet waren, hatte sie sich entschlossen abzuheben, um danach ihre Ruhe zu haben. Für drei Minuten hatte Argentinien in ihrer Ohrmuschel gerauscht. Drei Minuten, in denen sie Höflichkeiten, Floskeln und gute Wünsche ausgetauscht hatten. Auf eine solche Entfernung sagt man sich keine Boshaftigkeiten. Zum neuen Jahr war keine Nachricht gekommen, und seither war Luise zu beschäftigt gewesen, um ständig an Argentinien zu denken. Sie war selbst überrascht, doch sie hatte sogar vergessen, dass ihre Mutter am Tag ihres großen Koch-Debüts zurückkam.

Und nun war sie wieder da. *Wir* sind gelandet. Dann gab es dieses Wir noch, an das sich zu gewöhnen Luise sich beharrlich weigerte. Also gut. Sie sah erneut zur Uhr. In einer halben Stunde wäre Ole da. Zeit, es hinter sich zu bringen.

»Und es war so viel los, dass ich beinahe gar nicht gemerkt habe, dass Heiligabend ist. Die Zeitverschiebung, die vielen Eindrücke, das Wetter. Hätte Paul mich nicht erinnert, wann bei euch Bescherung ist, hätte ich dich wahrscheinlich mitten in der Nacht aus dem Bett geklingelt.«

Es war erstaunlich: Hedda Blum klang zehn Jahre jünger. Luise ertappte sich dabei, wie ihr gegen ihren Willen ein Lächeln über die Lippen huschte. Die blitzlichthaften Sätze über Milongas und durchtanzte Nächte, über Schuhmacher und leichte Kleider mit Dekolleté klangen beinahe wie Sybille in ihren besten Zeiten. Ihre Mutter hatte schon immer ein Faible für geschmackvolle Garderobe und gute Schuhe, allerdings ging es dabei bisher meist auch um Bequemlichkeit. Sie nun über Zusammenhänge zwischen Absatzhöhen und Hüftschwung fachsimpeln zu hören kam Luise leicht absurd vor.

»Schade, dass du nicht hier bist. Dann könntest du die Bilder sehen. Wobei – warte mal –« Sie hielt die Sprechmuschel fort und redete in den Hintergrund. »Luise, du hast doch eine Internetadresse«, sagte sie dann. »Kannst du mir die mal geben?«

Diese Frage überraschte sie nun vollends. Sie gab ihr ihre Mailadresse durch, deutete kurz an, wie es ihr ging, verlor jedoch kein Wort über die Kündigung bei *Text-Berg*, und auch ihr neues Projekt verschwieg sie. Sie versprach vage, vorbeizukommen, wenn die Arbeit ihr Zeit ließe. Dann beschloss sie, dass so viel Nähe fürs Erste reichen müsse, und legte auf.

Luise suchte nach dem Zorn, den sie noch vor einer Weile empfunden hatte, doch das, was davon geblieben war, schmeckte schal und unangebracht. Es meldete sich aber stattdessen auch nicht die ihr so wohl bekannte Sorge zurück. Eine Weile saß sie grübelnd da, dann goss sie sich Kaffee nach und holte ihren Laptop. Es waren fünf neue Mails in ihrem Postfach. Eine von Natascha, die sich nach dem Erfolg des gestrigen Kochens erkundigte, eine mit Werbung für eine Krankenkasse und drei mit *Argentina* im Betreff, Hedda Blum als Absender, insgesamt fünfzehn Bilder im Anhang. Luise klickte sich durch ein bunt wirbelndes Buenos Aires, mittendrin ihre Mutter. Auch auf den Fotos sah sie zehn Jahre jünger aus. So strahlend hatte Luise sie lange nicht mehr gesehen. Und bei diesem Anblick kam doch ein Gefühl in ihr in Bewegung. Tränen, ruhige, still fließende, warme Tränen ohne Wut.

»Geht es dir nicht gut?«, fragte Ole mit prüfendem Blick, als Luise die Tür öffnete.

»Ich habe einen Kater, mehr nicht«, sagte sie leise und tauchte in seine Umarmung ein, die freundschaftlich nett wie immer war und von der sie sich gerade jetzt wünschte, dass sie länger andauern möge und tiefer wäre als sonst.

»Kater, weil es danebengegangen ist oder weil du gefeiert hast?« Er ließ sie los und hängte seine Jacke an die Garderobe.

»Gefeiert.« Sie lächelte müde. »Magst du was essen? Ich habe noch nicht gefrühstückt.«

»Gern! Bei einer erfolgreichen Profi-Köchin zu essen, kann man ja nicht ablehnen.«

In Windeseile hatte sie Eier aufgeschlagen, gebackene Bohnen auf dem Herd, Speck und kleine Würstchen in der Pfanne. Sie toastete Brot, deckte den Tisch, setzte frischen Kaffee auf und erzählte nebenbei vom gestrigen Abend. Ole war ein guter Zuhörer. Er unterbrach nicht, fragte nicht an unpassenden Stellen nach, ließ Raum für blumige Ausführungen und applaudierte im richtigen Moment. Als Luise von den Tomatendosen erzählte, lachte er laut und nahm einen Nachschlag von den Bohnen.

»Eins sag ich dir: Das Konzept mit dem heimlichen Kochen werde ich dahingehend überarbeiten müssen, dass ich künftig verschwinde, *bevor* die Gäste da sind. Jedes Mal Gefahr zu laufen, in einer Speisekammer zu landen, machen meine Nerven auf Dauer nicht mit.«

Er nickte beifällig und lächelte tomatensoßenverschmiert. Wie schön wäre es, ihn ständig um sich zu haben. Ihn im Arbeitszimmer zu wissen, wenn sie hier am Küchentisch Einkaufszettel schrieb, seinen Schlüssel in der Tür zu hören, wenn sie kochte. Sie malte sich aus, wie es wäre, wenn er verschlafen hätte und mit verstrubbeltem Haar beim Frühstück säße. Sie wären das ideale Paar. Sie würden die Zeitung miteinander teilen, und sie würde auch nicht meckern, wenn er beim Lesen des Sportteils keine Fragen duldete. Sie würde ihm die Milch aufschäumen, jeden Morgen, mit etwas Zimt und ganz viel Liebe.

»Noch Kaffee?«, fragte sie.

»Hmm«, murmelte er, was alles Mögliche heißen konnte.

Er hatte seinen Teller von sich geschoben und fuhr gerade den Laptop hoch. Seine Technik schien zu streiken. Er fluchte leise. Luise schaute ihm über die Schulter und wandte sich unvermittelt ab, als der Desktophintergrund aufleuchtete: Judith und die Mädchen sahen sie an, lächelnd, von einem Klettergerüst herunter. Sie stellte die Kaffeekanne zurück, ohne Ole nachzuschenken, und setzte sich.

»Also fangen wir an«, sagte er. »Was genau willst du von mir?«

Sie schluckte hinunter, was sie am liebsten gesagt hätte, und antwortete: »Die beste Homepage, die du für *Essen mit Freunden* hinbekommst.«

Sie hatten sich durch ihre Aufzeichnungen gearbeitet, an ihrem Konzept gefeilt, Vorstellungen verworfen oder umgestaltet. Ole musste ihre Ideen in überschaubare Kategorien einteilen, dadurch konkretisierte sich auch Luises Angebot immer mehr. Sie war begeistert, wie genau er nachfragte, damit selbst aus ihren nur so dahingeworfenen Randbemerkungen noch etwas Produktives herauskam. »Die Eisberg war eine harte Schule«, hatte er zwischendrin gelacht und ihr noch im selben Atemzug beruhigend über den Arm gestrichen, damit sie bei dem Vergleich nicht beleidigt wäre. Mitten hinein in dieses kreative Vibrieren schellte es an der Tür.

»Wer ist das denn?«, sagte Luise überrascht, denn die Zeiten, in denen Besuch spontan und ohne Anmeldung hereinschneite, waren lange vorbei.

»Ach, Mist, so spät schon!«, fluchte Ole, als er auf die Uhr sah. »Das ist bestimmt Markus. Ich hatte vergessen, dir zu sagen, dass er mich abholen kommt. Wir wollen Squash spielen. Und das nach Bohnen mit Speck.« Er verzog das Gesicht. »Ist es okay, wenn er noch für einen Augenblick dazukommt, bis ich eingepackt habe?«

»Schon in Ordnung«, murmelte Luise und schnitt eine Grimasse, allerdings erst, als sie zur Tür ging und Ole den Rücken zugewandt hatte. Eigentlich hatte sie auf noch etwas mehr Zeit mit ihm gehofft.

»Schön hast du's hier«, sagte Markus, als er nach ein paar höflichen Begrüßungssätzen, die Luise ohne große Erwiderung ließ, in die Küche trat und sich umsah. »Nussbaum?« Er strich mit der Hand über die Arbeitsplatte.

Luise nickte. Am liebsten hätte sie jedoch *Finger weg!* gerufen. Vielleicht war es albern, aber sie fand, dass ihre Arbeitsplatte niemand streicheln durfte, dem sie das nicht ausdrücklich erlaubt hatte. Immerhin war es ihre Küche.

Interessiert öffnete er eine der Schubladen ein kleines Stück weit und ließ sie langsam wieder zugleiten. »Gute Arbeit. Satter Sound.« Er nickte anerkennend. »Und diese Farben. Du hast wirklich Geschmack. Dir fehlt nur noch eine Kitchen Aid in Pink.«

»Mir fehlt gar nichts«, erwiderte Luise frostig.

Er runzelte die Stirn und sah sie an. »Nicht? Na dann: Herzlichen Glückwunsch! Das können nicht viele von sich behaupten.« Er hängte seine Jacke über einen Stuhl und nahm Platz.

»Setz dich doch«, sagte sie mit einer Prise Zynismus, als er sich bereits zurückgelehnt hatte und den Schwung der Stuhllehne testete. Ihre Augen übten sich in artistischem Messerwurf. Seinen Kommentar konnte sie nicht anders deuten als eine verkappte Anspielung auf ihren Zustand an Weihnachten. Sie trug es ihm nach, dass er sie im Imbiss am Bahnhof so desolat und verletzlich gesehen hatte. »Kaffee?«, fragte sie, eher routiniert als höflich.

»Gern.«

»Milch?«

»Ja.«

»Aufgeschäumt?«

»Wenn es dir nicht zu viel Mühe macht.«

Sie stellte ihm den Kaffee hin. Nicht in einem der schönen, handbemalten Bols aus Frankreich, in dem Ole seinen Kaffee bekommen hatte, sondern in einer kleinen Tasse mit Henkel. Bei Luise gab es nämlich eine geheime Geschirr-Hierarchie, und in der rangierten kleine Tassen mit Henkel ziemlich weit hinten.

Mit Blick auf seinen Kaffee zog Markus kaum merklich die Augenbrauen hoch. »Darf ich?«, fragte er dann und deutete auf den Streuer, den Luise neben Oles Kaffeeschale gestellt hatte.

Ole schob Markus den Zimtzucker hinüber und dazu die Schale mit den Cantuccini, die Luise zum Nachtisch serviert hatte. »Die musst du unbedingt probieren«, meinte er begeistert. »Luise macht die besten.«

»Danke, Ole«, sagte Markus, nahm sich einen Keks und tunkte ihn bedächtig in den Milchschaum. »Mmmm, die sind wirklich gut«, sagte er nach dem ersten Bissen. Und nach dem zweiten: »Hast du es auch schon mal mit ein bisschen Zitronenschale probiert?«

»Zitronenschale?«, zischte Luise, die die Szene schweigend beobachtet hatte.

»Ja, das macht den Geschmack noch etwas runder. Sonst ist es nur süß und vanillig.«

»Nur süß, ah ja. Sie schmecken dir also nicht.«

»Doch, sie schmecken mir gut. Sehr gut sogar. Habe ich doch gesagt. Besonders zu deinem Kaffee. Der ist auch hervorragend. Nur ist die Tasse ein bisschen klein. Darf ich vielleicht noch etwas ...« Nach einem fragenden Blick zu Luise, die jedoch keine Reaktion zeigte, zögerte er kurz und schenkte sich dann selbst nach.

»Markus war mal für eine Weile in Italien, musst du wissen. Hat Tische gebaut in einer Schreinerei«, versuchte Ole zu vermitteln.

»Stühle«, sagte Markus. »Das mit der Zitronenschale hat mir eine alte Dame verraten.«

»Alte Dame, klar«, nickte Luise, bei der innerlich schon wieder die Schubladen knallten.

Markus nahm den nächsten Keks, versenkte ihn halb im Kaffee, bis er dunkel und vollgesogen war, ließ ihn im Mund verschwinden und leckte dann genüsslich die Reste des Milchschaums vom Daumen. »Ja. Und sie hat recht. Probier's mal.«

Niemand hatte bisher gewagt, ihre Cantuccini zu kritisieren. Alle, wirklich alle haben ihre Kekse gelobt. Und nun das. Sie saßen sich gegenüber, Auge in Auge, wie zum Duell. Luise überlegte ernsthaft, ob sie von ihrem Hausrecht Gebrauch machen sollte, als Ole ihr zuvorkam:

»Ich denke, das reicht für heute mit der Homepage. Ich melde mich bei dir, wenn ich etwas Vorzeigbares habe. Dann machen wir uns an die Feinheiten. Und jetzt«, er sah Markus an, »verschwinden wir wohl besser.«

Markus stand auf und nahm seine Jacke. »Danke für den Kaffee«, sagte er, als er bereits auf dem Flur stand.

Sie nickte wortlos und war froh, als die Tür ins Schloss fiel. Zitronenschale!

Kahlua

»... Wer ist da bitte? Schneider? ... Ach, Sie haben meine Nummer durch Benedikt Boonkamp ... Ein Essen für Ihre Schwester? Gern. Wann? ... Moment, ich schaue nach. Ja, das ginge ... Vorher hätte ich aber noch ein paar Fragen. Können wir dafür einen Termin ausmachen? Einen kleinen Augenblick, bitte. Ich schreibe mir nur schnell Ihre Kontaktdaten auf ...«

»Wenn es weiter so läuft, hättest du dir das Treffen mit dem Gründungsberater sparen können«, sagte Thorben, als Luise das Telefonat beendet hatte. Er versenkte seine Gabel im Käsekuchen. »Das wievielte Essen wird das?«

»Lass mich überlegen.« Sie schaute demonstrativ grübelnd aus dem Fenster des Cafés und tat so, als müsse sie nachrechnen. Es war Mitte März, und zu ihrer eigenen Überraschung hatte sie seit Mitte Februar jede Woche einen Auftrag für *Essen mit Freunden* gehabt. In der letzten Woche sogar zwei. »Ich habe für ein Beziehungsjubiläum, zwei Geburtstage und noch mal für einen Elternbesuch gekocht«, sagte sie schließlich, und der Stolz in ihrer Stimme war nicht zu überhören. »Allerdings durfte das Essen diesmal fertig sein, bevor die Eltern kamen, und ich konnte verschwinden, ohne in der Speisekammer zu landen. Dann war da noch Annes Kollegin. Der habe ich mit meinen Fragen nach badischer Küche wohl so viel Appetit gemacht, dass sie selbst einen Abend für die Exil-Badener in ihrem Freundeskreis veranstalten wollte. Mit dieser Anfrage hier wären es sechs Essen. Und die dritte Vermittlung von Benni.«

»Der hält wirklich Wort. Er muss nur aufpassen, dass seine Mundpropaganda nicht bis zu seinen Eltern vordringt.«

»Ja, das wäre peinlich. Aber irgendwann muss er wohl Farbe bekennen«, sagte Luise lachend. »Spätestens, wenn seine Mutter bei jedem Besuch ein Viergängemenü von Katharina erwartet.«

»Apropos Werbung: was macht deine Homepage? Hat Ole schon was ins Netz gestellt? Er bastelt doch seit über einem Monat daran herum. Oder kommt es dir entgegen, dass er so lange braucht? Da kannst du ihn ein paar Mal öfter treffen.« Thorben grinste breit.

»Wir haben uns nur zweimal getroffen. Den Rest haben wir telefonisch oder per Mail geklärt.« Luise vermied es, Thorben anzusehen, denn sie merkte, dass sie errötete. »Ole hat viel zu tun, und meine Seite entwirft er ja nur nebenbei. Da will ich keinen Druck machen. Außerdem bastele ich selbst noch an den Texten herum. Aber der Berater hat auch gesagt, dass das Zeit braucht.«

»Klar, dafür soll er dir ja die Förderung geben.«

»Wenn es damit nicht klappt, kann ich notfalls immer noch für ein paar Stunden tippen gehen. Muss ja nicht für die Berg sein. Das Wichtigste ist, dass ich das mit dem Kochen überhaupt probiere. Vor allem, wo ich nun alle Papiere und Genehmigungen zusammenhabe.«

»Auf jeden Fall! Außerdem hast du so eine gute Überleitung hingekriegt – weg von Ole, dem Unerreichbaren, hin zu den Fakten und deinem Berater. Bravo! Was meint er denn sonst noch so?«

Luise zog eine Mappe aus ihrer Umhängetasche. »Hier sind die Unterlagen. Er meinte, wenn –«

Das Summen ihres Handys unterbrach sie erneut. Sie

rollte genervt die Augen, sah aufs Display, dann stutzte sie. »Entschuldige, ich geh mal kurz ran«, sagte sie zu Thorben. »Hallo, Svenja? Das ist ja eine Überraschung ... Ja, es geht mir gut, sehr gut sogar ... Das Kochen? ... Woher weißt du ... Ach, von Ole! ... Und du willst was? ... Dein Freund
 will mich buchen? Wann? Gut! ... Mexikanisch? Oh ... Können wir da nachher in Ruhe drüber reden? Jetzt ist es gerade schlecht. Ich melde mich bei dir.«

Sie legte auf, blickte Thorben an und schüttelte nur den Kopf, ohne ein Wort zu sagen.

»Ist Svenja nicht deine junge Kollegin von *Text-Berg*?«

Luise nickte.

»Und du sollst für ihren Freund mexikanisch kochen? Der hat doch eine Bar, oder?«

Sie nickte wieder.

»Hast du davon überhaupt eine Ahnung? Mexikanisch habe ich mit dir, soweit ich denken kann, noch nie gegessen. Außer einmal Nachos im Kino. Ich weiß zwar nicht mehr, was das für ein Film war, aber dass du dich die halbe Vorstellung über die scheußliche Sauce aufgeregt hast, daran erinnere ich mich.«

»Nein, ich habe keine Ahnung von mexikanischer Küche, noch nicht. Abgesehen davon, dass es Schokoladensauce zum Fleisch gibt. Aber das Essen soll erst Anfang April sein. Das ist jedenfalls eine gute Herausforderung an meine Recherchekünste. Außerdem war Natascha doch mal für eine Weile in Nicaragua. Kaffeebohnen ernten für die Revolution. Und ich habe Freunde mit Geschmack, die gern weiter von mir bekocht werden wollen. Warum also nicht mexikanisch?« Sie sah ihn lächelnd an. »Hast du demnächst vielleicht einen Abend Zeit für eine kleine Fiesta, mein Lieber?«

»Mexikanisch!« Er verzog das Gesicht. »Ich weiß nicht. Deine Kalbsbrust war köstlich, ebenso das Zimtparfait. Aber Schokoladensauce zum Fleisch? Muss das sein?«

»Och, Thorben!« Luise schürzte die Lippen zu einem Schmollmund.

»Also gut. Aber nur, wenn die anderen auch kommen.«

»Das werden sie. Ganz bestimmt«, sagte sie siegessicher.

Sie war früh aufgestanden, um sich noch eine Weile über den Markt treiben zu lassen, bevor sie sich mit Natascha traf. Das Wetter war überraschend mild, und Luise genoss das laute Wirbeln um sie herum. Am Blumenstand roch es nach Primeln und Narzissen, Vorboten des Frühlings. Ein Meer unterschiedlicher Blüten buhlte um ihre Aufmerksamkeit. Vor einem Eimer mit Papageientulpen blieb sie stehen. Sie mochte das Exaltierte und ein bisschen Übertriebene dieser Blumen. Papageientulpen kamen ihr immer so vor, als warteten sie nur darauf, in einem Theaterstück von Shakespeare mitzuspielen, um ihre Blütenblätter wie einen Königsmantel zu öffnen und Tod oder ewige Liebe zu fordern.

»Für dich zwei Bund für 'n Fünfer, Engelchen«, schrie ihr der Mann mit der grünen Gummischürze vom anderen Ende des Blumenstandes zu.

»Vielleicht später«, rief Luise zurück.

Sie ging weiter, am Obststand vorbei. Es war die Zeit zwischen den Jahreszeiten. Orangenpyramiden und der letzte Kohl konkurrierten mit Erdbeeren und importiertem Spargel. Eine zartgraue Rauchsäule stieg zum Himmel empor, und es roch würzig nach Holz, als die Frau am Fischstand eine neue Lage Makrelen in den Rauch hängte.

»War der Ziegenkäse gut?«, fragte der Mann im Käsewagen, als sie vorüberging.

»Ja, danke für die Empfehlung«, sagte sie.

»Heute habe ich einen wunderbaren Kräuterquark. Ganz neue Mischung.« Er wedelte einladend mit einem kleinen Löffel.

»Nachher vielleicht. Jetzt bin ich verabredet.«

»Na, komm schon, den musst du unbedingt probieren. Der ist wirklich gut. Und nachher kommst du mit deiner Verabredung vorbei, und ihr kauft beide was.« Er zwinkerte und reichte ihr das mit Quark gefüllte Löffelchen zur Probe.

Sie kostete, nickte und sagte lachend: »Ja, gut, überredet. Wir kommen. Bis später dann.«

Seit sie nicht mehr morgens um neun bei Frau Berg am Schreibtisch sitzen musste, kamen ihr solche Tage wie ein unverdientes Geschenk vor. *Auf den Markt zu gehen ist auch Arbeit, vergiss das nicht! Schließlich bist du jetzt Köchin*, sagte Anne, wenn Luise ihr gestand, dass sie manchmal fürchtete, bestraft zu werden für Momente wie diesen, in denen sie gedankenlos glücklich war. *Arbeit darf Spaß machen*, sagte auch Sybille, wenn Luise ihr verschämt von ihrer Freude am tagelangen Kochbuchlesen erzählte. *Vergiss nicht: jedes Essen ist Recherche*, erinnerte sie Thorben, wenn er sich in seiner Mittagspause spontan mit ihr verabreden wollte. Also wird das jetzt mein erstes Geschäftsfrühstück sein, dachte sie, als sie Natascha hinter der Fensterscheibe des Cafés entdeckte und ihrer Informantin in puncto lateinamerikanische Küche zuwinkte.

»Es braucht kein aufwändiges Essen zu werden, meinte Marek. Ich soll nur eine gute Grundlage schaffen für die Getränke«, sagte Luise und sah in vier überraschte Gesichter. »Nichts Großes also. Es wird eher das Einstandsgelage für

Mareks neuen Kompagnon. Und der hat ein Faible für Mexiko.«

Natascha, die an diesem Abend die übliche Runde ergänzte, ließ ihren Blick über die Tafel schweifen. »Es sieht wahnsinnig lecker aus«, sagte sie anerkennend.

»Wie lecker es ist, wird sich zeigen«, murmelte Thorben und schaute skeptisch auf den Truthahn in Schokoladensoße mit Chilis.

»Solange es nachher genügend Tequila gibt, ist mir alles recht«, verkündete Sybille. »Ich muss euch nämlich erzählen, wen ich kennengelernt habe.«

Anne verdrehte die Augen und bat Luise: »Sagst du bitte noch, was das alles ist, bevor Sybille loslegt.«

Luise nickte und begann: »Das ist Nationalflaggenreis.« Sie deutete auf eine Schüssel mit Reis in Grün, Weiß und Rot, dann auf einen Servierteller mit zusammengerollten und gefüllten Fladen, die mit Sauce, saurer Sahne und Käse bedeckt waren. »Und das sind Enchiladas Tapatías.«

»Tortillas mit Hühnerbrust und Chili«, übersetzte Natascha.

»Dies sind Tacos de Camarones und das Bohnen und Rindfleisch nach Maurerart.« Neben der Garnelenmischung für die Fladen stand eine Schale dicker Bohnen in Tomatensauce mit Bauchspeck und in Scheiben geschnittener Chorizo. Eine zweite Schale war mit Rindfleisch in einer dunklen Sauce gefüllt, die nach Zwiebeln und Knoblauch duftete.

»Guacamole und Tortillas«, unterbrach Sybille sie, »haben wir schon selbst erkannt. Vielleicht sollten wir jetzt endlich anstoßen.« Sie hob ihr Glas.

»Salute!«, eröffnete Luise die Tafel. »Im Kühlschrank findet ihr noch mehr mexikanisches Bier. Zum Nachtisch gibt es mit Obstsalat gefüllte Ananas. Fangt an!«

Chilis und Geschichten ließen die Wangen glühen. Sybille erzählte euphorisch von ihrer neuesten Errungenschaft, einem Anwalt mit Schwerpunkt Familienrecht, Thorben berichtete kleinlaut von seiner letzten Abfuhr, die er sich von einer Auszubildenden in einer Partnerfirma eingehandelt hatte. Alle Gerichte wurden durchprobiert und ausgiebig gelobt. Nur Thorben beließ es trotz allseitigen Anfeuerns bei einem kleinen Stückchen Truthahn mit einem mehr als übersichtlichen Klacks Sauce, über deren Geschmack er sich nicht weiter äußerte.

»Wenn es aber eigentlich ums Trinken gehen wird, warum ist es diesem Marek dann so wichtig, dass du Essen machst?«, fragte Sybille, als sie ihren Teller zur Seite schob und zum Tequila griff.

Luise zögerte. Sie konnte es ja schlecht damit begründen, dass Svenja über ihren Liebsten gesagt hatte, Marek protze gern ein bisschen mit dem, was er alles auf die Beine stellen könne. Luise hatte das als Scherz aufgefasst, musste aber feststellen, dass es leider zum Teil der Wahrheit entsprach, denn als sie mit Marek den Abend planen wollte, war sein einziger Kommentar: »Warum groß besprechen? Ist doch egal. Mach einfach!« Und genau das war nicht, was sie mit *Essen mit Freunden* beabsichtigte, doch da hatte sie leider schon zugesagt. Vielleicht war das auch der Grund, warum ihr das Kochen dieses Mal nicht leichtfiel. Den Reis mit frischem Koriander und Tomaten in den Farben der mexikanischen Flagge einzufärben hatte ihr Spaß gemacht. Auch mit der Schärfe verschiedener Chilis zu experimentieren hatte ihr gefallen. Mit der Masse an Schweineschmalz, die in den Rezepten angegeben wurde, war sie jedoch ebenso wenig glücklich wie mit ihren ersten selbstgemachten Tortillas. Nach Mareks Reaktion auf ihr Menü hatte sie darum beschlossen, zumindest die Fladenbrote in einem lateinamerikanischen Lebensmittelladen vorgebacken zu besorgen.

»Ich vermute, Svenja will sich nur für all die Cantuccini, die sie bei der Berg essen durfte, revanchieren«, beantwortete sie schließlich Sybilles Frage. »Sie meinte nämlich, dass einige Leute dabei wären, die sie sich gut als zukünftige Kunden für mich vorstellen könnte. Also buche ich es unter Akquise ab und lasse es dabei bewenden.«

»Marek fand zwar, dass wir keine Tischdecke brauchen, aber mit den Blumen sieht das doch schön aus, oder?«

Svenja sah Luise unsicher an. Sie hatte sechs Tische zu einer langen Tafel zusammengeschoben. Blaue Stoffbahnen waren darüber ausgebreitet. Besteck und Geschirr hatte sie bunt zusammengewürfelt, nur Gläser waren einheitlich und reichlich vorhanden. Dies hier war eine Bar und kein Restaurant. In der Mitte standen zwei große Sträuße aus Tulpen und Narzissen. Feuerrot, leuchtend gelb.

»Ein schöner Kontrast. Frida Kahlo hätte es bei ihren Festen im blauen Haus nicht besser machen können«, sagte Luise und spürte Svenjas Erleichterung. »Wie viel Zeit haben wir noch?«

»Die Ersten sind wahrscheinlich in einer halben Stunde da. Dann gibt's einen Aperitif. Mit dem Essen wollen wir gegen acht beginnen.«

Luise nickte und kalkulierte im Kopf alles noch einmal durch. Das meiste war vorbereitet. Eigentlich brauchte sie die Speisen nur noch zu erhitzen, in die Schüsseln zu füllen, abzuwarten, ob es reichte, und dann könnte sie endlich verschwinden. Den ganzen Tag war sie auf den Beinen gewesen, und nun war sie todmüde. Sie hatte das Gefühl, mehrere Zentner Schweineschmalz verarbeitet zu haben, und es kam ihr so vor, als hätte ihr das Abschmecken der Mole, der Schokoladensauce für den Truthahn, mit jedem Löffel mehr den Gaumen verklebt. Sie dachte an Thorben und musste lächeln.

»Ich geh dann mal in die Küche«, sagte sie, warf Svenja einen aufmunternden Blick zu und verschwand. Zwischen dem Topfdeckelscheppern und dem Schüsselgeklapper am Herd hörte sie, wie draußen langsam die Gäste eintrudelten. Unverständliche Gesprächsfetzen und Gelächter schlichen sich zwischen Tomaten und Tortillas. Dann hörte sie Marek und Svenja vorm Durchgang zur Küche tuscheln, wobei nur Marek zu verstehen war:

»Wie? Sie haben sich gezofft? Das machen sie doch dauernd ... Rebecca hat abgesagt, und er kommt? ... Natürlich tut er mir auch leid. Aber du wirst dich bestimmt schön um ihn kümmern ... Mein Problem ist nur der freie Platz. Meinst du, dass sie vielleicht ... Frag mal.«

Svenja tauchte in der Küche auf, lehnte sich unschlüssig in den Türrahmen. »Kann ich noch was helfen?«

»Nein, alles im Griff. Aber beim Auftragen vielleicht. Kann es losgehen?« Luise sah sie neugierig an.

»Ja, gleich. Aber, sag mal«, sie zögerte. »Du isst doch mit uns, oder?«

»Ich dachte, ihr hättet zwölf Gäste. Und mit euch wären es vierzehn.« Svenja hatte viel erzählt über Marek, wenn sie bei ihr im Büro zum Keksenaschen vorbeigekommen war. Und Luise erinnerte sich gut daran, wie abergläubisch er war. Dreizehn am Tisch wären für ihn sicher kein gutes

Omen, um einen neuen Geschäftspartner zu begrüßen. »Normalerweise mache ich das nicht, und eigentlich wollte ich auch nach Hause, aber wenn du unbedingt willst, bleibe ich noch.«

Obwohl ihr drei rohe Möhren jetzt lieber gewesen wären als Schokoladen-Truthahn, aß sich Luise diszipliniert durch ihr Menü. Aufmerksam beobachtete sie die Gäste, sog jedes Lob, jedes Mmmm und Ahhh in sich auf, registrierte, wer wie viel nachnahm, wer etwas auf dem Teller ließ, wer ihren Blick suchte oder mied, und sie freute sich, als eine Freundin Mareks nach ihrer Visitenkarte fragte. Sie war zufrieden.

»Sieht aus, als ob sie satt sind«, flüsterte sie Svenja zu. »Zeit für die Ananas.«

Svenja nickte. »Und ich kümmere mich um den flüssigen Nachtisch.«

Auf dem Weg in die Küche sah Luise, wie Svenja versuchte, Mareks Aufmerksamkeit zu erhaschen. Der jedoch unterhielt seine Gäste mit wilden Geschichten und großer Geste. Für die anderen war er sicher ein guter Gastgeber, zuvorkommend, charmant, aber für seine Freundin hatte er keinen Blick. Luise konnte sich gut daran erinnern, wie es war, mit einem Mann zusammen zu sein, der nach allen Seiten seinen Charme versprühte, ohne die Freundin zu sehen, die ihn begleitete, die neben ihm immer leiser und blasser wurde, bis sie von den Servietten oder der Küchenwand kaum mehr zu unterscheiden war. Sie hatte Svenja bei *Text-Berg* lustig und selbstbewusst erlebt. Doch auch wenn sie ihr leidtat, war Luise heilfroh über diesen Spiegel. Froh darüber, dass sie selbst sich nicht mehr klein machte, wie in der Zeit mit

Jörg. Dass sie sich wieder aufgerichtet hatte und mit *Essen mit Freunden* vielleicht sogar ein Stück über sich hinauswuchs. Das alles würde sie nicht mehr aufgeben. Schon gar nicht für einen Mann.

»Eine Margarita oder ein Tequila Sunrise?«, rief Svenja vom Tresen aus, nachdem die Teller abgeräumt waren und das Dessert verteilt war.

Luise war sich nicht sicher, ob ihr eher nach Orange oder nach salziger Limette war, ob sie überhaupt noch etwas trinken wollte, denn eigentlich wäre jetzt der perfekte Moment, um nach Hause zu verschwinden.

»Ich würde dir zu einem White Russian raten, auch wenn sie den vermutlich erst in der nächsten Runde ins Spiel bringt. White Russian macht sie besonders gut.«

Überrascht drehte sie den Kopf zur Seite und blickte über Svenjas leeren Stuhl hinweg auf den Platz daneben. »White Russian?«, fragte sie zögernd.

Eine Stimme wie Sahne, Augen dunkel wie Kaffeelikör. Das war ihr bis jetzt entgangen. Sie hatte zwar wahrgenommen, dass der Teller an diesem Platz nicht allzu voll gewesen war und die gefüllte Ananas verschmäht wurde, aber sie hatte nicht gesehen, wer zu diesem Teller gehörte.

»White Russian klingt gut«, sagte sie.

Luise schaute zu, wie Kaffeeaugen mit Sahnestimme durch einen zurückhaltenden Wink zwei White Russian orderten, um dann wieder wortlos einen unsichtbaren Punkt auf dem Tisch zu fixieren. Eigentlich war sie ja müde. Den ganzen Tag auf den Beinen und dazu noch das reichliche Essen.

»Du bist also Luise, die Köchin«, sagte er, als Svenja zwei Gläser vor ihm abgestellt hatte, von denen er eines an Luise weiterreichte.

Sie nickte.

»Auf dich.«

Sie nippte.

»Ich heiße übrigens Raphael.«

Sie schluckte. Sahne, Kahlua und eine gute Portion Wodka breiteten sich in ihrem Körper aus.

Dabei wollte sie doch nur noch ins Bett. Jetzt. Sofort.

»Ein schöner Name«, sagte sie und nahm den nächsten Schluck.

Rühreier

Fenchel, Zitronenmelisse, Fisch. Luise stellte ihren Einkauf auf die Rückbank. Der Kofferraum war bereits belegt von Terrakottakästen und Tüten voller Blumenerde. Als sie am Wochenende auf ihrem Balkon die ersten Frühlingsstrahlen genossen hatte, war es ihr wie eine große Verschwendung vorgekommen, wenn sie es nicht ausnutzte, dass sie Südseite und viereinhalb Quadratmeter Himmel hatte. Sie könnte einen Teil der Kräuter, die sie für *Essen mit Freunden* brauchte, selbst anbauen. Nicht nur in den alten Blumentöpfen, die sie schon immer bepflanzt hatte, sondern in größerem Stil. Anne würde ihr morgen zusätzliche Haken an die Balkonbrüstung dübeln. Luise warf die Autotür zu und beschloss, dass sie sich nun einen Kaffee als Belohnung verdient hatte.

Gleich um die Ecke lag das Kulturhaus, wo es ein nettes Garten-Café gab. Sobald es das Wetter zuließ, saß man dort mit seinem Getränk auf alten Holzbänken unter Rosenranken. Im Herbst leuchtete rotes Weinlaub an der Hauswand gegenüber. Durch eine Lücke zwischen den Häusern konnte man in der Ferne den Bahnhof erblicken, den Zügen hinterherschauen und dem Fernweh freien Lauf lassen. Da es bereits dämmerig und kühl wurde, nahm Luise sich eine der bereitliegenden Decken und lehnte sich an die Backsteinwand, die noch letzte Reste der Nachmittagssonne gespeichert hatte. Von drinnen hörte sie Stimmen. Musik erklang, wehmütig, voll Sehnsucht. Sie schloss die Augen. Schritte auf dem Parkett, Aufmunterungen in den Raum geworfen. Ein Akkordeon, das ihr beim Zuhören die Lungenflügel dehnte, ein Kontrabass, der an den Saiten ihrer Seele zupfte. Luise versank in Weite und Zeitlosigkeit, bis die Bedienung den Milchkaffee vor ihr abstellte. Sie nahm einen Schluck, drehte sich um und versuchte durch das Fenster einen Blick hineinzuwerfen. Paare bewegten sich durch den Raum, beinahe schwebend, wie Blätter im Wind, die alle derselben Strömung folgten. Dann traf es sie wie ein Schlag.

Sie hatte sich gefragt, wie es wohl sein würde, wenn sie sich gegenüberstünden. Sie hatte diese Begegnung seit Anfang des Jahres vor sich hergeschoben, sich immer wieder herausgeredet mit Terminen, mit Arbeit, mit anderen Dingen. Ihre Mutter war geduldig geblieben, obwohl beiden vermutlich klar war, dass das meiste Ausreden waren. Die Reise nach Argentinien war ein Bruch gewesen. Seit über drei Monaten war ihre Mutter nun wieder daheim. Vorher hatte Luise sie beinahe alle zwei Wochen besucht, manchmal für einen Nachmittag, manchmal für ein paar Tage. Ihre Mutter hatte in der Zwischenzeit beharrlich Lebenszeichen ausgesendet. Rote Fäden, an die Luise hätte anknüpfen können. Sie hatte angerufen, SMS geschrieben, Mails geschickt. Zumindest was die modernen Kommunikationswege betraf, war

Paul eine Bereicherung. In ihrer beider Leben. Luise musste überrascht feststellen, dass es ausreichen konnte, nur drei Zeilen zu lesen oder zu senden, um sich des anderen zu vergewissern. Sie mochte diese kleinen Nachrichten, weil in den wenigen Sätzen eine unvermutete Nähe lag. Die Reduzierung auf den Umfang einer SMS konnte manchmal auch eine Konzentration auf das Wesentliche bedeuten. Wie bei einem Saucenfond. Nicht Quantität, sondern Intensität zählte. Ihre Mutter hatte auf diese Weise versucht, den Kontakt zu Luise zu halten und ihr gleichzeitig den Raum zu geben, den sie anscheinend brauchte, bis sie mit der neuen Situation klarkam.

Und nun sah Luise ihre Mutter durch die Fensterscheibe des Cafés nach so langer Zeit zum ersten Mal. Sie sah auch Paul, einen schlanken Mann mit weißen Haaren, gepflegt, sympathisch. Einen Mann, der seine Tanzpartnerin sicher führte. Sie sah ein Paar, das sich selbstvergessen umschlungen hielt, versunken in der Bewegung, in der Musik. In sich, in ihrem Miteinander. Ihre Mutter hatte die Augen geschlossen und schmiegte ihre Wange an Pauls Hals. Diese Geste rührte Luise sehr. Sie hatte das Zusammenspiel ihrer Eltern immer als perfekt erlebt. Sie waren ein gutes Team gewesen. Ein gutes Team kann viel bewältigen, es kann Häuser bauen und Kinder großziehen. Es kann die Stürme des Lebens durchstehen. Dies hier war etwas anderes. Luise entdeckte plötzlich eine Seite an ihrer Mutter, die sie vorher nie gesehen hatte. Vielleicht brauchte es diesen Bruch, damit sie sie wirklich sah, wahrnahm, erkannte. Was erwartete sie eigentlich von ihrer Mutter? Sie schämte sich, fühlte sich ignorant und blind.

Die Musik setzte aus. Paul hielt seine Hedda noch einen

Augenblick in den Armen, bevor er sie freigab. Luises Mutter lachte, sagte etwas und deutete nach draußen. Paul nickte, reichte ihr eine Jacke und nahm ihren Arm. Einen kurzen Moment überlegte Luise, ob sie aufspringen und davonlaufen sollte, aber dann beschloss sie zu bleiben. Es war Zeit, die roten Fäden der letzten Monate zu verknüpfen. Sie wandte sich ab, versuchte sich zu sammeln, und erst als die beiden sich an den Nachbartisch gesetzt hatten, ohne sie erkannt zu haben oder weiter auf sie zu achten, drehte sie sich zu ihnen um und sagte: »Es sieht schön aus, wenn ihr tanzt, Mama.«

»Und was war dann?«, fragte Anne, als Luise eine Pause in ihrer Erzählung machte. Sie saßen bei Kaffee und Kuchen auf Luises Balkon.

»Na ja, nichts Großes. Wir haben uns in den Arm genommen, ein bisschen geheult, und dann hat sie mir Paul vorgestellt. Weiter nichts.«

»Weiter nichts? Meine Güte – dafür, dass du dich so lange vor dieser Begegnung gedrückt hast, ist das doch mehr als genug! Wie findest du ihn?«

Luise zuckte mit den Schultern. »Ich weiß nicht, wie ich ihn mir vorgestellt hatte. Sein Bild in meinem Kopf hat sich ständig verändert. Mal war er ein schmieriger Gigolo, der alte Frauen ausnimmt, mal ein gerissener Heiratsschwindler. Auf jeden Fall war er nie nett oder freundlich, geschweige denn attraktiv. Dabei ist der reale Paul ganz normal. So alt wie meine Mutter, ein bisschen größer als sie, mit vollem, gewelltem Haar, schneeweiß. Er ist charmant. Ich kann gut verstehen, dass er ihr gefällt.«

»Und wie geht es jetzt weiter?«

»Mit ihnen?«

»Nein, mit euch. Mit dir.«

»Ich weiß nicht genau.« Luise spielte mit ihrem Teelöffel. »Vielleicht fahre ich demnächst mal bei ihr vorbei. Vielleicht lade ich sie auch zu mir ein. Beide. Das war ja jetzt immerhin ein Anfang.« Sie schwieg eine Weile, dann sah sie Anne an und seufzte. »Weißt du, was mir am meisten gefallen hat? Die Art, wie er sie ansieht. Wie er ihr zuhört. Als wäre sie das größte Geschenk, das er jemals bekommen hat. Das hat mich unheimlich berührt.« Sie schwieg wieder, um nicht auch noch gestehen zu müssen, was sie eigentlich am meisten traf: dass ihre Mutter etwas lebte, wonach sich zu sehnen Luise lange nicht mehr getraut hatte.

Ihr Handy klingelte, als sie gerade aus der Parklücke raus war. Bestimmt war es Ole, der wissen wollte, wo sie blieb. Sie hatte sich mit Anne verquatscht und war eindeutig zu spät. Ohne auf das Display zu schauen, nahm sie den Anruf an. »Ich komme gleich. Bin schon unterwegs«, rief sie in den Apparat.

»Luise?«, fragte eine Stimme, die ihr irgendwie bekannt vorkam, die aber eindeutig nicht Oles Stimme war. »Bist du das?« Ihr Herz schlug ein paar Takte schneller, was nicht nur an dem Polizeiauto lag, das an der roten Ampel, der sie sich gerade näherte, neben ihr halten würde, während sie ohne Freisprechanlage telefonierte.

»Ja, hier ist Luise. Und du bist –«

»Raphael. Wir kennen uns von –«

»Svenja – Ja, ich weiß.«

Eine kurze Pause entstand, in der Luise vorsichtig abbremste, weil sie weder das Telefonat beenden noch eine Begegnung mit der Polizei wollte. Auf der anderen Seite der Leitung wurde unterdessen tief eingeatmet. Die Ampel sprang um, das Polizeiauto bog ab. Sie gab Gas. »Gibt es einen Grund, warum du dich meldest?«

 »Weil, na ja, ich ...«, wurden am anderen Ende Worte und Gedanken geordnet. »Oder passt es dir gerade nicht?«

»Doch, es ist schön, dass du anrufst. Ich freue mich«, antwortete sie. Warum sagte sie das? Das war eindeutig zu nett. Sie biss sich auf die Lippen.

»Gut, also, ich –«, begann er wieder.

»Mist!« Unvermittelt trat sie auf die Bremse, als ein Luftballon über die Straße wehte. Sie klemmte das Handy zwischen Schulter und Ohr, setzte den Fuß auf die Kupplung, schaltete, fuhr weiter.

»Ich glaube, ich störe dich doch, oder?«

»Ich bin gerade unterwegs. Aber bevor ich gleich mit einem drängelnden Lastwagen hinter mir und einem abrutschenden Telefon am Ohr auf die Hochstraße fahre, würde ich schon gern wissen, warum du anrufst.« Wieder sog sie nervös an ihrer Unterlippe, denn auch dieser Ton war nicht der richtige.

»Weil ich eine Frau kennengelernt habe und mir nicht sicher bin, ob ich mich in sie verliebt habe.« Er holte Luft.

Sie holte Luft. »Verliebt? Oh!«

Der Laster setzte zum Überholen an.

»Darum würde ich dich gern«, er kämpfte mit sich: »buchen.« Leise sagte er das. Sehr leise.

»Mich *buchen*?« Luise war sich nicht sicher, ob sie durch den Lastwagen, der an ihr vorbeidonnerte, etwas falsch verstanden hatte.

»Ja, für ein Essen zu zweit.«

»Mich buchen?«, wiederholte sie.

»Es wäre schön, wenn du für mich kochen könntest. Ich bin nicht gut in so was.«

»Mhm«, murmelte Luise, »und wie hast du dir das vorgestellt? Essen zu zweit? Mit Kerzen und so? Was mag sie denn? Was isst sie gern?«

»Das weiß ich nicht. Ich kenne sie noch nicht gut genug. Ich dachte, ein Essen wäre keine schlechte Möglichkeit, sich besser kennenzulernen.«

»Ja, sicher«, sagte Luise ziemlich unterkühlt. Natürlich war sie davon überzeugt, dass man mit dem passenden Essen jedes Herz erweichen konnte, nur hatte sie nicht gedacht, das ausgerechnet an der Herzensdame von diesem Raphael demonstrieren zu müssen. Kaffeeaugen, Sahnestimme. Sie erinnerte sich zu gut. »Wie wäre es, wenn du mich morgen Mittag noch mal anrufst? Dann können wir die Details besprechen. Hier wird die Situation nämlich gerade etwas unübersichtlich.«

»Klar, die Hochstraße, ich verstehe.« Die Sahne in seiner Stimme schien zu gerinnen. »Hattest du ja gesagt. Gut. Ich melde mich. Bis morgen dann.«

»Ja, bis morgen.« Mit der linken Hand hielt sie das Steuer umklammert, mit der rechten stopfte sie das Telefon in ihre Tasche. Ganz tief nach unten, außer Reichweite.

»Hallo, Luise!«, sangen die Mädchen im Chor, als sie die Tür aufrissen, noch bevor sie überhaupt geklingelt hatte.

»Ich hoffe, es stört dich nicht, dass sie da sind«, sagte Ole entschuldigend, als sie Luise ins Wohnzimmer gezogen hatten und ihren üblichen Begrüßungstanz vollführten.

»Nein, ist schon in Ordnung«, sagte sie, obwohl gerade

gar nichts in Ordnung war. Der Anruf eben hatte ihre Laune getrübt. Nicht, dass dieser Raphael irgendeinen Eindruck bei ihr hinterlassen hätte. Sicher nicht. Sie hatte in den vergangenen drei Wochen kaum an ihn gedacht. Höchstens einoder zweimal. Am Tag. Vorm Einschlafen oder nach dem Aufwachen. Aber nicht öfter. Jedenfalls nicht öfter als an Ole. Und auf den hatte sie sich heute unglaublich gefreut. Auf ungestörte Zeit mit ihm. Aber danach sah es auch diesmal nicht aus.

Lilly und Nele liefen in das Spielzimmer, um ihr ihre neuesten Errungenschaften zu zeigen. Ein hässliches Pferd mit lila Mähne und eine Puppe mit Windeln wurden angeschleppt. Luise lobte beides gebührend und hoffte, dass sie so schnell wie möglich einen Kaffee bekam.

»Eigentlich wollte Judith die beiden nehmen, damit wir in Ruhe arbeiten können, aber ich hatte die Termine falsch in mein Smartphone eingetragen, und da hatte sie Markus schon versprochen, ihm mit seinen Gardinen und den Sofakissen zu helfen. Dabei stören die Kinder nur.«

»Kann ich mir vorstellen«, sagte Luise und bemühte sich, nicht allzu zynisch zu klingen.

»Sein Untermieter ist endlich raus, und nun kann Markus zurück in seine alte Wohnung. Seit dem Wochenende sind auch die restlichen Sachen aus London da. Fehlen also nur noch die Gardinen.«

»Und die Sofakissen.«

Ole streifte sie mit einem Seitenblick und runzelte die Stirn. »Bist nicht ganz so gut drauf, oder?«

»Geht schon«, sagte sie. »Die Fahrt eben war ein bisschen stressig.«

»Dann lass uns mal anfangen. Vielleicht bessert sich dann deine Laune.«

Er startete seinen Laptop und zeigte ihr das, was er bisher entworfen hatte. Luise war sprachlos. Eine Küchenzeile in Rosenrot leuchtete auf dem Bildschirm. Über dem Handtuchhalter prangte ein altes Emailleschild. *Essen mit Freunden* stand darauf. Klickte man auf die Kühlschranktür, öffnete sie sich, und das Seitenmenü kam zum Vorschein. In jedem Kühlschrankfach war dann eines ihrer Angebote untergebracht. Über dem Herd hing in einem Goldrahmen ein Foto von ihr, über das man mit einem Klick zu ihren Kontaktdaten kam.

»Und jetzt kommt das Beste«, sagte Ole und strahlte sie an. »Pass auf!« Per Mausklick öffnete er die einzelnen Schubladen des Küchenschranks. Ein satter Ton erklang, ähnlich wie bei ihr daheim. »Ist das nicht toll?«

»Das ist fantastisch!« Luise schüttelte ungläubig den Kopf. »Und was kommt in die Schubladen?«

»Keine Ahnung. Das hängt von dir ab. Vielleicht kannst du das für Extras wie Rezepte oder Fotos nutzen, meinte Markus. Oder wenn du expandieren willst mit Kochkursen.«

»Meinte Markus?« Sie blieb an diesen beiden Worten hängen.

»Ja. Das mit der aufklappenden Kühlschranktür und dem Herausziehen der Schubladen war sein Vorschlag. Er ist mit so etwas einfach viel besser als ich. Seine Ideen und sein Querdenken waren schließlich auch der Grund, warum sie ihn in London wollten. Ist doch super, nicht wahr?«

Sie nickte nur.

»Er findet nämlich klasse, was du machst. Beneidenswert. Er ist überzeugt, dass ein Projekt wie *Essen mit Freunden* ein großer Erfolg werden kann.«

Sie nickte immer noch und überlegte fieberhaft, was sie

sagen könnte. Natürlich war es gut. Besser, als Luise es sich jemals vorgestellt hatte. Alles war gut – bis auf den Markus-Faktor. Vielleicht überlegte sie ein bisschen zu lange, denn Ole deutete ihr Schweigen wohl als Zustimmung.

»Prima. Dann können wir Schluss machen für heute. Ich baue die restlichen Texte ein, und in ein paar Tagen kann das Ganze ins Netz.« Er schaltete den Laptop aus. »Hast du wieder einen neuen Auftrag?«

»Ein Essen für zwei«, antwortete sie, ohne weiter darüber nachzudenken, weil sie immer noch mit den Schubladen beschäftigt war.

»Für zwei was? Tanten? Frisch Verliebte? Ein altes Paar?«

»Zumindest ist einer der beiden frisch verliebt. Der Gastgeber«, sagte sie, obwohl sie sich fragte, ob sie Ole das überhaupt erzählen wollte. Doch die Sätze kullerten einfach aus ihr heraus. »Er wünscht sich ein Essen, mit dem er die Dame seines Herzens für sich gewinnen kann.«

»Dann ist er bei dir ja genau richtig. Was hast du empfohlen?« Ole schaute ihr tief in die Augen. »Kerzenlicht und Spargel?«

»Noch gar nichts. Was hättest du ihm denn geraten?«, fragte sie, um ein bisschen Zeit zu gewinnen. Sie musste sich einen Moment sortieren, denn auch wenn Oles Augenaufschlag ganz offensichtlich nur gespielt war, traf er sie.

»Ich? Keine Ahnung. Das erste Essen, das ich für Judith gemacht habe, waren Rühreier.«

»Rühreier?« Luise sah ihn überrascht an.

»Ja, zum Frühstück, nachdem sie das erste Mal bei mir übernachtet hatte.« Es schien, als wolle er in eine längere Geschichte mit ausführlicher Rahmenhandlung einsteigen.

»Aber da hattest du sie ja schon von dir überzeugt«, unterbrach sie ihn, um sich die Details zu ersparen. »Hier geht es um das Vorher. Nicht um das Frühstück danach. Und ein Vorher soll etwas Eindrucksvolles sein. Romantisch. Besonders.«

»Ist er denn besonders?«, fragte Ole und musterte sie.

»Vielleicht. Nett ist er auf jeden Fall. Etwas schüchtern.«
Sie wich seinem Blick aus.

»Du kennst ihn also.«

»Wir haben uns auf Svenjas Fest gesehen. Er war einer der Gäste.« Sie stockte. »Vielleicht sollte ich gar nicht so viel über meine Kunden reden. Wahrscheinlich gibt es für Köchinnen auch eine Art Schweigepflicht.«

»Für Köchinnen gibt es noch etwas ganz anderes.« Ole stand auf und holte aus der Kammer neben der Küche einen Karton, eingewickelt in beiges Packpapier.

»Ich habe doch gar nicht Geburtstag«, sagte Luise beim Anblick des Paketes. Sie war aufgeregt, denn Geschenke von Ole waren nicht nur etwas Besonderes, sondern auch eine Seltenheit.

»Es ist nicht zum Geburtstag«, sagte er. »Es liegt ein Brief dabei.«

Luise untersuchte das Paket und zog unter einer Papiernaht ein gefaltetes Blatt hervor. Kein Schreibmaschinenpapier, sondern weicheres, in Cremeweiß. Sie klappte den Bogen auf, und ihr wurde klar, dass sie noch nie Oles Handschrift gesehen hatte. Stets trug er seine kleinen elektronischen Helfer mit sich herum, denn er verabscheute Notizzettel und Stifte. Warum auch Postkarten schreiben, wenn es Mails und SMS gab? Sie blickte auf klare, runde Buchstaben in schwarzer Tinte. Die unteren Linien der großen Ls waren geschwungen. Sie glichen Wellen, so dass das *Liebe Luise* am Anfang aussah, als segelte ihr Name auf einem kleinen Meer. Sie lächelte und las weiter.

Leider ist sie nicht pink. Und ich höre bereits, wie Du sagst, dass Du sie nicht willst. Aber ich habe momentan keinen Platz für sie. Darum: Nimm sie bitte mit, probier sie aus, behalte sie, solange Du sie gebrauchen kannst. Vielleicht könnte sie eine Erleichterung für Dich sein. Und falls Du sie hier stehenlässt (was ich Dir zutraue), werde ich das als eindeutige Aufforderung werten, dass ich sie Dir persönlich vorbeibringen soll …

Herzliche Grüße,
Markus

Was sollte das denn? Aufgeregt riss sie das Packpapier auf. Zum Vorschein kam eine glänzende Kitchen Aid in Weinrot. Luise war so überrascht, dass sie nicht einmal etwas Gemeines denken konnte.

»Er hat extra betont, dass es kein Geschenk ist, sondern nur eine Leihgabe. Sie verpflichtet dich zu nichts. Er hatte sie für die Londoner Wohnung gekauft, weil dort die Küche größer war. Hier kann er sie nicht unterbringen, ohne alles umzubauen. Sie nimmt ja viel Platz weg.«

Luise schwieg noch immer. Gern hätte sie ebenfalls mit schwarzer Tinte und in großen Lettern das Wort *Angeber* in ihre Gedanken geschrieben, doch sie war so verwirrt, dass ihr selbst das nicht gelang. Eine Kitchen Aid in Weinrot. Nie hätte sie offen zugegeben, wie lange sie schon um genau diese Küchenmaschine herumgeschlichen war, noch bevor sie auf die Idee kam, für andere zu kochen. Sie sah einfach zu schön aus – und sie war viel zu teuer. »Wieso?«, stammelte sie.

Ole zuckte mit den Schultern. »Er ist so.«

»Aber …« Sie fand keinen Anfang für die Kette von Abers, an der sie sich in ihrem Hirn versuchte entlangzuhangeln, um wieder festen Boden unter den Füßen zu bekommen.

»Er kocht gern. Er isst gern. Er war neulich hier, nachdem du mir die Tortilla-Wraps mit Thunfisch mitgegeben hattest.
Er fand sie gut. Genauso wie den Dattel-Balsam, den du Judith geschenkt hattest, und deine Espresso-Karamell-Ecken an Weihnachten, die mit dem Blattgold obendrauf. Davon habe ich kaum eine gesehen, weil er heimlich beinahe die ganze Tüte allein gegessen hat.«

»Aber …«

»Er findet, dass nicht nur *Essen mit Freunden* Erfolg verdient hat, sondern du. Er hat dich doch erlebt, damals, nach dem Streit mit der Berg. Du hast ihm leidgetan.«

»Also aus Mitleid«, presste sie hervor, und ihr Ton wurde bissiger. Dies war der Anfang einer Gedankenkette, bei der sie sich in Bezug auf Markus besser auskannte. Der Federhalter in ihrem Kopf setzte an, ein *GÖNNERHAFT* zu schreiben, fett und in Druckbuchstaben.

»Luise, bitte. Markus ist wirklich so. Er nimmt sich, was er braucht, und er gibt, wenn er will. Nicht aus Höflichkeit, nicht aus Kalkül oder weil man es von ihm erwartet. Manche stößt das vor den Kopf, aber ich kenne keine ehrlichere Haut als ihn. Genau das ist der Grund, warum wir schon so lange befreundet sind.«

Sie schwiegen. Aus dem Spielzimmer war das Schreien der Kinder zu hören, die sich um etwas stritten, das Mähbäh hieß.

»Ich glaub, ich geh mal kurz –« Sie deutete in Richtung Toilette und verschwand. Nachdem sie die Tür geschlossen hatte, drehte sie den Hahn auf, ließ sich kaltes Wasser über die Handgelenke laufen und blickte in den Spiegel. Sie versuchte, endlich etwas zu Ende denken zu können, doch in ihrem Kopf waren bloß Fetzen, die keinen Sinn ergaben: Nur eine Leihgabe. *Vielleicht eine Erleichterung.* Du hast ihm leidgetan. So ein Blödmann! … *Leider ist sie nicht pink.* Pink nicht, aber weinrot. So wunderschön weinrot … *werte ich das als Aufforderung, dass ich sie Dir persönlich vorbeibringen soll* … Ging es noch selbstgefälliger? Er stößt viele vor den Kopf, aber er ist die ehrlichste Haut, die ich kenne. *Nimm sie bitte mit.* Was sollte das? Warum machte er das? *Nimm sie bitte.* Wenn sie es täte, würde er sich nur noch mehr aufspielen. *Nimm sie.* Hatte sie sich nicht schon immer diese Maschine gewünscht? In genau diesem Farbton? Mit einem original Planetenrührwerk?

Nimm sie!

Sie drehte das Wasser ab und trocknete ihre Hände.

»Also: Keine Verpflichtungen?«, sagte sie, als sie wieder neben Ole stand.

Er schüttelte den Kopf. »Keine Verpflichtungen.«

»Gut, dann nehme ich sie mit.«

Granatapfel

Sie trennte die Eier und stellte das Eigelb zur Seite. Dann senkte sie das Planetenrührwerk in das Eiweiß, schaltete die Maschine an und sah zu, wie der große Quirl die durchsichtige Masse langsam zu einem weißen Wolkenberg schlug. Das Summen hatte etwas Beruhigendes, und während sie die anderen Zutaten abwog, überlegte sie, wie lange sie dieses Ritual nicht mehr vollzogen hatte. Cantuccini. Anfang Dezember hatte sie gekündigt. Fast fünf Monate war das nun her. So viel war zwischenzeitlich passiert, und ihr Vorrat an Keksen war aufgebraucht. Überrascht bemerkte sie, dass sie nichts vermisste, wenn sie den Mixer nicht selbst in der Hand hielt, sondern dass sie es im Gegenteil genoss, ihrer weinroten Helferin über die Metallschulter zu schauen. Es war Meditation, trotzdem, immer noch. Ihr fiel ein Zen-Spruch ein: »Meister, was kommt vor der Erleuchtung? Wasserholen und Holzhacken. Meister, was kommt nach der Erleuchtung? Wasserholen und Holzhacken.« Die Kitchen Aid war vielleicht ihre Art von Erleuchtung, obwohl es vorher und auch jetzt nur um Kekse ging.

Nachdem Luise gestern nach Hause gekommen war, hatte sie die Küchenmaschine auf den Tisch gestellt und den halben Abend davorgesessen. Ihr Verstand fand die Kitchen Aid selbst als Leihgabe völlig übertrieben. Für das Herz der Köchin jedoch war sie wunderschön. Sie hatte versucht, ihre Gefühle und Gedanken zu ordnen, doch sie blieb hin und her gerissen zwischen Trotz und Freude, zwischen Skepsis und Dankbarkeit. Also hatte sie die Maschine vom Tisch auf die Arbeitsplatte geräumt, um sie außer Sicht zu schaffen, was es jedoch nicht besser machte. Widerwillig musste sie Markus recht geben: Sie war wie gemacht für diese Nische direkt neben dem Kühlschrank. Und vermutlich, so hatte sie sich kurz vor Mitternacht schließlich eingestanden, würde pink zu ihrer zyklamfarbenen Wand tatsächlich noch ein klein bisschen besser passen.

Den Vanillezucker dazu, die Mandeln, eine Prise Salz. All die gewohnten Zutaten, Handbewegungen, Abläufe, und doch war es diesmal anders. Sie gab etwas Mehl auf ihre Handflächen, nahm den Teig aus der Rührschüssel, legte ihn auf das Marmorbrett und formte Rollen daraus. Je beschäftigter ihre Hände waren, desto besser flossen ihre Gedanken. Sie dachte an ihre Mutter und Paul, wehmütig, traurig-

froh. Sie dachte an Ole und fragte sich, was sie wirklich für ihn empfand. War es Begehren? Oder war ihr Gefühl etwas Unverbindlicheres? Etwas, was sich vor langer Zeit in ein dem Begehren ähnliches Kostüm gekleidet hatte und seither unter falschem Namen durch das Land ihrer Sehnsucht vagabundierte. Es Freundschaft zu nennen wäre wohl passender. Sie dachte wieder an ihre Mutter und Paul. An den Mut ihrer Mutter, ihre Bereitschaft, zu leben und glücklich zu sein. Nicht irgendwann, sondern jetzt. Hatte Luise ihr nicht eine Postkarte geschickt: Das Leben will riskiert werden! Das war lange her. Sie fragte sich, wie mutig sie selbst war. Mit *Essen mit Freunden* hatte sie einen großen Schritt gewagt. Aber sonst?

Luise schob die Kekse in den Backofen, als das Telefon klingelte, und schaute zur Uhr. Zehn nach zwölf. Mittag. Zumindest war er pünktlich.

»Wieso sind wir heute nur eine kleine Runde? Oder ist das auch ein Geheimnis?«, fragte Anne, nachdem sie Natascha den Stuhl zurechtgerückt und sich selbst an den Küchentisch gesetzt hatte. Ihre Stimme klang ein wenig provozierend, denn natürlich konnte Luise die Anwesenheit ihrer neuen Küchenhelferin nicht ganz unerklärt lassen, hatte aber jegliche tiefer gehende Frage nach Herkunft und Bleiberecht abgeblockt. Sie hatte Markus zwar kurz erwähnt – dieser Freund von Ole, du weißt schon –, hatte ihre Abneigung bekräftigt – distanzlos, besserwisserisch, gönnerhaft –, war jedoch weiteren Erörterungen geschickt ausgewichen.

»Ihr seid zu zweit, weil es ein Essen für zwei sein soll«, antwortete Luise knapp und senkte den Blick. Sie spürte, wie Anne sie musterte, weil ihr vermutlich an der Nasenspitze anzusehen war, dass auch das nur die halbe Geschichte war.

»Und weil ich nicht wissen will, ob Sybille findet, nur Austern seien das Wahre für solche Anlässe«, fuhr sie nach kurzer Überlegung fort. »Außerdem möchte ich nicht schon während der Vorspeise hören, was man bei einem Essen zu zweit mit der Sahne des Desserts alles machen kann.«

»Oder mit Honig«, ergänzte Anne.

»Honig? O nein!« Luise verdrehte die Augen.

»Als ich sie letzte Woche getroffen habe, hat sie davon geschwärmt, wie sehr sie durch dein Kochen inspiriert wird. Allein deine Ausführungen über die verschiedenen Chilisorten. Und das hat sie wohl darauf gebracht, neulich nach einem Essen mit ihrem Rechtsanwalt mit Honig und Ingwer zu experimentieren.«

»Genau das meine ich«, sagte Luise und verzog ihr Gesicht. »Aber mit Thorben wäre es auch nicht besser. Der würde sich wahrscheinlich nur dafür interessieren, warum ich keinen Spargel gemacht habe, und den ganzen Abend nachbohren, was es mit dessen aphrodisischen Wunderkräften auf sich hat.«

»Um so schöner, dass du statt der beiden mich eingeladen hast«, strahlte Natascha sie an. »Ich werde dir dann, auch ohne genaue Details zu verraten, erzählen, ob Anne nach dem Essen weich wie geschmolzene Butter war oder dieselbe Kratzbürste wie immer.«

»Danke!«, sagten Anne und Luise wie aus einem Munde, wobei Luises Unterton wesentlich freundlicher klang.

Natascha zog den Kopf ein. »Vielleicht sollten wir einfach anfangen?«, schlug sie vor und legte ihre Hand besänftigend auf Annes.

»Also gut«, nickte Luise, stand auf und füllte drei Gläser. »Ich dachte mir, zur Begrüßung gibt es so etwas wie einen

Kir light.«

»Das ist ja süß«, quietschte Natascha und tupfte begeistert mit ihrem Finger auf die kleinen Eiswürfel aus Johannisbeersirup in ihrem Glas, die in Herzförmchen gefroren waren und ganz langsam Farbe und Geschmack an den Sekt abgaben.

»Genau deswegen kann ich ihr einfach nichts übelnehmen«, flüsterte Anne und stieß mit Luise an.

Luise genoss es, mit den beiden am Küchentisch zu sitzen. Die Freundschaft zu Anne war seit Jahren so etwas wie eine Insel in den Wellen ihres Alltags. Ihre Verbundenheit hatte diverse Beziehungen überlebt, Umzüge überstanden, Jobwechsel, Moden und Haarfarben, sexuelle Präferenzen und politische Debatten. So vieles hatten sie gemeinsam durchgestanden, manchmal nebeneinander, manchmal in einiger Entfernung, allerdings immer in Sichtweite. Auch wenn Luise es schwierig fand, in ihrer Situation den Begriff Familie zu definieren, war sie in einem Punkt sicher: Egal was für sie Familie war – Anne würde immer zu ihrer dazugehören. Sie blickten sich an und lächelten. Wortlos. Es war Zeit für das Essen.

»Als Erstes gibt es einen Salat.« Sie legte letzte Hand an die drei vorbereiteten Teller, platzierte sie auf dem Tisch und beobachtete ihre Gäste. Sie selbst war zufrieden. Dünne Tranchen Entenbrust krönten ein Potpourri verschiedener dunkler Salatsorten. Das Fleisch schimmerte rosa im

Kern und war noch lauwarm. Wie von Zauberhand darüber verstreut glänzten rote Granatapfelkerne und bildeten einen perfekten Kontrast zu den dunkelgrünen Blättern. »Ich habe extra einen Balsamessig mit Granatapfel genommen. Ich glaube, der Salat ist ganz gut geworden.« Sie setzte sich. »Fangt an.«

Anne und Natascha aßen schweigend. Ihnen dabei zuzuschauen reichte Luise als Kommentar, denn wenn Anne mit den Fingern die letzten Reste vom Teller klaubte und Natascha sich mit der Zunge immer wieder über die Lippen fuhr, obwohl dort schon lange keine Salatsauce mehr zu finden war, hatte es ihnen eindeutig geschmeckt. Auch mit dem nächsten Gang – Lachs mit Limettensauce und zweierlei Reis – waren die beiden mehr als zufrieden. Als Luise das Geschirr abräumte, regte Natascha noch an, vielleicht zwei oder drei kleine Tomaten auf den Teller zu legen.

»Dann hast du neben einem roten Farbklecks auch das Thema mit den runden Kleinigkeiten wieder mit drin.«

Luise nickte. »Gute Idee. Ich habe mir so viele Gedanken über eine Sauce gemacht, die auch noch hält, wenn ich nicht mehr da bin, dass ich darüber die Deko fast vergessen hätte.« Sie schrieb *Cherrytomaten* auf ihren inneren Notizblock und stand auf. »Und nun: der Abschluss.« Sie öffnete den Backofen, der mit der Restwärme des Hauptgangs dem Schokoladenkuchen, den sie bereits am Nachmittag gemacht hatte, wärmendes Quartier bot, während sie mit dem Fisch beschäftigt waren.

»O nein«, sagte Anne, die Ähnliches bereits kannte. »Du willst uns umbringen.«

»Kaffee oder Tee dazu?«, fragte Luise lächelnd, weil sie wusste, dass sie mit diesem Kuchen garantiert hundert Punkte machte. Dunkel, süß und genau so warm, dass die Schokolade in der Mitte beinahe flüssig war. Sie einigten sich auf Espresso, und Luise legte noch je ein Cantuccini auf die Untertassen.

»Wenn die Frau dabei nicht schwach wird ...«, sagte Natascha und sah nach dem zweiten Kuchenstück mit ihrem verschmierten Schokomund rundum glücklich aus.

»Was hat er dir eigentlich von ihr erzählt?«, fragte Anne.

»Im Grunde nicht viel. Dass er sie kaum kennt. Dass er sie sehr attraktiv findet. Selbstbewusst, sogar ein bisschen einschüchternd. Und dass er nicht weiß, wie er auf sie zugehen soll. Sie hatten sich wohl mal über Essen unterhalten. Und nachdem er mich dann getroffen hatte, dachte er, das mit dem Kochen sei eine gute Möglichkeit, sie näher kennenzulernen. Er meinte, er will sie nicht überrumpeln.«

»Komisch. Einerseits sagt er, dass er sich nicht richtig an sie herantraut, aber so ein Essen bei ihm zu Hause sagt doch eigentlich genau das Gegenteil. Irgendwo essen zu gehen wäre doch viel unverfänglicher.«

»Vielleicht fühlt er sich zu Hause sicherer als in einem Restaurant. Ich habe jedenfalls nicht das Gefühl, dass er sie nur abschleppen will. So einer ist er nicht. Im Gegenteil.«

»Du scheinst ja fast mehr über ihn zu wissen als er über die Frau, die er einlädt.« Es folgte ein typischer Anne-Röntgenblick mit hochgezogener Braue.

»Das ist nun mal mein Job. Ich frage nach. So ist das Konzept von *Essen mit Freunden*. Und wer nachfragt, erfährt eine Menge«, sagte Luise und versuchte, neben ein paar Schokokrümeln auch Annes Kommentar vom Tisch zu wischen.

»Es hört sich jedenfalls so an, als könnte dieser Auftrag noch recht spannend für dich werden«, stellte Anne fest, nahm das Cantuccini von der Untertasse und tunkte es in ihren Espresso, als wolle auch sie einen Schlusspunkt unter das Thema setzen. »Hmmm«, sagte sie dann und schaute überrascht auf den halben Keks, den sie noch in den Fingern hielt. »Kann es sein, dass die anders schmecken als sonst? Irgendwie runder? Oder kommt mir das nur so vor, weil dein Essen bereits wirkt und ich schon völlig betört im Himmel schwebe?«

»Vielleicht liegt es daran, dass ich zur Abwechslung mal ein bisschen Zitronenschale in den Teig getan habe«, murmelte Luise und wich dabei Annes Blick aus.

Es war nicht, was er sagte, und auch nicht, dass er sie lobte oder dass er den Geschmack der Granatapfelkerne als passendes Pendant zum fruchtig süßen Ton der Vinaigrette bezeichnete. Es war die Art, wie er sie unsicher dabei anlächelte und wie seine Augen hilfesuchend über ihr Kochgeschirr wanderten. Seine Küche war spärlich bestückt, sein Geschirr schlicht und geschmackvoll. Weiß. Das hatten sie bereits am Telefon geklärt. Obwohl er gesagt hatte, dass er Tischdecken eher nicht mochte, hatte Luise vorsichtshalber doch eine weiße aus Damast aus ihrem Schrank mitgebracht und dazu die passenden Stoffservietten sowie schlichte Serviettenringe aus Silber.

»Ich wusste nicht, ob ich Blumen kaufen soll«, sagte er.

»Dachte ich mir schon«, sagte Luise und entnahm ihrem Korb eine Frischhaltebox. Als sie den Deckel öffnete, duftete es nach Rosen. Sie drückte ihm die Box in die Hand. »Hier, leg zwei oder drei Knospen in eine kleine Glasschale, und stell sie auf den Tisch. Die Blätter verstreust du aufs Tischtuch, als lägen sie da rein zufällig.«

»Du denkst aber auch an alles.«

Sie winkte ab. »Das ist mein Job«, sagte sie, aber ganz so stimmte es nicht.

Bei der Planung des Menüs hatte sie sich gefragt, was *sie* erwarten würde, wenn er *sie* zum Essen eingeladen hätte.

Sie hatte versucht, sich ein Bild von ihm zu machen – ehrlich, schüchtern, dezent –, und überlegt, welche Seite seiner Persönlichkeit sie außerdem noch in dem Essen sehen wollte. Seine Klarheit. Darum also die klaren Farben. Roter Reis, weißer Reis, rote Rosen, weißes Geschirr. Nur Ente und Lachs in Rosa sowie der Kir, der langsam die Farbe wechselte. Ansonsten kein unnötiger Schnickschnack. Das war es, was *sie* gewollt hätte: Dass er klar wäre in dem, was er wollte und tat, damit nicht nur der Kir, sondern auch sie langsam Farbe bekennen könnte. Damit sie aufs Schönste errötete und zu glühen begann. So hatte sie es sich ausgemalt bei der Vorbereitung dieses Abends. Sie, Luise, wäre begeistert von so viel Aufmerksamkeit und Details. Sie würde beim Kir mit den Fingerspitzen über die verstreuten Rosenblätter streichen, beim Biss auf die Granatapfelkerne eine Bemerkung über die Gegensätze der Liebe machen, gespannt, ob er sie aufgreifen würde. Denn über was als über die Liebe sollte man bei Granatäpfeln reden? Beim Fisch würde sie wohlig seufzen und die Sauce loben, die sie sich ein klein bisschen provokant von den Lippen lecken würde. Und spätestens beim Dessert würde sie bereitwillig zugeben, dass sie so weich wie das Innere des Schokoladenkuchens wäre.

»Wenn ich dir so zuschaue, frage ich mich, warum ich mich vorher so wenig fürs Kochen interessiert habe.«

Sie hatte nicht gemerkt, dass er wohl schon eine ganze Weile im Türrahmen lehnte und sie beobachtete. Wenn er die Frau, die gleich käme, mit einem ähnlichen Blick ansah, würde das Dessert mit Sicherheit ausfallen. Sie hatte aufgehört zu überlegen, warum er diese ganze Inszenierung brauchte, denn selbstverständlich hatte sie sich dieselben Fragen gestellt wie Anne. In den letzten Stunden hatten sie zwischen Herd und Esstisch viel miteinander geredet, aber erfahren hatte sie wenig von ihm. Er machte irgendwas Solides. Mit Zahlen, wie er sagte. Keine Kinder, keine Altlasten. Auf dem Flur neben der Garderobe hingen ein paar Urlaubsfotos. Mallorca, Berge, Wandertour, Sonnenuntergang. Daneben ein Spiegel, breiter Rahmen in Silber, kein Provisorium. Der Laminatboden war gewischt, das Bad geputzt, die Tür des Spiegelschranks verschlossen. Auf dem Balkon Margeriten und Begonien, weiß und rot. Wie passend. Sie genoss es, dass sie hier war und dass sie ihn vielleicht einen Abend lang glücklich machte. Rein geschäftlich natürlich.

»Und du meinst, ich bekomme das hin?«, fragte er und schaute ihr über die Schulter.

»Ich bin sicher.« Sie trat einen Schritt zur Seite. »Die Entenbrust wickele ich so ein, dass sie noch die richtige Temperatur hat, wenn ihr anfangt. Dort liegt das Messer. Du schneidest einfach dünne Scheiben ab und legst sie selbst auf den Salat. Ich habe alles vorbereitet. Dann schüttelst du die Vinaigrette, bis sich Essig und Öl wieder vermischt haben, und tröpfelst sie darüber. Zum Schluss die Granatapfelkerne. Fertig. Den Reis stelle ich in die Thermobox, genauso wie die Soße, damit beides warm bleibt. Den Lachs schalte ich an, wenn ich gleich gehe. Wenn sie einigermaßen pünktlich kommt, ist er genau richtig zum zweiten Gang. Wenn sie später kommt, stellst du die Temperatur kleiner. Die Teller stehen bereit, und hier liegen die Tomaten für die Deko.

Es ist ein Kinderspiel, glaub mir.« Sie versuchte, seine Zweifel fortzulächeln. »Gleich daneben steht der Kuchen. Der wäre auch kalt okay, aber, wie gesagt, am besten ist er, wenn er innen warm ist. Stell ihn also bitte in den Ofen, sobald du den Lachs rausgenommen hast.«

»Luise, weißt du, ich –«, begann er und sah sie dabei an wie der Bassett von Frau Petzold, der Nachbarin ihrer Eltern. Unendlich traurig über etwas, was man nie erfahren würde und was man deswegen auch nicht ändern konnte. Was man aber milderte, indem man möglichst weit ein Stöckchen warf, das er dann begeistert und schnaufend zurückbringen konnte, einem speichelgetränkt vor die Füße legte, in den Augen die stumme Aufforderung: Noch mal! Und schon war alles besser.

»Ach, Quatsch, Raphael«, sagte sie so fröhlich wie möglich. »Du kommst schon klar. Und wenn du ehrlich bist, geht es an diesem Abend ja nicht wirklich ums Essen, oder? Es geht um dich. Um euch. Um nichts anderes.«

Für einen kurzen Moment sahen sie sich in die Augen. Kaffeebraun traf Bernsteingold. Sie merkte, wie ihre Wangen langsam Farbe annahmen und zu glühen begannen, was sicher daran lag, dass sie so nah am Herd stand, auf dem der Reis leise vor sich hin simmerte.

»Ich packe mal langsam meine Sachen ein«, sagte sie und wandte sich ab. »Sie wird ja gleich da sein, und es wäre nicht so günstig, wenn ich dann noch hier bin.«

Er nickte. Gemeinsam räumten sie Luises Gerätschaften in die Transportboxen und stellten die Sachen in den Flur. Luise tat die letzten Handgriffe und sah sich noch einmal in der Küche um.

»Ich denke, das war alles. Den Rest hole ich dann in den

nächsten Tagen ab. Du meldest dich, wenn du Zeit hast, ja?«

Er nickte wieder.

»Also gut, Raphael. Einen schönen Abend und viel Glück.« Sie lächelte ihn halbherzig an, denn ein kleiner Teil in ihr war sich nicht sicher, wie viel Glück sie ihm für diesen Abend wirklich wünschte.

Zimt und Honig

»Und du sagst mir wirklich nicht, was los ist?«, fragte Luise leicht verzweifelt.

»Nein, nur dass du dir am Samstagnachmittag Zeit nehmen sollst. Sonst nichts«, antwortete Sybille.

»Aber ich kann doch etwas kochen für euch.«

»Auf keinen Fall!«

»Sybille, bitte! Essen und ein bisschen Nachtisch. Kleiner Kreis. Hier bei mir.«

Am Ende der Leitung folgte ein kurzes Schweigen. »Also gut«, sagte Sybille schließlich, »du kannst einen Nachtisch oder einen Salat machen. Aber nicht mehr. Keine anderen Vorbereitungen. Schon gar nicht bei dir. Der Rest ist unsere Sache. Fünfzehn Uhr dreißig! Und versuch nicht, die anderen auszuquetschen. Bei denen erreichst du genauso wenig wie bei mir.« Und schon hatte sie aufgelegt.

Überraschungen! Luise hasste Überraschungen. Beinahe genauso sehr wie Geburtstage. Zumindest ihre eigenen. Geburtstagsfeiern waren toll, wenn man sie für andere organisieren konnte. Die Torte zu backen und mit einem kleinen schadenfrohen Lächeln wieder eine Kerze mehr in die Sahne zu stecken war ihr schon immer ein großes Vergnügen gewesen. Aber der eigene Geburtstag war etwas anderes. Sie überlegte, wann sie das letzte Mal ihren Geburtstag offiziell und groß gefeiert hatte. Sie konnte sich an lustige Partys in ihren Zwanzigern erinnern. In den Dreißigern wurde sie mit ihren Feiern etwas zurückhaltender. Ihr waren nach und nach die Gründe ausgegangen, die aus dem Älterwerden ein Fest machen konnten. Vor ihrem vierzigsten Geburtstag hatte sie dann verkündet, dass sie diesen Tag am liebsten aus dem Kalender streichen wollte. Jörg hatte kurzerhand eine Reise zu zweit gebucht: eine Woche Wellness auf Sylt. Das hatte sie sehr süß gefunden – jedenfalls so lange, bis sie in der Hotelsauna war. Neben ihr hatten zwei Frauen Mitte zwanzig gesessen, die fröhlich miteinander plauderten, während der Schweiß an ihren ebenmäßigen Körpern hinunterlief. Glatte, zarte Haut und perfekte Brüste. Alles saß so, wie es sein sollte. Wie Luise meinte, dass es sitzen müsste. Sie hatte ihre Augen heimlich über die vier fremden Beine schweifen lassen. Pfirsichhaut und keine Orange. Luise hatte gemeint, im Augenwinkel einen Blick Jörgs in Richtung der zwei Schönen aufgefangen zu haben, und hatte sich seine Gedanken ausgemalt. Im Laufe der letzten Jahre schienen Luises Proportionen etwas verrutscht zu sein. Die Schultern kamen ihr immer spitzer vor, der Bauch hingegen, der nie ein Problem gewesen war, zeigte plötzlich eine kleine Rundung, deren Ursprung sie sich nicht erklären konnte. Jörg hatte zwar immer gesagt, dass ihr Körper dafür, dass sie sich so beharrlich weigerte, Sport zu treiben, wirklich noch gut aussah, aber getröstet hatte sie das nicht. Im Gegenteil: Das *noch* und das *dafür, dass* hatten Widerhaken. Komplimente dieser Art klangen, als beinhalteten sie eine Drohung, eine Einschränkung. Ein Haltbarkeitsdatum. Luise hatte überlegt, dass sie früher vermutlich selbst so glatt und *richtig* ausgesehen hatte wie diese jungen Frauen. Und als sie sich in einem Anflug von Geburtstagsdepression eingestand, dass sie zu viel Zeit damit verbracht hatte, ihren Körper kritisch zu beäugen, anstatt sich an ihm zu freuen und sich beherzt und genussvoll ins Leben zu werfen, hätte sie über ihre frühere Blindheit laut schreien können. Wie viele dieser seltenen, kostbaren Momente hatte es gegeben, in denen sie sich nicht betrachtet und bewertet hatte, sondern einfach nur *war*? Gedankenlos glücklich. Was denn sei, hatte Jörg wissen wollen, als sie mit Tränen in den Augen ihr Handtuch ergriffen hatte, um aus der Sauna zu flüchten. Der Kreislauf, war ihre Antwort gewesen, weiter nichts. Die Wahrheit hätte er nicht verstanden.

Nach diesem Vierzigsten hatte Luise gar nicht mehr gefeiert. Eine Shoppingtour mit Sybille am Tag der Tage, ein Essen mit Anne, ein Kaffeetrinken mit Thorben, sonst nichts. Alles wie immer. Damit war sie die letzten Jahre gut gefahren, und daran wollte sie auch nun an ihrem Sechsundvierzigsten nichts ändern. Kein Tamtam, keine Party. Höchstens ein kleines Essen im engen Kreis mit rücksichtsvollen und sensiblen Freunden. Nur sah es leider so aus, als träfen diese beiden Adjektive an diesem Geburtstag nicht auf ihre engsten Freunde zu.

»Los, komm, zieh dich an. Jacke, Sonnenbrille, Salat«, rief Anne, kaum dass sie die Wohnung betreten hatte. »Und nicht zu vergessen: Herzlichen Glückwunsch.« Sie nahm Luise, die entgeistert im Flur stehengeblieben war, in den Arm und drückte sie herzlich. Dann stürmte sie weiter in die Küche. »Hast du deine Sachen noch gar nicht zusammengepackt? Oder hat Sybille dir nicht gesagt, dass ich nur komme, um dich abzuholen?«

»Nichts hat sie gesagt. Bloß, dass ich mir halb vier mer-

ken soll. Und dass ich euch gar nicht zu fragen brauche, weil auch ihr mir nichts verratet.«

»Na prima«, seufzte Anne und sah sich um. »Aber dies ist ja glücklicherweise ein Haushalt, in dem der Transport von Nahrungsmitteln kein Problem ist.« Sie kletterte auf einen Stuhl und griff sich eine der Boxen, die oben auf dem Schrank lagen. »Würdest du bitte die beiden Salate, die du so schön auf den Tisch gestellt hast, in Plastikschüsseln umfüllen und hier hineintun? Wobei ich so ganz nebenbei noch anmerken möchte, dass du eigentlich nur *einen* Salat machen durftest.«

Luise flüchtete sich in schuldbewusste Geschäftigkeit und fragte dann leise: »Soll ich das Dessert auch noch dazustellen?«

Anne verdrehte die Augen. »Sybille meinte, sie hätte dir ganz klar gesagt: entweder Salat oder Nachtisch.«

Luise tat, als überhörte sie den Kommentar. »Und es wäre nett, wenn du das dort drüben hineinpacken könntest.« Sie öffnete den Backofen, dem ein Duft von Hefe, Kräutern und Oliven entströmte.

»Du bist unverbesserlich«, stöhnte Anne und legte das warme Weißbrot in den Korb, auf den Luise gedeutet hatte. »Und nun komm. Wir sind spät dran. Natascha wartet unten im Auto.«

Nachdem alles im Kofferraum verstaut war, musste sich Luise auf den Beifahrersitz setzen. Dann wurden ihr die Augen verbunden. »Schließlich soll wenigstens noch eine kleine Überraschung dabei sein«, sagte Anne, als der Motor startete. Zu Beginn der Fahrt versuchte Luise noch, sich zu merken, wo es langging, doch bereits nach wenigen Minuten hatte sie die Orientierung verloren. Im Radio lief der Wetterbericht. Fünfundzwanzig Grad, kein Regen. Es war fast Ende Mai, und alles stand in voller Blüte. Das Fenster war ein Stück heruntergekurbelt. Luise konnte den Frühling riechen. Vielleicht würde es ja gar nicht so schlimm werden. Mit dem Geburtstag nicht und auch nicht mit dem Alter. Gleich würde sie vermutlich ein Essen mit den üblichen vier Verdächtigen erwarten und im nächsten Lebensjahr ein Kilo und drei Falten mehr. War das wirklich so furchtbar? Sie hatte viel erreicht im letzten Jahr, sie konnte stolz sein.

»Da vorn«, sagte Anne.

Natascha fuhr langsamer, bog ab, parkte ein. Luise wollte sich die Augenbinde abnehmen, fing sich aber gleich einen Rüffel von Anne ein. Also stieg sie blind aus, blieb neben dem Auto stehen und wartete ab, was als Nächstes passieren würde.

»Wir mussten alle mal mit Sybille üben«, sagte Anne, schob ihren Arm unter Luises und ergriff ihre Hand.

Zu Studienzeiten hatte Sybille ein Praktikum in einem Blinden- und Sehbehindertenzentrum gemacht und ihren Freundeskreis dazu verdonnert, mit ihr Blindenführung zu üben. Luise erinnerte sich noch gut an Annes blaue Flecke, als Sybille auf einem Spaziergang mit verbundenen Augen vergessen hatte, ihr zwei Treppenstufen anzukündigen.

»Es geht los«, kam das Kommando. »Einfach geradeaus. Sandweg mit kleinen Senken. Du musst langsam gehen.«

Vorsichtig stapfte Luise an Annes Arm einem unbekannten Ziel entgegen. Aus dem Sandweg wurde nach einer Weile ein fester, aber immer noch unebener Boden. Moos oder Gras. Es schien Bäume zu geben, einen Wald, denn Schatten und Licht wechselten. So viel konnte sie trotz der Augenbinde wahrnehmen. Sie überlegte, wo sie sein könnten. Stim-

men näherten sich. Spaziergänger, die im Vorübergehen grüßten. Etwas überholte sie klimpernd. Wahrscheinlich ein Hund mit Marke am Halsband. Eine kleine Biegung nach rechts. Wieder mehr Licht, Gelächter, ein Tuscheln und dann gespannte Stille. Nur ein Rauschen in der Nähe. Waren es Blätter oder Wasser? Ein Bach? Und dann:

»Happy Birthday to you!« Lauthals und herzlich.

Anne löste das Seidentuch, doch gerade jetzt hätte Luise es gern noch für einen kurzen Augenblick über den Lidern behalten, denn sie merkte, wie ihr die Tränen kamen. Sie blinzelte in die Sonne und brauchte einen Augenblick, um sich zu orientieren. Sie stand auf einer kleinen Wiese, links ein Waldrand, rechts Schilf, dahinter tatsächlich Wasser. Es musste der Torfsee sein. Die Erste, die sie gegen das Licht erkannte, war ihre Mutter, daneben stand Sybille. Thorben, Hand in Hand mit einer brünetten Schönheit, die Luise noch nie gesehen hatte. Auch Svenja war da und hatte Trixi, eine frühere Kollegin von *Text-Berg*, und deren Baby dabei. Sie lächelten ihr von einem langen Tisch aus zu, wo Kuchen, Salate, Thermoskannen, Gläser, Teller, Tassen, Blumen und Geschenke auf einer riesigen weißen Stoffbahn drapiert waren. Eines von Sybilles Bettlaken in Übergröße, mutmaßte Luise. Judith gab Nele und Lilly ein Zeichen, auf das die Mädchen zu Luise stürmten, um ihr zwei Sträuße Gänseblümchen in die Hand zu drücken und ihr gleichzeitig auf jede Wange einen klebrigen Schokoladenkuss zu geben. Ole stand vor einem halb aufgebauten Grill. Markus und Paul an seiner Seite nickten ihr lächelnd zu. Sie war so überwältigt von allem, dass sie sogar das rührend fand. Ein Knall zog kurz die Aufmerksamkeit auf sich. Anne hatte eine Sektflasche geöffnet.

»Bevor wir anstoßen«, rief Thorben, »bin ich aber erst mal dran.« Er ließ die Hand seiner Begleitung los und stürmte, ähnlich wie vor ihm die Kinder, auf Luise zu, um ihr zu gratulieren.

Manchmal waren Geburtstage doch nicht so schlimm. Niemand hatte Kerzen auf eine Torte gesteckt, und auch Zahlen wurden vermieden. Wider Erwarten genoss es Luise sehr, an diesem Tag diejenigen so harmonisch um sich zu haben, die in den letzten Monaten eine wichtige Rolle in ihrem Leben gespielt hatten. Alle hatten es sich auf Decken oder Campingstühlen bequem gemacht, plauderten, tranken Sekt oder träumten in den sonnigen Nachmittag hinein. Ihre Mutter war nach dem Kaffee Hand in Hand mit Paul zu einem kleinen Waldspaziergang aufgebrochen. Sybille hatte das Baby übernommen, damit Trixi in Ruhe mit Svenja, Ole und Judith Kuchen essen konnte. Nele und Lilly tobten durch die Gegend und hatten Markus schließlich dazu bewegen können, ihnen Papierschiffchen zu bauen, die sie auf dem See aussetzen wollten. Thorben schloss sich der Bastelrunde mit dem Vorschlag an, Faltfrösche in einer Flaschenpost zu Wasser zu lassen. Seine brünette Begleitung war darüber allerdings nicht sehr erfreut und hackte schmollend auf ihr Handy ein.

»Vielleicht findet sie Basteln albern, weil sie noch nicht genügend Distanz zu ihrer eigenen Kindergartenzeit hat«, flüsterte Anne und lachte. »Aber warum bist du eigentlich nicht zu zweit hier?«, wollte sie dann von Sybille wissen.

»Weil mein Anwalt zu viel Distanz zum Kindergarten hat«, antwortete Sybille knapp. »Aus. Passé. Egal!« Sie schaukelte das Baby auf ihrem Schoß und lächelte, als es nach ihrer

Kette griff, um sabbernd an den Perlen zu kauen. »Sag mal«, wandte sie sich an Luise, »wieso hast du uns den da eigentlich bis jetzt verheimlicht?« Sie deutete mit einem Seitenblick auf Markus.

»Da gibt es nichts zu verheimlichen. Das ist nur der nervige Freund von Ole.«

»Der ihr seine Kitchen Aid geliehen hat«, ergänzte Anne.

»Oh! Dann kann er also nicht nur mit Kindern gut, sondern vermutlich auch kochen«, sagte Sybille und blickte noch interessierter hinüber zur Bastelrunde. »Abgesehen davon sieht er gut aus und hat das charmanteste Lächeln, das ich seit langem gesehen habe – guckt doch mal.«

Vier Köpfe drehten sich in Richtung See.

»Ich glaube, es ist nicht das Lächeln an sich«, fachsimpelte Anne nach einer Weile schweigsamen Betrachtens. »Das sind eher diese kleinen, netten Lachfalten, die er bekommt, wenn er sich über Lilly amüsiert. Schaut! Jetzt!«

Luise kniff die Augen zusammen, um zu sehen, was Anne meinte.

»Und diese Hände. Sehr schön. Er faltet eine ganze Papierbootflotte in null Komma nichts. Wenn ich mir unseren Thorben dagegen anschaue.« Sybille lachte kurz auf. »Geschickte Finger sind ein Geschenk.«

Luise zählte kurz durch: Fünf Boote für jedes Mädchen. In unterschiedlichen Größen. Und nun übernahm Markus auch noch das mit den Fröschen, da Thorben mit seinen Origami-Künsten gerade mal einen gefalteten Papierhut hinbekommen hatte.

»Falls du mit gutaussehend außerdem meinst, dass er nicht nur groß ist, sondern auch gut proportioniert, dann hast du recht«, setzte Anne nach.

Luise war überrascht. Unter diesen Aspekten hatte sie Markus noch nie betrachtet. Sie fragte sich, was mit Anne los war.

»Was soll das heißen: gut proportioniert? Ich dachte nicht, dass du für so etwas ein Auge hast.« Natascha schien ebenfalls irritiert zu sein.

»Das ist doch nur eine neutrale Feststellung«, erklärte Anne gelassen. »Ich hatte früher mal ein gutes Auge dafür. Nur interessiert mich das heute nicht mehr.« Sie gab Natascha einen Kuss, der keine weiteren Fragen duldete.

»Wenn *ich* mir das aber so anschaue«, sagte Sybille mit einem breiten Grinsen, »interessiert es mich sehr. Und ich glaube, es würde mir gefallen, wenn er mir das eine oder andere faltet. Vielleicht sollte ich ihn einfach mal fragen.« Sie erhob sich und schlenderte in Richtung See.

»Typisch«, sagte Luise und sah ihr hinterher.

Anne zuckte mit den Schultern. Dann goss sie Sekt nach und reichte Luise das Glas. »Auf dich!«

»Bist du zufrieden mit deinem Tag?«, fragte Ole, als sich Luise mit ihrem Teller zu ihm und Judith auf die Decke setzte.

Die Sonne war untergegangen, Fackeln und Windlichter illuminierten die kleine Gesellschaft. In der Mitte der Runde loderte Oles Feuerkorb. Es roch nach Holz und Gewürzen. Svenja war zwar schon recht früh verschwunden, da Trixi mit dem zahnenden Baby nach Hause wollte, und auch

Thorben hatte sich bereits verabschiedet, um es nicht ganz mit seiner neuen Flamme zu verderben. Luise fühlte sich aber glücklich wie lange nicht. Ihre Mutter und Paul waren in ein Gespräch mit Anne und Natascha vertieft. Sybille bemühte sich um Markus, während der sich um den Grill be-

mühte. Nele und Lilly hatten sich nach den Würstchen in ihre Schlafsäcke verkrochen und waren eingedöst. Die ersten Sterne glänzten am Himmel.

»Ja, es ist wunderschön. Ich bin ganz gerührt, dass ihr alle da seid und euch so viel Mühe gebt. Und das nicht nur heute, sondern die ganze Zeit ... trotz allem«, antwortete sie, auch wenn es ihr selbst sehr sentimental vorkam. »Das letzte Jahr war nicht einfach.«

»Das stimmt. Viele Veränderungen. Überall. Darf ich?« Markus war mit einem Teller aufgetaucht und deutete auf den freien Zipfel Decke neben Luise.

Sie nickte und rückte ein Stück zur Seite, denn sie war zu angefüllt mit dem Glück dieses Tages, als dass sie ihm den Platz hätte verwehren können. »Danke übrigens für die Kitchen Aid«, sagte sie, weil ihr auffiel, dass sie sich ihm gegenüber noch gar nicht zu dieser Leihgabe geäußert hatte.

»Schon okay. Funktioniert sie wenigstens?«

»Zumindest Cantuccini kann sie.«

»Cantuccini?« Er kniff kaum merklich die Augen zusammen, stellte aber nicht die Frage, die sie erwartet hatte.

»Danke auch für den Tipp mit der Zitrone«, sagte sie, um sie trotzdem zu beantworten.

Seine Augen blitzten auf, und sie sah plötzlich, was Anne vorhin gemeint haben mochte. Diese schöne Landschaft voll Leben, in die sich sein Gesicht mit einem Lächeln unvermutet verwandeln konnte und die das Gegenüber für Momente dazu einlud, auf Reisen zu gehen und in Geschichten einzutauchen, die irgendwo hinter diesem Lächeln verborgen lagen. Luise senkte den Blick und sah auf ihren Teller. »Das Fleisch ist gut«, stellte sie fest.

»Mariniert. Knoblauch, Soja, Honig«, sagte er.

»Honig, ah ja.« Sie kaute bedächtig. »Du machst sicher auch Zimt ans Hackfleisch, oder?«

»Kommt drauf an, wobei. Und für wen.« Er riss sich ein Stück von ihrem Weißbrot ab, tunkte es in die Reste der Salatsauce und aß schweigend.

»Was macht eigentlich dein Besteller?«, fragte Ole wie aufs Stichwort.

»Mein was?«

»Dein Besteller. Der, der sich das Essen zu zweit bestellt hat.«

Luise sah Ole entsetzt an. »Hast du etwa darüber geredet?«

»Ja, tut mir leid«, gestand er mit schuldbewusstem Gesicht. »Du hast zwar was von Schweigepflicht gesagt, aber du hattest ja auch gefragt, was ich kochen würde. Neulich beim Essen kamen wir darauf, womit man jemanden kulinarisch verführen könnte, da habe ich es erzählt.«

Normalerweise würde Luise nun vor Wut platzen, aber dies war weder der passende Tag noch die geeignete Situation. Sie atmete tief durch. »Und? Auf was für Ideen seid ihr gekommen?«, fragte sie ein bisschen lauter als geplant.

»Ich würde mir Huhn wünschen«, meldete sich Judith zu Wort. »Und mit Zimt könntest du mich tatsächlich um den Finger wickeln.« Sie lächelte.

»Austern. Auf jeden Fall Austern«, schaltete sich Sybille ein. Was von Anne mit großem Gelächter quittiert wurde.

»Ich wäre für Erdbeeren«, bemerkte Paul. »Mit Sahne und Vanille. Oder mit Pfeffer und Schokolade.«

»Und Gurken. Den Geruch von frischen Gurken finde ich sehr erotisch«, schloss sich Luises Mutter den Überlegungen an.

»Ah ja?«, sagte Luise und fragte sich, wann es in ihrer Kindheit Gurken gegeben hatte. Sie wäre nie im Leben auf die Idee gekommen, dass auch ihre Mutter beim Kochen Fantasien gehabt haben könnte.

»Und du?«, fragte Markus und sah Luise an. »Was ist mit dir?«

»Ich habe Entenbrust auf Salat mit Granatapfelkernen gemacht. Lachs mit Reis und Limettensauce. Und hinterher warmen Schokokuchen.«

»Nein, ich meine nicht, was du für ihn und seine geplante Verführung gekocht hast, sondern was du gern hättest.«

»Bei *Essen mit Freunden* geht es um den Kunden, nicht um mich.« Nie im Leben würde sie ihm von ihren Fantasien erzählen, von den imaginären Saucetropfen auf ihrer Lippe und ihrem Verlangen nach zerfließendem Schokoladenkuchen.

»Verrätst du uns wenigstens, ob es geklappt hat?«, bohrte Markus weiter.

»Nein, noch nicht. Aber ich werde es in anderthalb Wochen wieder versuchen.«

»*Du* wirst es wieder versuchen?« Markus sah sie an, eine Augenbraue erhoben.

»Ja, das werde ich. Immerhin hat er mich gebucht. Und nachdem die anderen ihren Vorschlag abgegeben haben, geht die nächste Frage an dich: Was würdest du denn bevorzugen für so ein Essen zu zweit?«

»Ich?« Er überlegte. »Das mit dem Essen und dem Verführen ist ja immer eine Geschmackssache. Dafür gibt es keine Patentrezepte. Klar, es ist ein nettes Spiel, ganz bestimmt.« Er schaute in die Flammen und stockte kurz. »Wenn dein Besteller die Frau aber nicht nur verführen möchte, sondern wirklich will«, sagte er dann, »ist es was völlig anderes. Da ist es nebensächlich, was du kochst. Seine Ehrlichkeit und sein Mut sind das Wichtigste bei diesem Essen. Und die kannst du leider nicht anrösten und unter den Salat mischen.« Er löste seinen Blick vom Feuer und sah wieder zu Luise. Leise und zögernd sprach er weiter: »Wenn du jemanden willst, musst du bereit sein, dich zu zeigen, und darauf hoffen, gesehen zu werden. Mit allem, was du bist, auch auf die Gefahr hin, dich lächerlich zu machen. Je mehr Erfahrungen du hast, desto schwieriger wird das allerdings. Wenn du es dann aber trotzdem wagst, ist es doch völlig egal, ob du das bei einer Vorspeise mit Austern tust oder bei einem Wurstbrot.« Er schwieg und wandte seinen Blick erneut den Flammen zu.

Niemand sagte ein Wort. Das Holz im Feuerkorb knackte, in der Wiese zirpten Grillen, hoch oben zog ein Flugzeug eine helle Spur durch den nachtblauen Himmel. Nele drehte sich, Unverständliches murmelnd, im Schlafsack hin und her.

»Ich glaube, wir sollten langsam das Zelt aufbauen«, sagte Judith schließlich zu Ole.

»Zelt?«, fragte Luise.

»Ja, wir vier campen heute hier.«

»Oh. Dann sollten wir vielleicht anfangen –«, begann Luise.

»Du sollst heute gar nichts«, unterbrach Anne sie. »Wir haben bis hierher alles geplant. Wir sind auch für den Rest zuständig. Für dich ist gesorgt. Paul und Hedda fahren dich heim.«

Luise sah sie überrascht an. Hedda? Anscheinend hatte es hinter ihrem Rücken mehr Absprachen gegeben, als sie sich vorstellen konnte. Und wahrscheinlich würde sie noch weit über ihren Geburtstag hinaus mit den Überraschungen dieses Tages beschäftigt sein.

Hühnchen mit Marsala

Der Zeitschriftenturm wankte, und ein paar Zettel flatterten vom Küchentisch. Luise zog unter dem Stapel ein Kochbuch hervor und durchsuchte das Inhaltsverzeichnis. Safran. Ihr Finger wanderte über die Zeilen. Zeitungsausrisse mit Bildern von Braten und Beilagen, diverse Backanleitungen und ihre handgeschriebenen Kladden lagen um sie verteilt. Fast den ganzen Abend blätterte sie nun schon durch Rezepte, klickte sich durch Erklärungen im Internet, machte sich Notizen. Gurken, Erdbeeren, Huhn, Schokolade, Pfeffer, Zimt waren untereinander auf ihrem Schreibblock zu finden. Austern hatte sie aus der Liste gestrichen, weil sie dieser kalten, glibberigen Masse nur mit Mühe etwas abgewinnen konnte und diese kulinarische Unwägbarkeit auch niemand anderem zumuten wollte. Sie hatte Austern daher durch Meeresfrüchte ersetzt. Aprikosen, Artischocken, Sellerie, Ingwer, Trüffel, Feigen, Weintrauben, Petersilie, Chili, Muskat standen in einer zweiten Liste daneben. Und nun auch Safran. Eine dritte Liste umfasste unterschiedliche Gerichte. Luise las, verglich und ergänzte alle drei Spalten.

Sie wägte ab, verwarf Rezepte, zeichnete Verbindungslinien, strich Gewürze und ersetzte sie durch andere. Entschieden zog sie schließlich einen dicken Strich unter die drei Spalten, schrieb MUT und EHRLICHKEIT darunter, in Druckbuchstaben, legte ihren Stift zur Seite und rieb sich die Augen, vor denen die Buchstaben langsam zu tanzen begannen. Gähnend stand sie auf und goss sich die dritte Tasse Kaffee ein. Sie wusste nicht genau, was sie denken sollte, machen sollte, kochen sollte. Heute wäre der Termin bei Raphael gewesen, doch vor zwei Tagen hatte er angerufen und mit großem Bedauern das Essen verschoben. Es sei etwas dazwischengekommen, hatte er gesagt. *Ihr oder dir?*, hätte sie am liebsten gefragt, doch das wäre wohl zu unprofessionell gewesen. Ob Luise auch eine Woche später Zeit hätte, wollte er wissen. Natürlich hatte sie einen Termin für ihn. Nächsten Freitag. Was sie kochen solle? Raphael hatte keine Idee und ließ ihr freie Hand.

Markus' kleiner Monolog über Essen und Verführung hatte ihr zugegebenermaßen imponiert. Sein Ernst, seine Absolutheit. Ein wenig zumindest. Für eine kleine Weile. Spätestens jedoch, als Sybille ihr ein paar Tage nach dem Geburtstagspicknick triumphierend mitteilte, dass sie seine Handynummer habe, tat Luise es als schöne Inszenierung ab – das Feuer, die Nacht, seine Verletzlichkeit – und rüttelte innerlich wieder an der Schublade mit der Aufschrift »Spieler«. Etwas Gutes hatte dieses Gespräch am Lagerfeuer dennoch gehabt: Es hatte Luises Ehrgeiz angestachelt. Um zu beweisen, dass es doch auf das Essen ankam, war sie wild entschlossen, ebenfalls ein Spiel zu wagen, indem sie Raphaels Verführung mit all ihren Mitteln und Künsten zu einem grandiosen Erfolg machen wollte. Zu seinem oder zu

ihrem, je nachdem. Wenn er die Frau von sich überzeugen könnte, hätte auch sie mit ihrem Essen gesiegt. Wenn die Angebetete sich jedoch weiter widerspenstig zeigte und es mit den beiden nicht klappte, hingegen aber sie, Luise, es in der Zwischenzeit schaffen sollte, Raphael mit den Gerichten
 um ihren eigenen Finger zu wickeln, wäre das ein ebenso gutes Ergebnis. Wenn nicht sogar ein besseres. Sie müsste sich also nur noch ein bisschen mehr anstrengen, dann würde schon eines von beidem klappen. Davon war sie überzeugt. Sie umkringelte Chili, Safran, Huhn und Meeresfrüchte auf ihren Listen. Scharf und mild, bittersüß, salzig. Sie wollte alles. Den Gaumen kitzeln. Ein Essen wie ein Kuss, mit all seinen Facetten. Ein Feuerwerk auf der Zunge, auf jeder einzelnen Geschmacksknospe. Mit einem letzten Blick auf die Listen schob sie die Zettel zusammen. Sie hatte einen Plan. Und der war nicht nur ausgesprochen schmackhaft, sondern würde auch erfordern, dass sie mindestens zwei Stunden in Raphaels Küche zu tun hätte. Mit ihm an ihrer Seite und mit Zimt im Bratentopf.

»Irgendwas ist anders hier«, stellte Luise fest, als sie am nächsten Freitag in Raphaels Wohnung stand. Sie blickte sich um. Die Urlaubsbilder im Flur waren verschwunden, ebenso der große Spiegel im Silberrahmen.

»Ja, ich musste einiges umstellen in der letzten Woche«, sagte er. »Darum klappt es auch erst jetzt mit dem Essen.«

»Ein Rohrbruch?«, fragte Luise mit einem Seitenblick ins Bad, das seltsam unbewohnt wirkte.

»So etwas Ähnliches«, antwortete er vage. »Aber nun ist es überstanden. In der Küche ist alles beim Alten.«

Sie nickte. »Ich komme schon klar.« Die Küche hatte sie

bei ihrem letzten Einsatz sehr spartanisch vorgefunden, und deswegen hatte sie diesmal ihr gesamtes Handwerkszeug dabei. »Kannst du das bitte in den Kühlschrank stellen«, sagte sie und drückte Raphael eine Schüssel in die Hand. »Das ist die Grapefruitmousse zum Nachtisch. Ich hole rasch noch den Rest aus dem Auto.« Sie schenkte ihm eines ihrer nettesten Lächeln und ließ ihn auf dem Flur stehen.

Außer der Mousse hatte sie kaum etwas vorbereitet. Bei den rohen Garnelen für die Vorspeise hatte sie zwar schon die Schale bis auf Schwanzflosse und auch den Darm entfernt, weil sie das für eine der weniger dekorativen Arbeiten hielt. Außerdem hatte sie die Chilischoten zu Hause entkernt und teilweise zerhackt, da ihr die Aussicht auf Küchenarbeit mit Gummihandschuhen zu medizinisch erschien. Alles andere wollte sie vor Ort erledigen.

»Soll ich dir helfen?«, rief er von oben, als sie schwer bepackt die Treppen heraufkam.

»Wäre schon schön«, schnaufte sie und fragte sich, ob Markus seine Liste der emotionalen Ingredienzen einer kulinarischen Verführung vielleicht noch um *Aufmerksamkeit* erweitern müsste. Doch warum sollte sie hadern? Sie war ja nur die Köchin und nicht der Gast.

Er stürmte ihr entgegen, entwand eine der Kisten so ungeschickt ihrem Griff, dass es schepperte und sie schon befürchtete, die Gläser mit der Geflügelbrühe, dem Gemüsefond und die Flasche Marsala seien zu Bruch gegangen. Sein entsetztes Gesicht machte aber jede Aufregung wett. Sie flüchtete sich in ein erleichtertes Lachen, und gemeinsam brachten sie die gesamten Schätze in die Küche. Sie fand ihn hinreißend, wenn er unsicher wurde. Was eigentlich die meiste Zeit der Fall war.

»Brauchst du noch etwas?« Er sah sie an mit diesem Blick, an dem sie schon bei Svenjas Essen hängengeblieben war.

»Vielleicht ein bisschen Gesellschaft. Erzähl mir doch, was genau das letzte Mal passiert ist.«

Also blieb er in der Küche, lehnte am Türrahmen, beobachtete jeden ihrer Handgriffe, ihre Bewegungen, ihre Reaktionen. Dabei erzählte er, in kleinen Etappen, mit vielen Pausen. Aufmerksam hörte sie zu, während sie die Hühnerteile und die geviertelten Zwiebeln in den Bräter legte, dazu die Chilis, Zimtstangen, frische Lorbeerblätter, geschälte Mandelkerne und schwarze Oliven. Als sie dann eine Orange mit dem Sparschäler bearbeitete, auspresste, den Saft mit Honig, Marsala und der Geflügelbrühe vermischte, verbreitete sich in der Küche ein Duft von Süden und Leichtigkeit, doch auch das konnte Raphaels stockende Erzählung nicht beflügeln. Viel hatte Luise trotz interessierter und ermunternder Zwischenfragen nicht erfahren. Ob es seiner Herzensdame denn geschmeckt habe, wollte sie wissen. Ja, irgendwie schon. Ob sie eher Fisch mögen würde, Fleisch oder Geflügel? Fisch nicht so. Und über Geflügel hätten sie nicht gesprochen. Ob sie viel von sich erzählt habe? Ein wenig. Sein Gast schien eine Frau zu sein, die eher Fragen stellte als Antworten gab. Ob er wenigstens Andeutungen von seinen Gefühlen gemacht habe? Das irgendwie nicht so direkt. Ob sie nach dem Essen noch etwas länger geblieben sei? Nein, aber vermutlich habe das an irgendwelchen Terminen mit ihrer Arbeit gelegen. Ob denn ... An dieser Stelle klingelte das Handy.

»Oje, entschuldige bitte«, sagte er mit Blick auf das Display und verschwand auf den Balkon.

Luise schnappte nur Fetzen auf. Irgendeine Becky schien

sich in langen Tiraden zu beschweren. Es folgten Entschuldigungen von Raphael, Besänftigungen, Ansätze von Erklärungen, die am anderen Ende postwendend abgeschmettert wurden. Dann war Ruhe. Luise goss die Flüssigkeit ans Huhn, verteilte die Orangenschale darüber und schob den Bräter in den Backofen.

»Schlimm?«, fragte sie, als sie sich zu ihm auf den Balkon stellte.

»Geht schon.« Er schaute in die Ferne, obwohl es dort wenig zu sehen gab. Blätter, Bäume, sonst nichts. »Meine Ex«, ergänzte er schließlich.

Luise überlegte, was sie mit dieser Information anfangen sollte, denn Exen hatte ab einem gewissen Alter eigentlich jeder. Nur meldeten sich Exen meist entweder gar nicht mehr, oder sie meldeten sich freundschaftlich, nachdem sie sich lange genug gar nicht mehr gemeldet hatten. »Seid ihr schon lange getrennt?«, fragte sie. Aus purem Interesse am Kunden.

»Eigentlich schon. Sie zerrt aber immer noch an mir herum. Dabei wollte sie seit langem Distanz. Trotzdem kommen dauernd Vorwürfe und Anschuldigungen.« Er sah Luise an. Wieder dieser Blick. Ein Flackern, ein Leuchten im dunklen Kaffeebraun. »Ich glaube, ich brauche was zu trinken. Du auch?«

»Warum nicht?«, befand sie und folgte ihm in die Küche.

Er nahm den gekühlten Champagner, den sie ihm als Aperitif für seinen Gast empfohlen hatte, und öffnete die Flasche.

»Glaubst du, dass das eine gute Idee ist?«, fragte sie, konnte sich eine heimliche Freude jedoch nicht verkneifen.

»Sie muss ja nicht sehen, dass die Flasche schon offen ist.

Ich kann nachher auch hier eingießen und mit den gefüllten Gläsern ins Wohnzimmer gehen.« Er versuchte ein Lächeln. Es misslang.

»Also gut. Auf euch.« Sie hob ihr Glas.

»Auf dich«, sagte er. Diesmal klappte es besser mit den gehobenen Mundwinkeln.

Über den Rand ihres Glases fiel Luises Blick auf die Küchenuhr. Sie musste sich sputen. »Wir haben gar nicht über die Deko geredet. Hast du Sitzkissen? Dann könntet ihr das Hühnchen am Couchtisch essen«, wechselte sie wieder zum Fachlichen. »Und wenn die Stimmung vertraulich genug ist, könnt ihr vielleicht auf das Besteck verzichten. Zum Huhn gibt es nämlich Couscous, und den kann man auch mit den Händen essen.« Auf die Idee mit dem Couscous war sie ganz besonders stolz, denn allein die Farbe war unglaublich schön. Sie hatte den Gemüsefond, in dem der Getreidegrieß später quellen musste, extra mit Zimt, Kreuzkümmel und Safran zubereitet. Das harmonierte wunderbar mit den Gewürzen des Huhns, dem fruchtig-süßen Geschmack des Geflügelsuds und den Backpflaumen, die sie später noch in den Bräter geben würde. »Den Couscous musst du aber leider selbst garen. Geht das?« Sie sah ihn fragend an. »Wenn du den Bräter rausnimmst, gibst du einfach den Couscous in den Gemüsefond und lässt ihn eine Weile quellen. Mehr nicht. Das bekommst du hin, oder?«

»Ja, sicher. Aber das mit den Sitzkissen und den Händen – lieber nicht. Ich decke am Tisch. Deine Tischdecke ist ja noch hier. Ich habe sie gewaschen und gebügelt.«

»Gut. Dann mach mal«, sagte sie und stellte ihr Glas zur Seite.

Während Luise Knoblauch und Ingwer für die Suppe hackte, beides mit der kleingeschnittenen Chilischote in Sesamöl dünstete und mit Limettensaft, Geflügelbrühe und Kokosmilch ablöschte, dachte sie über die absurde Situation nach, in der sie sich befand. Sie war die Köchin und trank den Champagner der Frau, die gleich Gast sein sollte. Sie fing Blicke des Gastgebers auf, die nicht seiner Köchin gelten sollten, sondern ebenfalls der Frau, für die der Champagner gedacht war. Doch ihre moralische Kontrollinstanz im Hinterkopf war schnell zum Schweigen gebracht. Mut und Ehrlichkeit. Das war Quatsch. Zimt und Safran waren, was zählte. Als sie geschnittene Lauchzwiebeln und kleine Champignons in den Topf gab, alles aufkochte und Glasnudeln hinzufügte, kam sie zu dem Schluss, dass der Champagner genauso gut für sie da war. Warum auch nicht? Und als sie schließlich die Garnelen mit Lauchzwiebelstücken und den restlichen Champignons dekorativ auf Holzspieße steckte und anbriet, befand sie, dass sie im letzten halben Jahr schon einiges Absurde in ihrem Leben erlebt hatte. Wieder ein Blick auf die Uhr. Die Zeit drängte. Messer, Töpfe und Brettchen einpacken und die Arbeitsfläche säubern. Noch schnell die Pflaumen in den Bräter, den gewürzten Gemüsefond für den Couscous auf kleinste Flamme stellen, die gehackte Petersilie für das Huhn in ein Schälchen füllen, den Koriander für die Kokossuppe mit Garnelen bereithalten – fertig!

Als sie die Transportboxen auf den Flur brachte, schaute sie ins Wohnzimmer. Der Tisch war gedeckt. Allerdings etwas nüchterner, als sie es sich gewünscht hätte. Keine Blumen, keine Farben. Aber es war sein Abend, nicht ihrer. »Bei dir alles gut?«

»Gehst du schon?«, fragte er überrascht.

»Ich habe alles vorbereitet. Wenn sie pünktlich ist, wird

sie in fünf Minuten hier sein. Meldest du dich, wie es gelaufen ist?«

Er nickte. Wortlos. Genau wie beim letzten Mal.

»Machs gut.« Sie war schon halb aus der Tür heraus.

»Du auch«, antwortete er. »Danke.«

Und viel zu spät registrierte sie etwas, was der Versuch einer Umarmung hätte gewesen sein können.

Götterspeise

»Und?«, fragte Anne.

»Wieder nichts.« Luise hielt in der einen Hand das Telefon, mit der anderen zeichnete sie Figuren in den verschütteten Kaffee auf ihrem Küchentisch. Traurige Smileys mit hängenden Mundwinkeln.

»Hat er gesagt, woran es lag?«

»Nein, nicht direkt. Er war sich wohl nicht so sicher.«

»Ist er sich eigentlich jemals sicher?« Ein leicht verächtliches Schnaufen begleitete diesen Satz. »Vielleicht reicht es ja nicht, eine schöne Stimme zu haben, wenn man sie nicht nutzt, um wirklich etwas zu sagen.«

»Was meinst du damit?« Luise verband mehrere Kaffeetropfen zu einem Blitz.

»Dass er nichts Genaues über die aktuelle Frau sagt, nichts Genaues über seine Ex. Er antwortet zwar auf deine Fragen, aber im Grunde erfährst du rein gar nichts. Du hast zweimal für ihn gekocht, und das Einzige, was er hinterher erzählt, ist: Es hat nicht geklappt. Woran es lag, weißt du nicht. Wie sie es fand, weißt du nicht. Was sie geredet haben, weißt du nicht. Du weißt noch nicht einmal, ob es überhaupt geschmeckt hat. Also nicht ihr, sondern ihm. Jedenfalls hast du darüber noch gar nichts gesagt. Hat dein Raphael sich denn zum Essen überhaupt schon mal geäußert?«

»Er war zufrieden.«

»Zufrieden?« Anne lachte kurz auf. »Er hat mit ihr deinen warmen Schokoladenkuchen gegessen, Luise. Erinnerst du dich, wie Natascha aussah nach dem zweiten Stück? Glückselig ist eine milde Untertreibung. Zufrieden ist ein bisschen mager. Zufrieden kann ich auch mit einer Portion Pommes mit Mayo sein. Entweder hat er keinen Geschmack oder ein ernsthaftes Problem.«

»Was meinst du damit?«

»Mich interessiert, was da eigentlich läuft. Sie kommt zu ihm zum Essen, und das nicht nur einmal. Eine recht intime Situation. Also scheint sie ihn ja nicht abstoßend zu finden. Und er will sie auch, sonst würde er den ganzen Aufwand nicht betreiben. Doch bevor er etwas mit ihr anfangen kann, ist sie wieder weg. Und hinterher kann er dir noch nicht mal sagen, warum.«

»Vielleicht ist er einfach zu schüchtern. Und sie auch.«

»Dann ist wohl doch was dran gewesen an Markus' Kommentar zum Thema Mut.«

Luise schnitt eine Grimasse, die ihrem Kaffee-Smiley mit herausgestreckter Zunge recht ähnlich sah. »Sie brauchen einfach nur noch ein bisschen Zeit.«

»Oh, Luise, ich kenne diesen Unterton. *Er ist so schüchtern. Er braucht Zeit. Er ist sehr sensibel. Er trägt sicher ein ganz großes Geheimnis mit sich herum.* Es ist lange her, dass du so etwas das letzte Mal gesagt hast. Aber den Knall, mit dem diese Sachen jedes Mal geplatzt sind, habe ich noch gut im Ohr.«

Luise schwieg. Sie hörte den Wasserhahn tropfen. Sie hörte die Haustür ihrer Nachbarn ins Schloss fallen. Sie hörte auch, dass Anne, die bei Telefonaten immer irgendetwas nebenbei erledigte, aufgehört hatte, etwas nebenbei zu erledigen, und ebenfalls schwieg. Und wenn zwei in ihre Tele-

fonhörer hineinschweigen, kann das eine große Herausforderung für beide Seiten sein. Auch diese Situation hatte es zwischen ihnen lange nicht mehr gegeben.

»Warum muss es denn unbedingt ein Essen sein?«, fragte Anne schließlich. »Sie könnten auch ins Kino gehen. Da brauchen sie noch nicht einmal miteinander zu reden.«

»Kino ist doch viel intimer als ein Essen.«

»Nicht als ein Essen zu Hause zu zweit. Finde ich.«

»Ich kann ihm deinen Vorschlag ja mal unterbreiten«, sagte Luise und wischte mit einer Papierserviette kurzerhand Kaffee und Smileys und Blitze vom Tisch.

»Was hat er denn jetzt als Nächstes vor?«, fragte Anne, und es klang, als wolle auch sie das Thema endlich beenden.

»Ich dachte an einen Abend unter freiem Himmel. Das ist doch das Romantischste, wozu dich jemand einladen kann. Das muss sie überzeugen. Er hat einen wunderbaren Balkon.«

»*Du* dachtest daran?«

»Ja. Und er fand meine Idee toll. Wir haben Mitte Juni, und das Wetter soll noch eine Weile so gut bleiben. Sie haben sich für Samstagabend verabredet.«

Anne holte tief Luft, schien dann aber den Kommentar, der ihr auf der Zunge lag, hinunterzuschlucken und sagte nur: »Dir als Köchin muss ich wohl zu deinem ersten Stammkunden gratulieren. Als Freundin wünsche ich dir aber, dass du dich da nicht in irgendetwas verrennst.«

Die Idee mit dem Balkon war einfach perfekt. Zwischendrin dachte sie immer wieder an Markus und ihren Geburtstag. War sie anfangs noch berührt und unsicher gewesen, was sie über den Abend am See und Markus' Bemerkungen über Essen und Verführungen denken sollte, hatte sie mittlerweile jeden Satz, jede Geste seziert und in Einzelteilen unter den unterschiedlichsten Rubriken in ihrem emotionalen Giftschrank abgelegt. Als einzig Positives an der Situation war das Ambiente geblieben: die Nacht, das Feuer, der Mann. Also nicht Markus im Besonderen, sondern ein Mann an sich. Und so war ihr die Idee mit dem Feuer gekommen. Luise zweifelte nicht an der Wirkung. Allein bei dem Gedanken an solch einen Abend glimmten ihre eigenen Gefühle. Sie malte es sich aus: Sie säßen auf dem Balkon, die Stadt verschwände hinter den Bäumen, und das Flackern des Feuers gäbe ihnen das Gefühl, beschützt in einer geheimen Höhle zu sein, sicher vor der Welt da draußen. Der Schein der Kerzen würde ihre Gesichtszüge sanft nachzeichnen und der Wind zart über ihren Nacken streichen, um mit einer der Locken zu spielen, die sich aus ihren hochgesteckten Haaren gelöst hätte. Sie trüge das dünne Kleid aus Chiffon, das mit den Malvenblüten, das ihre Figur so gut umschmeichelte, und beim Dessert – weißes Schokoladeneis mit rotem Pfeffer und Rosenblütensirup – bekäme sie eine leichte Gänsehaut. Raphael würde fragen, ob er ihr eine Strickjacke holen solle, und sie würde ja sagen, denn in ihrer Fantasie war es nicht kratzige Wolle, die er ihr anbot, nein, es war dünnes Cashmere, rauchblau. Der Strickstoff wäre weich und würde wunderbar riechen, nach Hölzern und Zitrone und ein bisschen nach Meer. Und wenn er ihr dann die Jacke um die Schultern legte, würde er zart und wie zufällig mit seinen Fingerspitzen ihren Hals streifen, und sie würde hingebungsvoll ihren Kopf zur Seite neigen, seiner vermeintlich unbeabsichtigten Berührung folgend, aus der so endlich eine absichtliche Berührung werden könnte, die auch nicht die einzige Berührung bleiben sollte. Diese Berührung, die aus

jenem Abend dann den Abend machen würde, nach dem sie sich schon so lange gesehnt hatte.

Feuer.

Grillen fand sie zu profan. Zu viel Fleisch, zu viel Neandertal. Wok hingegen wäre nicht schlecht. Sie wusste auch, wer über einen passenden Grill mit Wok-Einsatz verfügte.

»Natürlich«, hatte Ole gesagt, als sie ihn anrief und fragte, ob sie sich den Grill ausleihen dürfte. »Du kannst ihn ja am Dienstag mitnehmen, wenn du beim Kita-Fest bist. Du hattest doch zugesagt, dass du kommst. Lilly freut sich schon.«

Sie hatte geschluckt und »Super, danke, das passt ja gut!« gemurmelt und »Natürlich komme ich«, in der Hoffnung, dass ihre Antwort nicht zu stockend kam, denn Lillys Kindergartenabschied hatte sie über den feurigen Gedanken an ihr nächstes Dîner à deux völlig vergessen.

Peter und der Wolf. Luise erinnerte sich dunkel an ihren Musikunterricht in der neunten Klasse und an die Langeweile, die sich jedes Mal ausbreitete, wenn Herr Bernwardt mit monotoner Stimme über Koloraturen und Terzen dozierte. Musik sei Leidenschaft, hatte er immer gesagt, um gleich darauf die Leidenschaft mit Violinschlüsseln zu erdrosseln. Die kleinen schwarzen Punkte, die sich nach den Schlüsseln auf die Notenlinien der ausgeteilten Blätter ergossen, hatten auf Luise wie Schrotkugeln gewirkt, mit denen Herr Bernwardt auf das musikalische Interesse der restlichen Überlebenden zielte. Nach und nach hatte die ganze Klasse die Ohren auf Durchzug gestellt. Aus purer Notwehr. Daher waren an Luise nicht nur Mussorgsky und Orff vorbeigerauscht, sondern auch Prokofjew.

Und nun saß sie hier, Jahre später, in Lillys Kita, zwischen aufgeregten Kindern, nervösen Erzieherinnen und gespannten Familien, um ihre Lektion in Peter und der Wolf nachzuholen. Vor den Fenstern räkelte sich ein lauer Mittsommertag, drinnen waren es gefühlte fünfundvierzig Grad, die durch das Lampenfieber der Fast-schon-Schulkinder, die ihrem Auftritt entgegenglühten, noch aufgeheizt wurden.

»Open-Air-Bühne wäre nicht schlecht«, raunte Markus. »Eigentlich spielt das Stück ja im Grünen.«

»Mhm«, murmelte sie abweisend, denn sie wollte keine Nachhilfestunde in Musik. Sie überlegte, wie sie Abstand zwischen sich und Markus schaffen konnte, aber da ertönten schon die ersten Takte, und der improvisierte Vorhang hob sich. Applaus brandete auf, und das Stück begann. Keine Chance zur Flucht. Als die Oboe erklang, watschelte Lilly als perfekte Ente auf die Bühne. Das hatte sie seit Luises Geburtstag geübt. Watscheln wie eine Ente, sitzen wie eine Ente, schnattern wie eine Ente. Zu Bett gehen wie eine Ente und am nächsten Morgen wieder aufstehen wie eine Ente. Luise bewunderte Judith und Ole für ihre Geduld. Die beiden klatschten begeistert, und Nele rief: »Da ist meine Lilly!« Luises Hals wurde eng, sie musste schlucken. Um sie herum gerührte Omas, Geschwisterkinder mit großen Augen, Mütter, die mitfieberten, Väter, die vor Stolz platzten. Sie fühlte sich plötzlich seltsam deplatziert, was nicht an dem viel zu kleinen Kinderstuhl lag, auf dem sie saß. *Nur nicht heulen!*, dachte sie, aber da tropfte es auch schon auf ihre Leinenhose.

»Das Gelbe ist Entenschminke. Aber sonst ist es sauber«, flüsterte Markus und reichte ihr sein Taschentuch, ohne den Blick von der Bühne zu wenden.

Nun hätte sie erst recht heulen können. Warum konnte sie nicht unbemerkt die Tränen mit dem Handrücken wegwischen? Warum musste ausgerechnet Markus das mitbekommen? Sie fühlte sich wie an Weihnachten, als sie ihn im Imbiss getroffen hatte. Klein, verletzlich. Nun würde er sich noch größer fühlen können. Und wenn sie sich verletzlich zeigte, würde sie mit Sicherheit verletzt werden. Das hatte sie oft genug erfahren.

Nachdem die Schlussakkorde verklungen und der Applaus abgeebbt waren, leerte sich der Raum. Alle strömten nach draußen an die frische Luft.

»Du kommst doch noch mit zu uns, oder?«, fragte Ole.

»Ja, du wolltest mir doch den Grill geben«, antwortete sie.

»Ich meinte eigentlich zum Essen.«

Sie sah ihn überrascht an. »Essen?« Davon war bisher nicht die Rede gewesen. »Na gut.«

Als sie am Reihenhaus ankam, stand die Haustür offen. Von drinnen Kinderlärm und Stimmen. Sie machte einen großen Schritt über Neles Dreirad und ging ins Wohnzimmer. Der Raum war mit Girlanden geschmückt, drei Mütter aus der Kita waren auf dem Sofa in ein Gespräch vertieft. Ein Vater fachsimpelte mit Ole im Garten über Rasensprenger. Auf der Terrasse war ein Büfett aufgebaut.

»Warum habt ihr nichts davon gesagt, dass ihr zu Hause noch feiert. Dann hätte ich doch auch etwas mitgebracht«, wandte sich Luise an Judith.

»Das hat sich ganz spontan ergeben. Lilly wollte als Belohnung Marshmallow-Schaschlik für sich und ihre Freundinnen. Und du weißt ja, wie das ist. Es wird dann doch immer etwas größer als gedacht.«

Luise biss sich auf die Lippen, als sie sah, wie Markus am Küchentresen hantierte. Die Überraschung zu ihrem Geburtstag war das Eine. Der Kuchen, die Salate, das Grillen – es war ein Geschenk. Jetzt aber fühlte sie sich ausgebootet. Markus machte Kinder-Schaschlik, er machte das Büfett, und sie wurde nicht einmal gefragt, ob sie etwas beisteuern würde. Schon wieder kam er ihr in die Quere. Auf ihrem Terrain.

»Du hast im Moment bestimmt genug zu tun. Ole hat erzählt, wie voll dein Terminplan ist«, sagte Judith beschwichtigend. »Gast zu sein ist doch auch mal ganz schön.«

»Da hast du wohl recht.«

»Außerdem ist Markus ja ihr Patenonkel.«

Luise schämte sich dafür, nicht lockerer mit der Situation umgehen zu können, doch sie konnte nicht aus ihrer Haut. Wieso zeigte er ihr ständig, was er konnte? Was er wusste? Wollte er sie an die Wand spielen? Hatte es als Angebot für einen Waffenstillstand nicht gereicht, dass sie ihm mit den Cantuccini recht gegeben hatte? Oder war es wirklich so: Sie gab eine Schwäche zu, aus der er dann Stärke zog. »Gut!«, sagte sie und riss sich zusammen. »Ich bin gespannt, was er so zaubert.«

»Schnattschnattschnatt!«, schrie Lilly, stürmte mit ihren Freundinnen von draußen herein und sprang auf die Schaukel im Spielzimmer. Sie war die entengelbe Königin der Party. Triumphierend lächelte sie Nele an, die vor ihr stand und von einem Bein auf das andere trappelte. »Ich will auch schaukeln!« Judith hob die Kleine hoch und setzte sie auf den Kinderstuhl am Küchentresen.

»Vielleicht kannst du Markus helfen«, sagte sie mit gespieltem Ernst zu ihrer Tochter. »Du weißt ja, dass er zwei linke Hände hat.«

»Helfen, helfen!«, quietschte Nele und patschte auf die Arbeitsfläche.

»Mit so viel Unterstützung hatte ich nicht gerechnet.« Markus sah wenig begeistert aus. Dann streifte sein Blick Luise. »Vielleicht kann dich ja jemand beim Helfen unterstützen«, sagte er zu Nele.

»Ja, Luise, soll auch helfen!«, rief Nele und klatschte in die Hände.

Luise schaute Markus wütend an. Sollte sie jetzt das Kindermädchen sein?

»Willst du etwa nicht?« Er warf den Blick zurück. Herausfordernd, wie sie fand. Ihr wurde klar, dass er ihr Gespräch mit Judith mitbekommen haben musste.

»Doch«, sagte sie und setzte sich auf den Hocker neben Nele. »Was sollen wir tun?«

»Aufspießen«, antwortete er knapp und schob ihr eine Tüte Marshmallows und Holzspieße zu. Er selbst widmete sich einem Blech mit knallblauer Götterspeise, die er in unterschiedlich große Würfel schnitt und auf einem riesigen Kuchenteller zu einer Gletscherlandschaft formte.

»Sieht giftig aus«, stellte Luise fest.

»Dann passt es ja zur Stimmung«, sagte er und verankerte mitten in der Landschaft eine Treibeisscholle aus weißer Schokolade, auf die er Schaumzuckerbärchen setzte. An den unteren Rand der Gletscherformation goss er Vanillesoße und ließ Fruchtgummi-Delfine aus den Wellen hüpfen.

»Guck mal: Das ist Lars!«, rief Nele begeistert und deutete mit einem zerquetschten Marshmallow in den Händen auf die Eisbären.

Luise sagte nichts, spießte nur abwechselnd rosa und weiße Schaumzuckerteile auf die Holzstäbe, während sie innerlich kochte – und nebenbei Markus so unauffällig wie möglich beobachtete. Ihr fiel Sybilles Kommentar mit den geschickten Fingern ein. Es stimmte. Er arbeitete sorgfältig und schnell. »Wieso kannst du so was?«, platzte es aus ihr heraus.

»Ich habe mir damit mein Studium finanziert.« Er stellte ein Wasserbad mit Schokolade auf den Herd. »Küche, Service, Tresen. Wobei mir Küche mehr Spaß gemacht hat. Aber Tresen hat einfach mehr gebracht.«

Luise nickte. »Kann ich mir vorstellen.« Ihr Ton war weit zickiger als geplant. Es passte aber zu gut in ihr Bild von ihm. Am Tresen geht es ja nicht nur um Geld und Getränke, wenn der Abend fortgeschritten, die Seele einsam und der Blick des Barmannes die letzte Anlegestelle auf der Reise durch eine dunkle, einsame Nacht ist.

Markus ignorierte den Kommentar. »Tunkst du die Spieße bitte hier ein«, sagte er zu Nele und stellte ihr die flüssige Schokolade vor die Nase. »Vielleicht kann dir auch dabei jemand helfen.« Ohne Luise weiter zu beachten, wandte er sich ab, holte vorbereitete Teller und Schüsseln aus dem Kühlschrank. Ein Salat aus Buchstabennudeln. Ein Wurstsalat, bei dem die Wurststückchen ebenfalls alphabetisch waren. Er musste mit Keksausstechern Mortadella bearbeitet haben. Runde Toasties mit vegetarischen Pasten, die wie Clownsgesichter aussahen, mit Cherrytomaten als Nase und Paprikastreifen als Mund. Raketen aus kleinen blanchier-

ten und halbierten Zucchini, die Gemüseflügel hatten und mit Reissalat gefüllt waren. Grissinistangen, Staudensellerie und Kräuterquark zum Dippen. Und zu guter Letzt noch Bücherwürmer, die eine Radieschen-Lesebrille trugen und deren Leiber aus Karotten- und Gurkenscheiben im Wechsel
 bestanden. Schließlich war es eine Party für ein Fast-Schulkind.

Luise hatte sich mit jedem Teller, den er auf der Arbeitsplatte abstellte, weniger Mühe gegeben, ihr Interesse zu verbergen. »Das ist Wahnsinn«, sagte sie schließlich. »Das ist wirklich richtig gut.«

Einen Moment lang fixierte er sie. »Danke«, sagte er dann, ohne die Miene zu verziehen, ohne ein Lächeln. »Übrigens: Das Kind tropft.« Er nahm die Salatschüsseln und ging hinaus zum Büfett.

Luise fühlte sich, als hätte er ihr einen Eimer Eiswürfel über den Kopf geschüttet. Dann sah sie zu Nele. Der Becher mit der Schokolade war in Schieflage geraten, und um ihn nicht ganz umzukippen, war Nele dabei, sich aus ihrem Kinderhocker zu hangeln. Hilfesuchend griff sie nach Luises Bein. Weißes Leinen, Zartbitterschokolade.

»Oh, das ist aber schön. Ganz einmalig. Da war ja ein Profi am Werk«, hörte sie das Lob von draußen mehrstimmig, als er das Büfett bestückte. Ihr Herz begann zu rasen. Und als sie sich auf den Weg zur Gästetoilette machte, um von ihrer Hose zu retten, was zu retten war, sah sie noch, wie eine der beiden Mütter Markus schmeichelnd über den Unterarm strich: »So jemanden wie dich müsste man sich ausleihen können. Für Kindergeburtstage.« Spontan verging ihr der Appetit.

»Ich muss jetzt gehen«, sagte sie zu Ole, als sie nach einer

Weile mit nassem Hosenbein wieder aus dem Bad aufgetaucht war. »Ich sehe schlimm aus, und außerdem ist für meinen Auftrag morgen noch einiges vorzubereiten.«

»Warte, der Grill«, sagte Ole hektisch und deutete auf den Geräteschuppen. Er hatte Nele auf dem Schoß, die heulte, weil Lilly ihr keinen der Fruchtgummi-Delfine abgeben wollte, und schien etwas überfordert mit der Situation. »Moment mal – Markus?« Er schaute sich suchend um. »Kannst du Luise vielleicht den Grill und den Wok-Einsatz geben? Ich habe alles schon bereitgestellt.«

Auf diese Unterstützung hätte sie gern verzichtet. Aber sie hatte keine Wahl. Sie brauchte den Grill. Mit ein paar Sätzen und einem Winken in die Runde verabschiedete sie sich und ging zur Gartenpforte, wo Markus bereits auf sie wartete.

»Du kommst damit klar?«, fragte er, als er den Grill an ihrem Auto abstellte.

»Hör mal zu«, sagte sie, und ihre Augen verengten sich. »Ich bin schon klargekommen, lange bevor du aufgetaucht bist. Nicht nur mit einem Grill. Und ich werde auch weiter klarkommen.«

»Hey, es war nur eine Frage. Was um Himmels willen ist nur los mit dir?«

»Was mit mir los ist? Ich kenne Männer wie dich. Ich war mit mehr als einem von dieser Sorte zusammen. Du bist nett. Du bist charmant. Du machst mir lächelnd ein Kompliment über meine Kekse. Aber es fehlt dir die Zitrone. Dann mäkelst du an meinem Essen für zwei herum. Vielleicht willst du ja selber kochen? Vielleicht willst du einfach nur meine Idee? Und ganz nebenbei schnappst du dir noch meine Freundin.«

Sein Gesicht entgleiste. »Wie bitte? Das ist nicht dein Ernst, oder? Glaubst du das wirklich?«

»Ich glaube, was ich sehe, und was ich sehe, ist genug.«

»Meinst du? Dann schau doch mal richtig hin, verdammt noch mal. Schau mich an. Ein einziges Mal.«

Sie sah ihn an mit einem Blick, so hart, dass er Diamanten schleifen konnte.

»Kannst du dir vielleicht vorstellen, dass ich –«, nahm er Anlauf – und brach ab. Kopfschüttelnd, resigniert. »Schade, echt schade. Aber es macht einfach keinen Sinn.« Ohne ein weiteres Wort drückte er ihr den Wok-Einsatz in die Hand, ließ sie am Auto stehen und ging zurück ins Haus.

Roter Pfeffer

Luise rief am nächsten Tag im Reihenhaus an und bedankte sich noch einmal für die Einladung zu Lillys Feier. Judith plauderte wie immer munter drauflos, und auch Ole war unverändert freundlich. Erleichtert legte Luise auf. Anscheinend hatte Markus über ihre Auseinandersetzung kein Wort fallen lassen. Das war gut. Sie wollte den Kontakt zu Ole nicht verlieren, nur weil sie seinen besten Freund gegen sich aufbrachte. Sie hatte die halbe Nacht wachgelegen und gegrübelt. Eigentlich hätte sie mit sich zufrieden sein können. Sie hatte endlich gesagt, was sie sagen wollte, und genau das erreicht, was sie sich gewünscht hatte: klare Fronten. Er war verschwunden, und sie hatte ihre Ruhe. Aber warum fühlte es sich nicht so gut an, wie sie es sich vorgestellt hatte? Statt sich befreit ihrer Essensplanung zu widmen, saß sie reglos an ihrem Küchentisch und dachte an die dunkelblaue Gletscherlandschaft. Er hatte sie so liebevoll konstruiert, obwohl abzusehen war, dass die Schokoladen-Scholle mit den Eisbären keine drei Minuten überleben würde, sobald er sie auf dem Büfett platziert hatte. Er musste den halben Tag mit den Vorbereitungen beschäftigt gewesen sein. Bemerkenswert, wie sehr er mit Ole, Judith und den Kindern verbunden war. Auch Oles Eltern hatten Markus gestern Nachmittag begrüßt wie einen Teil der Familie, was Luise überrascht hatte, denn sie hatte die beiden bisher sehr reserviert erlebt. Sie dachte an die Zucchini-Raketen, die Clowns-Toasties und hoffte, dass ein bissiger Gedanke sie von den Erinnerungen des gestrigen Tages erlösen würde. Aber er kam nicht. Stattdessen sah sie Markus vor sich, als er ihr auf der Straße gegenüberstand. *Schau mich an, verdammt noch mal!* Sie schloss die Augen, doch sosehr sie sich bemühte, das Bild ließ sich nicht wegblinzeln. Mit einem Ruck schob sie die Tasse zur Seite und griff nach ihren Notizen, um endlich mit den Vorbereitungen für das Geburtstagsessen zu beginnen, das für diesen Abend in ihrem Terminplan stand.

Raphael. Ein Name wie ein Gedicht. Als ihr persönliches Mantra murmelte sie ihn den halben Samstagnachmittag vor sich hin. Dabei gingen ihr Annes Worte immer wieder durch den Kopf: Er sagt nichts, er traut sich nichts. Mut. Vielleicht war das tatsächlich der Schlüssel. Und wenn die inszenierte Verführung wieder nicht klappte, wollte Luise mutig sein, wenn sie nächste Woche den Grill abholte. Dies sollte ihr letzter Einsatz bei ihm sein. Sie würde keinen weiteren Auftrag von ihm annehmen, weil sie ihn nicht als Stammkunden wollte. Wenn sie ihn dann nach Abschluss ihrer Geschäftsbeziehung im Gegenzug zu sich zum Essen einlud, würde sich zeigen, ob sich ihre Fantasien nicht irgendwie in die Tat umsetzen ließen.

Die Idee mit dem Feuer und dem Wok erwies sich als komplizierter als gedacht. Raphael hatte ihr auch diesmal freie

Hand in der Planung gelassen, doch als sie mit dem Grill und der Holzkohle vor seiner Tür stand, hatte er Bedenken. Die Nachbarn, die Hausverwaltung. Und gab es nicht auch Brandschutzregeln? Während Luise in der Küche stand und das Fleisch marinierte, suchte er im Internet nach Gesetzen über das Grillen auf Balkonen. Mit einer Hälfte ihres Herzens machte sie sich Vorwürfe, weil sie das vorher nicht selbst abgeklärt hatte, und hoffte, dass der Erfolg des Abends nicht durch ihre Nachlässigkeit auf der Kippe stand. Die andere Hälfte ihres Herzens fand ein Scheitern der Verführung allerdings nicht ganz so tragisch.

»Alles in Ordnung?«, fragte sie, als er einen Blick in die Küche warf.

»Ich bin mir nicht sicher. Es gibt unterschiedliche Urteile. Gas- und Elektrogrills sind erlaubt, aber es ist ja ein Holzkohlegrill. Da sollte ich besser in meinem Mietvertrag gucken, ob es eine Ausschlussklausel fürs Grillen gibt.« Er nahm sich einen Kaffee und ging zurück ins Wohnzimmer.

»Wäre es nicht am einfachsten, wenn du deine Nachbarn fragst, ob es sie stören würde?«, rief sie ihm hinterher, doch sie bekam keine Antwort. Also überließ sie ihm die Klärung der Eckdaten und gab noch einen Löffel Waldhonig zum Knoblauch und dem geriebenen Ingwer in die Sojasoße. Salzig, süß und scharf. Sie war zufrieden und legte die Fleischstreifen in die Marinade.

Eigentlich hatte sie gedacht, das einzige Problem beim

heutigen Essen wäre, dass er als Koch tätig werden müsste. Dass für ihn das primäre Problem allerdings nicht das Kochen, sondern ein Feuer auf dem Balkon sein könnte, damit hatte sie nicht gerechnet.

»Also im Mietvertrag finde ich nichts.« Er lächelte zum ersten Mal an diesem Abend und trat auf sie zu, fast tänzelnd. »Soll ich das Feuer schon anmachen, schönste Frau Köchin?« Er kam ihr so nah, dass sie eine kleine Unebenheit auf seiner Stirn entdecken konnte. Vielleicht eine Windpockennarbe. Seine Augen lagen vor ihr wie tiefe dunkle Seen.

Wortlos schüttelte sie den Kopf. *Schönste Frau Köchin.* Am liebsten hätte sie laut aufgejuchzt, sagte aber nur: »Mach das Feuer erst an, wenn sie da ist. Zum Aperitif. Dann wirkt das Ganze noch viel besser.« Auch wenn sie sich gerade mehr als alles auf der Welt wünschte, dass es nicht wirken würde. Oder besser: dass sie es wäre, für die er das Feuer schürte. Denn eigentlich war das hier ja ihr Abend. Ihre Inszenierung. Ihre Fantasie.

»Schade.« Er zuckte mit den Schultern, und nach einer Weile, die sie sich schweigend angeblickt hatten, sagte er: »Ich gehe mich umziehen.« Sie wandte sich ab. Ihre Hände zitterten. Frühlingszwiebeln schneiden, Möhren stifteln, Zuckerschoten blanchieren, Salat waschen. Das war zu tun. Das war, was sie beruhigen würde. Das weiße Schokoladeneis mit rotem Pfeffer hatte sie bereits portioniert und in den Gefrierschrank gelegt, die mit Zucker kandierten Rosen für das Dessert lagerten in ihrer Kühlbox, wo sich auch die Gänseblümchen und Stiefmütterchen befanden, die sie als Dekoration für den Salat verwenden wollte.

»Okay so?«, fragte er, als er in die Küche zurückkehrte.

Dunkelgraues Hemd, schwarze Jeans. Er war frisch rasiert,

und sie roch sein Aftershave. Etwas mit einer süßen Kopfnote und einem metallischen Herzen. Thorben benutzte das Gleiche. Er sah gut aus. Schmal, verletzlich, sensibel. Seine Schüchternheit konnte nur ein Zeichen dafür sein, dass er etwas anderes suchte als eine aufregende Affäre. Und seine Vorsicht mit dem Grill stand bestimmt für seine Umsicht und Ehrlichkeit. Raphael wäre endlich ein Mann, der ihr guttäte, befand Luise. Der Ruhe und Stabilität in ihr Leben bringen könnte.

»Du siehst mehr als okay aus«, sagte sie. Langer Blick. »Eigentlich sollte ich –«, begann er zögernd. Sein Gesicht war ein Kampfplatz verschiedenster Gefühle, die sich in einer Frage lösten: »Möchtest du vielleicht etwas trinken?«

»Ja, gern«, sagte Luise mit einem tiefen Seufzer, um sich dann wieder der Vinaigrette zu widmen. Es war Zeit, dass sie hier für heute zu einem Ende kam.

Bevor sie ging, erklärte sie ihm noch einmal genau, was er zu tun hätte und dass das Wichtigste an der Sache das Rühren im Wok sei. Große Hitze, kurze Garzeit. Das Fleisch stand bereit, die Zuckerschoten, die Cashewnüsse und die anderen Zutaten in einzelnen kleinen Schälchen daneben, nicht nur dekorativ drapiert, sondern in genau der Reihenfolge, in der sie in der Pfanne landen sollten. Er musste beim Bestücken des Woks nur einer kleinen, von ihr entworfenen Choreografie folgen. Der Rosensirup und die kandierte Blüte für das Eis warteten in der Küche, der Salat stand auf dem Tisch. Wieder ihr weißes Tischtuch, ein Meer von Windlichtern, überall verteilt, ein Korb mit frischem Brot, Kristallgläser, Silberbesteck. Edle Kontraste zum archaischen Feuer.

»Ich hole den Grill in ein paar Tagen ab.« Sie blieb in der Wohnungstür stehen.

»Ich melde mich bei dir«, sagte er. »Wie immer.«
Sie nickte.

Bepackt mit ihren Transport- und Kühlboxen, landete sie unten an ihrem Auto. Schritte näherten sich, und sie hörte plötzlich eine vertraute Stimme.

»Wenn du alles drin hast, steigst du ein und fährst deinen Wagen um die Ecke.«

Sie sah entgeistert auf und ließ die Kisten in den Kofferraum sinken. »Was machst du denn hier?«

»Nichts. Oder doch. Ich erkläre es dir später. Mach schon!«, sagte Anne und setzte sich auf den Beifahrersitz, wobei sie die Straße im Blick behielt.

»Ist irgendwas mit Natascha?«

»Nein. Der geht es gut. Ich sag es dir gleich. Hast du alles drin? Komm, steig ein.«

»Ich hoffe, du hast eine gute Erklärung hierfür.« Luise warf einen letzten Blick zum Balkon. Er war leer. Wahrscheinlich stand Raphael noch einmal vorm Spiegel, korrigierte die Frisur oder strich sich nervös sein schönes Hemd glatt. Vielleicht wartete er aber auch an der Gegensprechanlage auf das Klingeln. Nur die Kerzen flackerten im Wind. Fünf vor neun. Nichts wie weg. Jeden Augenblick konnte die Frau auftauchen. Sie stieg ein, startete den Motor, fuhr bis zur nächsten Straßenecke und bog ab.

»Stopp, nun fahr hier ran, und stell den Wagen ab.«

»Bitte? Wieso das denn? Kannst du mir mal sagen, was los ist?« Luise verlor langsam die Geduld.

»Wir steigen jetzt in Nataschas Wagen um, und dann erkläre ich es dir.«

»Anne!« Luise blieb auf dem Fahrersitz, wie festgewachsen.

»Ich sage dir alles, wenn du jetzt deinen Wagen hier abstellst und bei mir einsteigst. Versprochen!«

Luise schüttelte den Kopf, gab dann aber resigniert nach. Sie stieg in Nataschas Wagen, wo Anne einmal kurz den Motor aufheulen ließ.

»Ich hoffe, du hast eine vernünftige Erklärung für dieses Theater«, sagte Luise, als sie sich anschnallte und beinahe im selben Augenblick erkannte, wohin Anne fuhr. Denselben Weg retour. Sie hielten in der Parklücke, in der Luise gerade noch gestanden hatte. Der Blick auf Raphaels Balkon war hervorragend. Die Kerzen, die sanft wehende Tischdecke. Ansonsten sahen sie nichts. Und niemanden.

»Sie ist also immer noch nicht da«, stellte Anne fest und setzte endlich ihre Sonnenbrille ab, die zwar ausgesprochen stilecht für heimliche Überwachungen war, aber um diese Zeit überflüssig. Es begann zu dämmern, und die ersten Fledermäuse machten sich auf den Weg.

»Wenn du nicht sofort sagst, was das hier soll, steige ich aus und rede die nächsten drei Wochen kein Wort mehr mit dir.« Luise versuchte vergeblich, Anne einen strengen Blick zuzuwerfen. Leider konnte sie nicht leugnen, dass ihre anfängliche Wut langsam an ihrer Neugier zerbröselte wie ein trockenes Brötchen an einer Küchenreibe. Denn obwohl sie es sich nie eingestanden hätte: auch sie hätte gern gewusst, wie die Frau, für die Raphael diesen ganzen Aufwand betrieb, aussah. Und wie der Abend verlief. Allerdings hätte sie sich nicht getraut, allein hier auf der Lauer zu liegen.

Anne grinste. »Falls wir entdeckt werden, kannst du dich gern damit rausreden, dass ich dich gezwungen habe.«

»Also gut.« Luise durchsuchte das Handschuhfach nach Lakritz oder Gummibärchen. »Sie sollte seit zwei Minuten da sein. Aber Frauen kommen ja meist zu spät. Vor allem, wenn sie einen guten Auftritt wollen. Denk bloß an Sybille.«

»Einige kommen immer zu spät«, stimmte Anne ihr zu und griff in die knisternde Tüte, die Luise ihr hinhielt. »Andere kommen nie.« Sie ließ den Hauseingang nicht aus den Augen.

»Was meinst du damit?«

»Weißt du, ich frage mich die ganze Zeit, was der Haken an der Sache ist. Du sagst, Raphael ist weder dumm, hässlich noch langweilig. Er hat einen guten Job, ist höflich, charmant und offen für eine Bindung. Außerdem lädt er die Frau, die er will, dreimal ein, obwohl er scheinbar keinen Schritt bei ihr vorankommt. Warum aber kriegt er es nicht hin? Mit einem Menü von dir hätte es sogar Thorben geschafft, seine Traumfrau für sich zu gewinnen. Irgendwas stimmt also nicht an der Sache.«

»Und was ist deiner Meinung nach der Punkt?«

»Es gibt drei Möglichkeiten«, fuhr Anne nach einer kurzen Pause fort. »Die erste: Die Frau ist absolut perfekt, womit sich Raphaels Engagement erklären lässt. Allerdings ist sie Mitglied in einem religiösen Geheimorden, der sich dem Zölibat verschrieben hat.«

Luise verdrehte die Augen.

»Oder Raphael ist ein Psychopath, der dem Gourmet-Fetischismus frönt und dich, wenn du dich weigerst, weiter für ihn zu kochen, verfolgt und mit dem Sushimesser bedroht.«

Luise stöhnte entnervt auf. »Das ist doch nicht dein Ernst. Wenn du nichts Besseres zu bieten hast, steige ich jetzt wirklich aus.«

»Ich mache mir Sorgen, Luise. Und als ich dich gestern

Nacht – zugegeben nach einem Krimi – im Geiste in dieser Wohnung da oben bedroht sah, habe ich vorhin mit Natascha beratschlagt, wie man herausbekommen könnte, was es mit ihm und dieser Frau auf sich hat. Praktisch wie Natascha nun mal ist, hat sie mir ihren Autoschlüssel in die Hand gedrückt und gemeint, ich solle hinfahren und nachschauen. Darum bin ich hier.«

Luise schwieg. Einerseits war sie verärgert über diese Aktion, andererseits fand sie es rührend, dass Anne sich so um sie sorgte. Sie überlegte kurz. »Du hattest von drei Möglichkeiten geredet. Was ist die dritte?«

»Was, wenn alles nur Theater ist?«

»Theater?« Luise sah sie verdutzt an.

»Das ist die dritte Möglichkeit: Dass es diese Frau gar nicht gibt. Dass er dir alles nur vorspielt, aus welchen Gründen auch immer.«

»Theater, niemals!«, sagte Luise, doch dann verstummte sie. Raphael war auf dem Balkon aufgetaucht. In einem alten, schlabberigen T-Shirt und mit Bermudashorts. Kein dunkelgraues Oberhemd mehr, keine schwarze Jeans. Er blies einen Teil der Windlichter aus, räumte das Geschirr ab, legte fein säuberlich die Tischdecke zusammen. Auch die Salatschüssel und die kleinen Schälchen mit dem Fleisch und dem Gemüse brachte er hinein. Nach einer Weile kam er mit zwei Desserttellern zurück und setzte sich, Blick in die Bäume, die Beine lässig auf den zweiten Stuhl gelegt, und begann zu essen. Allein. »Weißes Schokoladeneis mit rotem Pfeffer«, murmelte Luise, »der Nachtisch.« Sie hatte ihre Hand auf den Mund gelegt. Verständnislos, entsetzt. »Es gibt sicher eine Erklärung dafür. Vielleicht hat sie abgesagt. Vielleicht ist sie krank. Vielleicht hat sie es einfach nur vergessen.«

»Vielleicht hast du recht«, sagte Anne und blickte ebenfalls hoch zum Balkon. »Interessant ist allerdings nicht, was sie gesagt hat. Falls sie denn etwas sagen kann. Interessant ist, was er *dir* demnächst über diesen Abend erzählt.«

Luise schwieg.

»Reicht das? Wollen wir nun nach Hause?«

Luise schwieg weiterhin, kopfschüttelnd.

»Willst du etwa hierbleiben? Hoffst du immer noch, dass sie auftaucht?« Anne musterte ihre Freundin. »Oder wünschst du dir vielleicht genau das Gegenteil?« Ihre Stimme klang besorgt.

Wieder schüttelte Luise den Kopf. Dann sagte sie sehr langsam und mit Bedacht: »Ich will nicht wissen, was er mir demnächst über diesen Abend erzählt. Ich will es heute wissen.«

»Bitte? Was heißt das denn?« Anne sah sie irritiert an.

»Das heißt, du musst jetzt mit mir etwas trinken gehen, damit ich in anderthalb Stunden so mutig bin, dass ich ihn frage. Auge in Auge.«

Anne nickte, dann entschieden sich ihre Mundwinkel langsam für ein Lächeln. »Wenn wir uns beeilen, treffen wir Natascha noch im Kulturhaus-Café.«

»Gut«, sagte Luise, »ich glaube, ich kann Unterstützung gebrauchen.«

Er sagte nichts, als sie vor der Tür stand, fünf nach elf, Samstagabend. Er trat wortlos zur Seite und ließ sie in die Wohnung. Anne und Natascha wollten im Auto vor seinem Haus warten, aber Luise hatte sie fortgeschickt. Vom Flur aus blickte sie auf den Balkon, wo der Wok unbenutzt im Mondschein glänzte. Dann ging sie in die Küche, ebenfalls wortlos, um auf der Arbeitsplatte eine Reihe kleiner bunter Tiefkühlbehälter vorzufinden. Sie wusste, was darin war: mariniertes Rindfleisch, blanchierte Zuckerschoten, Paprika, Möhren und Frühlingszwiebeln. Sie wollte Gewissheit. Immer noch schweigend öffnete sie den Gefrierschrank, in dem sie einige Stunden zuvor das weiße Schokoladeneis verstaut hatte. Unter einem Stapel glutenfreier Tiefkühlpizza und einem eingefrorenen Brot fand sie schließlich, wonach sie suchte: eine Plastikdose mit Kokossuppe, einen Gefrierbeutel mit Lachs, eine große Schüssel Mikrowellengeschirr, in der vermutlich das Marsalahuhn vor sich hin fror. Leise schloss sie den Gefrierschrank und sah ihn an.

»Warum?« war das Einzige, was sie herausbekam.

»Lass uns auf den Balkon gehen«, sagte er und nahm aus dem Kühlschrank die Flasche Prosecco, die er vorhin beim Kochen für sie geöffnet hatte.

»Nein, danke, lieber ein Glas Wasser«, sagte sie, denn dies war nicht die Situation, in der sie mit ihm anstoßen wollte.

Vier oder fünf Teelichter flackerten noch in den letzten Zügen und malten absurde Schatten auf Raphaels Gesicht. Er wich ihrem Blick aus und sah zu Boden.

»Kannst du mir endlich sagen, was es mit dieser Geschichte auf sich hat? Wer ist diese Frau, wegen der du das ganze Theater machst?«, fragte sie in sein Schweigen hinein.

Endlich hob er seinen Blick, schaute ihr in die Augen, für einen kurzen Moment. So leise, dass sie zunächst dachte, sie hätte es falsch verstanden, sagte er: »Du, Luise.«

Und langsam begannen die Worte zu fließen. Einzeln und wirr zunächst, doch dann immer zusammenhängender formten sie Sätze, Erklärungen, eine Geschichte. Die Geschichte von einem, der sich nicht traute. Dem seit dem mexikanischen Essen diese Köchin nicht mehr aus dem Kopf gegangen war. Diese Köchin, die ihm so süß und samtig vorkam wie der White Russian, den sie zusammen getrunken hatten. Sahne und Kahlua. Die Geschichte von dem, der einen Weg gesucht hatte, diese Köchin wiederzusehen. Der nicht wagte, ihr zu sagen, dass er sich für sie interessierte, und der deswegen eine Geschichte erfand. Die erste, der eine ganze Reihe Geschichten folgen sollte.

»Aber warum hast du mich nicht einfach eingeladen? Ins Kino, zum Kaffeetrinken?« Sie verstand es nicht.

»Weil du mich so beeindruckt hast. Du bist selbstbewusst, siehst gut aus, hast Humor. Du stehst mit beiden Beinen im Leben. Ich habe geglaubt, dass du dich nicht für jemanden wie mich interessierst. Zu langweilig, zu bieder. Dann dachte ich, wenn ich dich buche, würdest du auf jeden Fall zusagen. Und dann hätte ich endlich die Möglichkeit, dir näherzukommen.«

»Aber du bist mir nicht nähergekommen. Keinen einzigen Schritt.«

»Weil du so mit dem Essen beschäftigt warst. Weil du so versessen darauf warst, dass ich Erfolg bei der Frau habe. Dabei wollte ich nur Erfolg bei dir.«

»Und deshalb hast du mich die ganze Zeit belogen?«

Sie brauchte keine Antwort. Die Antwort lag in seiner Gefriertruhe, abgepackt in bunten Plastikdosen.

»Und warum hast du die Sachen nicht gegessen, wenn du mich für eine so beeindruckende Köchin hältst?«

»Weil ich eine Allergie gegen Zitrusfrüchte habe.«

Sie nickte. Der Limettensaft in der Kokossuppe, die Orangen im Marsalahuhn und die Grapefruitmousse.

»Und weil ich keinen Fisch mag.«

»Aber warum hast du das nicht vorher gesagt?«

»Weil du wissen wolltest, was diese Frau mag, und weil ich keine Antwort wusste. Schließlich warst du ja diese Frau. Darum habe ich dich entscheiden lassen und nichts gesagt.«

»Warst du gegen den Schokoladenkuchen auch allergisch, oder hast du wenigstens den gegessen?«

»Den habe ich mitgenommen zu Svenja. Sie hatte mich am nächsten Tag zum Frühstück eingeladen.«

»Svenja hat davon gewusst?« Luise stockte der Atem.

»Nein, natürlich nicht. Sonst hätte sie Rebecca noch –« Er biss sich auf die Lippen und schwieg.

Luises Gedanken rasten in Überschallgeschwindigkeit. Seine Ex. Becky. Rebecca. Luise hatte ein gutes Gedächtnis für Namen. Mareks Getuschel mit Svenja vor der Küchentür. Nummer vierzehn auf seiner Gästeliste. »Rebecca ist die, die beim mexikanischen Essen nicht aufgetaucht ist, oder?«

Er nickte.

»Also warst du da noch mit ihr zusammen?«

»Nein. Ja. Es war ein ewiges Hin und Her.«

»Als ich das erste Mal hier gekocht habe, war es also nichts Festes mehr?«

»Nein, war es nicht.«

»War ihr das da auch schon klar?«

»Luise, bitte!«

Der fehlende Spiegel. Die Urlaubsfotos. Die Leere im Bad.

»Oder war es für sie erst dann nichts Festes mehr, als sie hier ausgezogen ist? In der Woche vor dem Marsalahuhn.«

»Unsere Beziehung war schon länger zu Ende. Und als ich dich getroffen habe, wusste ich, was ich wirklich will.«

»Und trotzdem war es dir wichtig, dass sie von Svenja nichts erfährt.«

Zwei der Teelichter glimmten und verlöschten. Raphaels Züge waren nur noch zu ahnen, und Luise war froh, dass sie ihm nicht in die Augen sehen musste. Dass sie sich selbst in der Dunkelheit verstecken konnte. Wie sehr hatte sie sich die ganze Zeit gewünscht, hier zu sitzen, mit ihm, auf seinem Balkon, in dieser Nacht.

»Ich werde jetzt besser verschwinden«, sagte sie und erhob sich.

»Bitte – geh nicht!«

Sie schüttelte den Kopf.

»Warte, dann helfe ich dir zumindest mit dem Grill.«

»Nein, damit komme ich schon alleine klar.« Und auf dem Weg durch das viel zu helle Treppenhaus erinnerte sie sich, dass sie diesen Satz vor ein paar Tagen schon einmal gesagt hatte.

Im Auto entdeckte sie eine SMS auf ihrem Handy. Anne, die um Rückruf bat, auch mitten in der Nacht, und anbot vorbeizukommen, egal wie spät es wäre. Was Luise nach einer kurzen Überlegung annahm. Sie traute es sich zu, allein mit einem Grill klarzukommen, aber nicht mit dem Rest des Abends. Und so endete diese Nacht wie schon viele zuvor. Sie saßen auf Luises Sofa, neben sich Chips und Erdnussflips in glitzernden Tüten mit einer langen Reihe von Inhaltsstoffen, die Namen mit einem großen E und einer Nummer dahinter trugen, Getränke, die blubberten und perlten und am nächsten Morgen mit hochprozentiger Sicherheit für eine neue Ordnung im Kopf sorgen würden.

Die Tage danach flossen dahin – träge und zäh. Es war das erste Mal, seit es *Essen mit Freunden* gab, dass es sie anstrengte, zu kochen. Die Menüs gelangen zwar, und ihre Kunden waren zufrieden, aber Luise war müde. Sie sehnte sich nach einer kleinen Auszeit. Und als sich dann durch zwei Absagen überraschend eine Lücke in ihrem Kalender bot, tat sie das, was sie seit mehr als einem halben Jahr nicht gemacht hatte.

»Was für eine Frage, Luise. Natürlich kannst du für ein paar Tage kommen. Immer. Es ist dein Zuhause.« Ihre Mutter lachte.

Und so packte Luise nach einem Geburtstagskaffee, den sie für eine alte Dame ausrichten musste, spontan ein paar Dinge in ihre kleine Reisetasche und machte sich auf den Weg.

Sie zog die Schuhe aus und ging barfuß durch den Garten. Ein paar kleine Kürbisse versteckten sich bereits unter großen Blättern, die Paprikapflanzen hingen voll, der Estragon hatte den Winter überlebt und sich ums Doppelte ausgebreitet. Sie blickte zu den Bäumen. Es würde ein Apfeljahr werden. Beim Plausch mit Frau Petzold, der Nachbarin, kraulte sie deren Bassett durch den Zaun, dann kehrte sie zurück zur Terrasse, wo ihre Mutter bereits den Tisch gedeckt hatte. Luise war seit ihrer zufälligen Begegnung im Kulturhaus

drei- oder viermal hier gewesen. Nicht für eine Übernachtung, sondern nur für zwei Tassen Kaffee, für einen halben Tag. Nachdem sie an ihrem Geburtstagsabend zu dritt noch eine Weile am Küchentisch gesessen hatten, war Luise sogar einmal bei Paul gewesen. Er hatte sie auf die Idee mit den essbaren Blüten gebracht. Schließlich hieße sie ja Luise Blum,
was könnte da besser passen? Und weil sie so begeistert davon war, hatte er ihr angeboten, in einem Teil seines Gartens, der seit ein paar Sommern brachlag, für *Essen mit Freunden* Beete mit Stiefmütterchen, Kapuzinerkresse, Kornblumen, Hibiskus und Hornveilchen anzulegen. Vielleicht noch ein paar Königskerzen dazu. Die Pflanzen sollten dann in Holzkästen umgesiedelt werden, so dass Luise sie bei Bedarf abholen und kleine Vorräte bei sich auf dem Balkon lagern könnte. Außerdem dürfte sie sich gern an den Duftrosen bedienen, die er seit dem Tod seiner Frau hegte und pflegte. Weiße und zartrosafarbene mit dicken, gefüllten Blüten. Eine alte englische Sorte. Luise war gerührt, denn zum ersten Mal wurde ihr bei diesem Besuch klar, dass auch Paul, genau wie ihre Mutter, eine Geschichte von Tod und Trauer in sich trug. Die Geschichte einer verlorenen Liebe, deren botanisches Erbe er jedes Frühjahr düngte, deren Blütenpracht er im Sommer mit Wehmut betrachtete, deren Zweige er jeden Herbst beschnitt und deren Wurzeln er winterfest machte. Vielleicht, so dachte Luise, hat ein Herz deswegen mehrere Kammern. Damit die Liebe nicht aufhören muss, wenn das Leben weitergeht. Wenn man verloren hat, auf die eine oder andere Art. So kann das Gute einer vergangenen Liebe bleiben, wenn einem das Leben etwas anderes geben will. Er hatte ihr zum Abschied einen Rosenstrauß geschenkt, und jedes Mal, wenn sie an ihrem Küchentisch gesessen hatte,

auf die rosa Blüten blickte, den Duft einsog, hatte sie etwas mehr von der Liebe ihrer Mutter begriffen. Paul nahm nichts weg. Weder ihrer Mutter noch ihr selbst, und auch die Erinnerung an ihren Vater schmälerte er nicht. Vielmehr fügte er etwas hinzu. Einen fehlenden Duft, eine neue Farbe.
 Lebendigkeit.

Luise ließ sich durch ein paar Sommertage im Garten treiben. Sie hatte ihr Handy ausgeschaltet, weil sie keine weiteren SMS mit Entschuldigungen von Raphael lesen wollte. Morgens schlief sie aus, nachmittags döste sie im Liegestuhl unter den Bäumen. Sie vergaß die Zeit für eine Weile und aß mehr warmen Rhabarberkuchen mit Baiser, als ihr Hosenknopf aushielt. Abends schaute sie mit ihrer Mutter in den Sommersternenhimmel. Sie sprachen über die Zukunft und über Gegenwärtiges, über den Tod, über Luises Vater, über Erinnerungen, Kompromisse und Träume. Dinge, die sie sich nie gesagt hatten. Und als sie kurz vor Luises Rückfahrt noch einmal auf der Terrasse saßen, sagte ihre Mutter unvermittelt: »Es ist schön, dass bei unseren Gesprächen kein einziges Mal das Wort Seniorenheim gefallen ist.«

Einen kleinen Moment lang schämte sich Luise, denn ihr war längst klar, dass die vermeintliche Gebrechlichkeit ihrer Mutter mehr mit ihren eigenen Ängsten als mit der Realität zu tun gehabt hatte.

»Aber weißt du, was am allerschönsten ist?« Hedda Blum begann zu schmunzeln.

Luise sah ihre Mutter erwartungsvoll an.

»Wenn du endlich aufhörst, mich bemuttern zu wollen, kann ich wieder anfangen, dir eine Mutter zu sein. So lange es geht. Und so sollte es doch sein, oder?«

»Ja, natürlich komme ich ... Nein, keine Ausreden ... Ja, ich werde mich entsprechend anziehen. Du weißt ja, ich horte alles.« Sie legte den Hörer auf und ging ins Badezimmer.

Warum tat sie sich das Ganze überhaupt an?

Weil Thorben ihr bester Freund war!

Warum konnte sie nicht einfach absagen und später etwas Schönes mit ihm unternehmen?

Weil er gesagt hatte: »Das würde ich dir nie verzeihen!«

Luise stand unter der Dusche und ließ heißes Wasser über ihren Nacken, die Schultern, den Rücken laufen. Sie entspannte sich, endlich. Seit anderthalb Wochen war sie wieder hier. Sieben Aufträge, fünf davon bis in den späten Abend, hatten Spuren hinterlassen. Wie schön wäre es, sich nach dem Abtrocknen einfach in eine Decke zu wickeln und den Rest des Abends vor dem Fernseher herumzugammeln. Aber Thorben hatte gesagt: »Ich werde nur einmal achtundvierzig.« Dabei hatte er die Arme quietschend wie ein Teenie in die Höhe geworfen und gestrahlt. Achtzigerjahre-Party. Hatte er nicht vor Weihnachten behauptet, dass die Achtziger sein Leben waren? Da konnte sie nicht nein sagen! Also sei ihm das nun gegönnt. Außerdem war diese brünette Schönheit, die seine Nostalgie mit dem ungemein klugen Ausruf »Future, Thorben, Future!« maßregeln wollte, auch nicht mehr die Seine. Es konnte vielleicht doch ein schöner Abend werden, ohne schmalhüftige Topmodel-Epigoninnen, die gerade aus der Pubertät heraus waren und ihre Weisheit to go mit ihrem fettreduzierten Cappuccino Caramel aufgesogen hatten. Nur die üblichen Verdächtigen und andere Sentimentale. Luise schlüpfte in ihren schwarzen Tüllrock, suchte aus der hinteren Ecke ihres Kleiderschranks das Shirt mit den Fledermausärmeln und dem U-Boot-Ausschnitt, toupierte sich die Haare, nahm zu viel Kajal und zog zur Netzstrumpfhose die alten spitzen Stiefeletten mit Schnallen und Nieten an.

Sie war froh, als ihr Auto ansprang. Die letzten Tage hatte es gemuckt. Heute Abend jedoch konnte sie sicher und bei-

nahe ungesehen in ihrem Outfit durch die Stadt gondeln. Der Kajal, die Nieten. Meine Güte. Sah es nicht doch albern aus? Wie lange hatte sie das nicht getragen? Spätestens aber, als Anne sie im Club begrüßte und nicht nur eine pinkfarbene Neontüllschleife im Haar trug, sondern auch einen Minirock, der très mini war, hatte Luise ihre Scheu überwunden. Und als ihr dann noch Thorben um den Hals fiel, in einer viel zu schmalen, an den Seitennähten geschnürten Lederhose und einem Sakko, das ihm schon vor Jahren zu kurz gewesen war, dachte sie, dass es wie früher war – nur eben etwas enger und zwei Nummern zu klein. Sie drückte Thorben sein Geschenk in die Hand und stürzte sich ins Gewühl. Es war wunderbar. Sie konnte fast alle Lieder mitsingen, kannte jeden Takt und wurde von Strophe zu Strophe, von Beat zu Beat jünger und unverletzlicher. Glücklich lächelte sie über die Tanzfläche, und die Tanzfläche lächelte zurück. Zumindest eine Ecke auf der Tanzfläche, in der ein blonder Hüne zu einem Lied von Depeche Mode begeistert in die Höhe hüpfte, auch wenn er garantiert noch in der Grundschule gewesen war, als dieser Song herauskam. Luise kniff die Augen zusammen, weil sie sich nicht sicher war, ob sie das eben richtig gesehen hatte. Eine Brille würde wohl demnächst fällig werden. Doch, ja, er strahlte sie an. Sie hatte sich nicht geirrt. Und wenn sie noch zwei Lieder auf der Tanzfläche bliebe, hätte er sich endgültig zu ihr vorgearbeitet. Luise tauchte ab und drängelte sich Richtung Theke.

»Nicht übel«, stellte Anne fest, die den kleinen Flirt gemeinsam mit Natascha beobachtet hatte.

»Zu jung«, sagte Luise.

»Wofür?«, fragte Anne und begann lauthals zu lachen. »Oder trauerst du deinem Besteller immer noch nach?«

Luise wurde ernst. »Er simst. Er mailt. Er entschuldigt sich immer wieder. Er will reden.«

»Raphael? Worüber?«, fragte Natascha.

»Er will es erklären. Und er will wissen, ob er vielleicht trotzdem eine Chance hat.«

»Und? Hat er die etwa?« Natascha sah sie forschend an.

»Na ja, ich habe ihm neulich mal geantwortet.« Luise blickte auf ihre Schuhspitzen.

»Das ist nicht dein Ernst.« Annes Miene nahm besorgte Züge an.

»Er will noch mal von vorn anfangen.«

»Womit?«, fragte Natascha. »Mit den Geschichten?«

»Nein, mit der Wahrheit.«

»Aber wie kannst du wissen, dass es jetzt die Wahrheit ist? Und selbst wenn, wie lange kannst du sicher sein, dass sie wahr bleibt? Wann traut er sich wieder nicht und erzählt das nächste Mal Geschichten? Wann kommt die nächste fantastische Frau? Er hat ein bisschen wenig gewagt dafür, dass er dich angeblich so sehr wollte«, stellte Anne klar.

»Ach Mädels, so ernst?« Sybille schwebte auf sie zu wie die verspätete Königin der Nacht. Sie war die Einzige, an der heute Abend nichts zu klein oder unpassend wirkte. »Ihr redet doch hoffentlich nicht über das Alter und die Zeit?«

»Nein«, sagte Natascha, »über Liebe und Mut.«

Luise verdrehte die Augen.

»Oh, das Thema ist ja momentan sehr en vogue.« Sybille nippte mit roten Lippen an ihrem Campari.

»Stimmt. Da fällt mir ein: Was ist eigentlich mit dir und Markus?«, fragte Anne, während Luise den Kopf schüttelte.

»Markus? Was soll mit uns sein? Wir haben uns getroffen und hatten eine Menge Spaß.«

Anne zog die Augenbrauen in die Höhe. »Bitte Details!«, sagte sie zu Sybille und warf Luise einen fragenden Blick zu.

Die zog eine Grimasse, denn sie konnte ja schlecht erklären, dass Details über Markus' Intimleben das Letzte wären, was sie interessierte. Jedenfalls das Letzte, wenn diese Details mit Sybille zusammenhingen.

»Du willst es ganz genau wissen.« Sybille lächelte süffisant. »Wir haben uns verabredet, etwas getrunken und geredet, viel gelacht, ein bisschen geflirtet. Dann haben wir noch etwas getrunken. Und dann«, sie holte tief Luft und dehnte die Kunstpause bis an den Rand des Schicklichen, »habe ich einen der charmantesten Körbe meines Lebens bekommen.« Sie hob ihr Glas und prostete Anne zu.

»Du? Einen Korb? Warum das?« Anne schien überrascht.

»Er meinte, er sei momentan emotional anderweitig gebunden. Und dann haben wir einfach weitergeredet und -getrunken. Was auch ganz nett war.«

»Klingt«, Anne überlegte, »interessant.« Sie lächelte. »Wobei es mir für dich natürlich leidtut.«

»Ach, halb so schlimm. Hier ist doch auch einiges Nettes unterwegs.« Sybille blickte auf die Tanzfläche und strahlte den blonden Hünen an, der die ganze Zeit zu den vier Freundinnen herüberschaute. »Ich glaube, ich tanze«, sagte sie, drückte Anne ihr Glas in die Hand und verschwand.

»Wir gehen dann mal.« Anne hatte bereits ihre Jacke an. »Natascha hat Kopfweh, und für mich reicht es jetzt auch mit Nostalgie.« Sie umarmte Luise. »Aber du: Geh hin und berausche dich an der Jugend.«

»Ich bin doch nicht –«, begann Luise.

»Viel Spaß noch«, unterbrach Anne sie und warf einen lächelnden Blick über ihre Schulter.

Luise drehte sich um und stieß beinahe mit dem blonden Hünen zusammen.

»Schöne Schuhe«, sagte er. »Vintage?«

Luise spürte Annes leises Kichern noch im Nacken, als sie antwortete: »So was Ähnliches.«

Sie setzten sich zusammen an den Tresen, lachten, fanden sich sympathisch und tanzten noch ein bisschen. Dann beschloss Luise, dass es auch für sie genug wäre für heute. Sie nickte Thorben und Sybille zu, die zu *Let's dance* ihr Standardtanz-Wissen ausgepackt hatten, und schrie dem Hünen: »Ich geh jetzt« ins Ohr, um David Bowie zu übertönen.

»Gut«, sagte er.

Und folgte ihr.

Als sie an der Garderobe nebeneinanderstanden, fragte sie sich, ob sie nun etwas klarstellen müsste, was die getrennten Heimwege betraf, doch dann blickte sie der anzüglich lächelnden Garderobiere ins Gesicht, die erst sie und dann den Hünen musterte, genoss die unausgesprochene Unterstellung und gönnte es sich, heimlich diese Fantasie zu teilen. Ein paar Schritte lang. Bis zu ihrem Auto, wo sie dann die Hoffnungen des Hünen endgültig zunichtemachte.

Saure Gurken

Selbstständigkeit war wirklich etwas Wunderbares. Im letzten Sommer hatte sie sich bei *Text-Berg* einen dicken Schnupfen eingefangen, den sie anderthalb Monate nicht mehr losgeworden war, weil die Klimaanlage die ganze Zeit auf vollen Touren lief und sich die Temperatur in den einzelnen Büros nicht individuell regeln ließ. In diesem Sommer war das Schlimmste, was Luise sich eingefangen hatte, nur ein leichter Sonnenbrand auf dem Nasenrücken, weil sie keine Sonnencreme aufgetragen hatte, als sie – noch im Pyjama, die Beine auf der Balkonbrüstung und den Morgenkaffee neben sich – ein bisschen zu lange in den neuesten Ess-Zeitschriften geblättert hatte. Auch das war Arbeitszeit. Wenn sie sich hin und wieder aus alter Gewohnheit Sorgen um ihre finanzielle Perspektive und die Zukunft von *Essen mit Freunden* machte, waren diese Ängste jedoch kein Vergleich zu den schlimmen Nächten, die sie in Krisenzeiten bei *Text-Berg* mit dicken Socken und einer heißen Milch mit Honig auf ihrer Nussbaum-Arbeitsplatte verbracht hatte. Sie bereute keine Minute ihre Kündigung und keine der Entscheidungen seither. Mitte Juli kamen die Aufträge spärlicher, weil Ferienzeit war und sich die Stadt wie ein träger Kater in der Sonne räkelte. Luise hatte sich vorgenommen, die freie Zeit zu nutzen, um ein bisschen in der Küche zu experimentieren, sich im Blumenkandieren zu verbessern, nach neuen Menüs und Rezepten Ausschau zu halten und Ideen zu sammeln. Und immer häufiger dachte sie dabei an Markus' Vorschlag zu einer Belegung der freien Schubladen auf ihrer Homepage. Wieso eigentlich keine Kurse? Am Anfang hatte sie diesen Gedanken rasch wieder verdrängt, in die hinterste Ecke ihres Ideenarchivs, denn sie wollte nicht an Markus erinnert werden. Seit er aus ihrem Leben verschwunden war, fielen ihr regelmäßig Sätze, Anregungen und Kommentare von ihm ein. Die Idee mit den Kochkursen. Die Bemerkungen über Mut und Ehrlichkeit. Ihre Mutter hatte an einem der Abende auf der Terrasse erzählt, dass sie und Paul sehr berührt von Markus' Sätzen am Feuer gewesen seien, weil es mit wachsender Erfahrung tatsächlich nicht einfacher werde, seine Gefühle zu zeigen. Dass man es aber trotzdem tun müsse, um glücklich zu sein. Wenn sie nicht eines Tages all ihren Mut zusammengenommen und Paul im wahrsten Sinne des Wortes zum Tanzen aufgefordert hätte, wäre ihr Leben nun wesentlich trister. Als ihre Mutter das sagte, hatte Luises Herz gepocht, die ganze Zeit, und sie hatte Markus vor sich gesehen. Am Feuer, mit dem Blick in die Flammen. Seine konzentrierte Miene, als er die Schokoladenscholle auf die Götterspeisegletscher setzte. Seine Hand, die sanft über ihre Arbeitsplatte strich und den Nussbaum erkannte. Seine Augen, die sich für einen kurzen Moment schlossen, als er in Luises Cantuccini biss, und sein zufriedenes Lächeln, mit dem er sich den Milchschaum von den Lippen leckte. Sein Gesicht, das sich in eine weite, schöne Landschaft verwandelte, wenn er lachte. Sein Gesicht, das so verletzt und getroffen wirkte, als sie an ihrem Auto standen, an jenem Nachmittag, bevor er ging. *Schau mich an!* Das war dann meist die Stelle in der Gedankenkette, an der Luise diese immer wiederkehrenden Bilder stoppte, indem sie einen Kaffee kochte, die Blumen goss, das Unkraut aus den Balkonkästen zog, Rechnungen schrieb, Quittungen für die Steuer abheftete. Raphaels Mails beantwortete. Das Bad putzte.

Ihre Kochbücher thematisch sortierte. Neue Zettel auf ihre Gewürzgläser klebte. Noch einen Kaffee kochte. Sich wieder auf den Balkon setzte. Über Kochkurse nachdachte. Und über Mut und Ehrlichkeit.

 Sybille rief an. Es war ein Dienstag Ende Juli. Ob Luise Zeit habe? Am besten noch am selben Abend. Sie müsse reden. Mit allen dreien. Es sei dringend. Ob sie sich bei ihr, Luise, treffen könnten? Anne wisse schon Bescheid. Nein, sie könne noch nicht genau sagen, warum. Sie müsse erst den Arzttermin abwarten. Der wäre um fünf. Sie hoffe, dass sie gegen halb sieben da wäre. Wenn es länger dauerte, melde sie sich noch einmal. Alles Weitere dann später.

Natürlich hatte Luise Zeit, natürlich ging es bei ihr am Küchentisch. Und natürlich hatte sie ab da ein ungutes Gefühl im Bauch.

»Und sie hat auch dir nicht gesagt, was los ist?«, fragte Anne, als sie auf dem Balkon saßen und auf Thorben und Sybille warteten.

»Nein, hat sie nicht.«

»Keine Andeutung?«

»Nein, gar keine. Sie hat nur von einem Arzttermin gesprochen. Ziemlich tonlos. Und seitdem ist mir schlecht.«

Anne nickte. »Hast du Thorben erreicht?«

»Ich habe es versucht, aber er geht nicht ans Telefon. Ich denke, dass sie ihm Bescheid gesagt hat.«

Anne nickte wieder.

Luises Handy lag auf dem Tisch und vibrierte. Sie zuckte zusammen und nahm das Gespräch an, ohne auf das Display zu schauen. »Ja, was ist?« Sie runzelte die Stirn. »Entschuldigung, ich hatte ein Privatgespräch erwartet. Natürlich ist hier *Essen mit Freunden*, Luise Blum.« Dann entgleiste ihr Gesicht vollends. Zögernd sagte sie: »Natürlich erinnere ich mich.« Und: »Das Ganze tat mir damals wirklich sehr leid.« Nach einer Weile konzentrierten Zuhörens, das nur unterbrochen wurde von Mhms und Ahas – und von Annes fragenden Blicken, die jedoch mit keiner Geste und keinem noch so kleinen Hinweis beantwortet wurden, sagte Luise: »Ja, Doktor Kahle, das kann ich mir gut vorstellen. Ich habe auch schon ein paar vage Ideen im Kopf. Ich sage gern zu, muss mir aber erst noch einige Gedanken machen. Wie wäre es, wenn wir uns Ende der Woche zusammensetzen, um Einzelheiten zu klären? ... In Ihrer Praxis? Gern ... Ja, natürlich weiß ich es noch: Batonstraße 3-5.« Am anderen Ende war ein Lachen zu vernehmen, dem anscheinend einige freundliche Abschiedsfloskeln folgten. »Ja, Doktor Kahle«, sagte Luise daraufhin, »ich freue mich auch. Dann bis Freitag um siebzehn Uhr.« Sie legte das Telefon auf den Tisch zurück und wippte auf ihrem Stuhl hin und her.

»Mach's doch nicht so spannend«, sagte Anne. »Wer war dran? Aufregung gibt es heute schon genug.«

»Doktor Kahle.« Luise genoss sichtlich, dass ihre Antwort Annes Neugier nur noch mehr anstachelte.

»Das habe ich mitbekommen, aber wer ist das? Ich habe den Namen schon mal irgendwo gehört. Es ist aber sicher keiner von Sybilles Ärzten.«

»Nein, ist es nicht. Ja, du hast den Namen schon gehört. Bei mir! Kurz vor Weihnachten letzten Jahres. An dem Tag, als ich bei der Berg gekündigt habe. Doktor Kahle ist der Kunde mit dem Flyer. Der Schönheitschirurg.«

»Und der ruft dich an? Warum?«

»Ich muss wohl einen bleibenden Eindruck bei ihm hinterlassen haben. Darum will er mich.«

»Er will dich?« Anne blieb vor Staunen der Mund offen stehen. »Wofür?«

»Na, wofür wohl? Fürs Kochen! Ein Überraschungsessen für seine Frau. Der achtundzwanzigste Hochzeitstag. Stilvoll. Exklusiv. Kleiner privater Kreis. Acht Personen. Nochmaliges Eheversprechen inbegriffen. Sie hatten ein paar Klippen in den letzten Jahren. Großes Menü. Kosten spielen keine Rolle.«

»Klippen, aha!« Anne zwinkerte. »Das hört sich nach einem Ausflug mit jugendlich glatter Haut ganz ohne Lifting an. Und du sollst es jetzt also rausreißen. Aber wieso will er ausgerechnet dich?«

»Weil ich die Beste bin.« Luise lächelte zuckersüß.

»Das steht außer Frage. Aber wie kommt er an deine Nummer? Von der Berg hat er die sicher nicht.«

»Er war neulich auf einer Feier, auf der das Catering ganz furchtbar gewesen sein soll. Das Gespräch kreiste dann um versalzene Krebsschwanzsuppe und Molekularküche. Zufällig waren auch Benni und Katharina dort und haben erzählt, wie eine traditionelle badische Kalbsbrust Bennis Mutter so sehr erweicht hat, dass sie bei den Spätzle sogar ihre Schwiegertochter in spe ins Herz geschlossen hat. Obwohl sie ihr übrigens mittlerweile gestanden haben, dass Katharina gar nicht selbst gekocht hat. Die Mutter hat es sehr amüsiert, dass ich, während sie in der Küche die Spätzle schabte, in der Speisekammer mit den Dosentomaten jongliert habe. So ist mein Name gefallen.«

»Wusste Doktor Kahle überhaupt, wer du bist?«

»Ja, er hat sich erinnert. Er meinte, wenn ich so koche, wie ich kündige, bin ich die Richtige.«

»Das sind eine Menge Vorschusslorbeeren.«

»Ich weiß. Ich denke, ich schulde ihm noch einen kleinen Beweis, dass ich wirklich gut bin. Beim Kochen sogar noch besser als beim Korrekturlesen. Und obwohl es sich vielleicht merkwürdig anhört, glaube ich, dass ich das auch für mich brauche, um endgültig mit *Text-Berg* abzuschließen.«

»Kosten spielen keine Rolle. Das hört sich sehr verlockend an.«

»Ja, das tut es. Und ich glaube, dass ich das ausgiebig nutzen werde«, sagte Luise begeistert, doch dann verrutschte ihr Lächeln. »Findest du es schlimm, dass ich mich so freue, obwohl wir nicht wissen, was uns für Neuigkeiten erwarten?«

Annes Antwort erledigte sich durch das Klingeln.

»Das grenzt ja an ein Wunder«, rief Luise bemüht fröhlich, als sie die Tür öffnete und nicht nur Thorben, sondern auch Sybille begrüßte. »Pünktlich. Das hat es noch nie gegeben. Und dann gleich im Doppelpack.« Sie schob die beiden in die Küche. »Den Tag kann man rot im Kalender anstreichen.«

»Ja, streich den Tag rot an. Und mach einen Kringel drum. Mit Sternchen«, sagte Thorben lächelnd.

»Was ist denn mit dir los? Hast du im Lotto gewonnen oder Drogen genommen?«, fragte Anne, die sich gerade an den Küchentisch setzen wollte.

»Es ist besser als Drogen«, lächelte Thorben noch breiter. »Lasst uns anstoßen. Gibt es Prosecco?«

Luise schaute fragend zu Anne, die mit den Schultern zuckte und dann Gläser holte.

»Für mich bitte nicht«, sagte Sybille. »Hast du vielleicht Wasser?«

»Wasser?« Luise blickte noch einmal zu Anne, bevor sie an den Kühlschrank ging und Prosecco und Mineralwasser herausnahm. Sie verstand die Welt nicht mehr. Wenn es Prosecco gab, war Sybille normalerweise die Erste, die ihr Glas hinhielt, denn Wasser gehörte ihrer Meinung nach nicht ins Trinkglas, sondern in die Badewanne. Und auch dann nur versetzt mit irgendwelchen rückfettenden Substanzen.

Als alle vier schließlich um den Tisch herum saßen und ihre Gläser erhoben, fragte Anne: »Was ist eigentlich los? Und auf was sollen wir anstoßen?« Sie sah Thorben an.

»Auf das Wunder des Lebens! Prost!« Er trank in einem Zug, um dann nur noch mehr zu strahlen.

»Auf das Wunder des Lebens?«, wiederholte Anne und nippte an ihrem Glas. »Geht das vielleicht ein bisschen konkreter?«

»Ja«, sagte Sybille, stellte ihr Wasser ab und begann, in ihrer Handtasche zu wühlen.

Luise und Anne blickten irritiert vom einen zum anderen.

In der Zwischenzeit hatte Sybille gefunden, wonach sie gesucht hatte. Sie legte ein Bild auf den Küchentisch, genau in die Mitte zwischen Luise und Anne, zwischen Wasser und Prosecco. Einem Computerausdruck, verschwommen, Linien und Wellen, schwarzweiß. Für einen Moment herrschte Schweigen.

»Nein, sag nicht, dass das ...«, begann Luise.

»Aber doch, das ist ... nein, ich glaube es nicht!«, unterbrach sie Anne.

»Und das da?«, rief Luise und deutete aufgeregt auf einen kleinen schwarzen Punkt, der in den grauen Wellenlinien schwamm. »Sag schon! Ist es das?«

»Ja, das ist es«, nickte Sybille, und langsam stiegen Tränen in ihre Augen.

»Ich werde Tante, hurra, ich werde Tante!«, schrie Anne und sprang vom Stuhl auf, um Sybille zu umarmen. »Und du wirst Mama!« Dann flatterte sie zu Luise. »Tante, Tante, du auch!« Und als sie an Thorben vorbeitänzelte, intonierte sie zur Melodie von Bruder Jacob: »Onkel Thorben, Onkel Thorben, das ist toll, das ist toll.«

»Papa«, sagte Thorben seelenruhig und goss sich etwas Prosecco nach. »Ich werde Papa.«

»Wir haben ein bisschen Zeit gebraucht, bis uns klar war, was wir wollen«, sagte Sybille, nachdem das erste große Tohuwabohu abgeklungen war. »Zumindest eine grobe Richtung. Ihr wisst doch: Ich hätte nie im Leben an eine Neuauflage mit Thorben gedacht, und Thorben wollte nie im Leben Kinder. Und auch wenn er mittlerweile das Gegenteil behauptet, bin ich fest davon überzeugt: Wäre er nüchtern gewesen, wäre das sicher nicht passiert. Schließlich bin ich nicht blond und dazu noch doppelt so alt wie seine übliche Zielgruppe.« Sie zwinkerte ihm zu. »Aber dann war da sein Geburtstag vor fünf Wochen. Und David Bowie. Und der Campari.«

»Hätten wir noch bleiben sollen?«, platzte Luise heraus.

»Auf keinen Fall!«, widersprach Thorben. »Wenn du den Hünen nicht mitgenommen hättest, hätte Sybille ihn wahrscheinlich doch noch ergattert, und wir säßen jetzt nicht hier. Jedenfalls nicht mit dem da.« Liebevoll strich er über das Ultraschallbild.

»Und jetzt?«, fragte Anne. »Habt ihr die große Liebe füreinander entdeckt? Schmetterlinge im Bauch und all das?«

»Nein. Vielleicht. Ach, was weiß ich«, sagte Sybille und klang leicht verzweifelt. »Ich kann dir wirklich nicht sagen, was daraus wird und ob ich Schmetterlinge im Bauch habe oder ob es nur die morgendliche Übelkeit ist. Bekommt man noch Schmetterlinge bei jemandem, mit dem man irgendwie sein halbes Leben geteilt hat? Wir wissen noch nicht, wie wir das jetzt nennen. Ob wir ein Paar sind oder nicht. Gute Freunde, das sind wir auf jeden Fall. Und das ist doch keine schlechte Basis, oder?«

»Und abgesehen davon ist es im Bett immer noch gut«, warf Thorben grinsend ein und prostete erneut in die Runde.

»O nein!«, stöhnte Anne. »Bitte erspart uns wenigstens diesmal die Details.«

»Warum? Wir kennen uns doch alle. Und um ehrlich zu sein: es ist sogar noch viel besser als früher – und definitiv besser als mit einer Zweiundzwanzigjährigen.«

»Nehmt ihm den Prosecco weg«, sagte Sybille und verdrehte die Augen, doch dann begann sie zu lachen. »Im Grunde hat er aber recht. Ich war in den letzten Jahren selten so entspannt mit jemandem, gerade weil wir uns so lange kennen. Von daher kann es ja vielleicht auch mit dem Kind klappen. Ich war so lange so verbissen. Habe so viel geplant, und nichts hat geklappt. Und dann lande ich eine Nacht mit diesem Kerl da«, sie deutete über den Tisch, »im Bett.«

»Auf deinem Küchenboden«, korrigierte Thorben und nahm die Hände hoch, um den Korken abzufangen, den Sybille in seine Richtung schleuderte. »Was ist? Wenn ich das nächste Mal nicht dabei bin, erzählst du es ihnen doch sowieso«, lachte er.

»Na gut: Ich lande also mit diesem Kerl, der sich absolut

nicht benehmen kann, unerwartet auf meinem Küchenboden, und plötzlich passiert genau das, was ich mir so sehr gewünscht habe. Dann sagt dieser unmögliche Kerl auch noch, als ich ihm den Schwangerschaftstest zeige: ›Ein Kind? Warum eigentlich nicht? Das kriegen wir schon hin!‹ Das ist ein bisschen viel auf einmal.«

Sybille wischte sich verstohlen eine Träne aus dem Augenwinkel, als sie Thorben ansah. Und plötzlich war da so viel Weiches und Warmes zwischen den beiden, dass auch Luise nach einem Taschentuch suchen musste.

»Das Einzige, was wir im Moment tatsächlich klar haben«, übernahm Thorben die weitere Erklärung, »ist, dass dieses Kind zur Welt kommen soll und dass wir es wollen, beide zusammen. Als Eltern. Der Rest wird sich finden. Ob als Wohn- oder als Lebensgemeinschaft, werden wir sehen.«

»Na dann noch mal!«, sagte Anne und hob ihr Glas: »Auf das Leben!«

Trüffel

Schon wieder die Mailbox. Luise legte ihr Handy zur Seite. Seit gut drei Stunden versuchte sie vergeblich, Anne zu erreichen. Sie verfluchte die Technik. Da half es auch nicht, dass Anne neulich stolz ihren neuen Tablet-PC vorgeführt und die ständige Verbundenheit mit der Welt gepriesen hatte. Annes Handy war ausgestellt. Dabei brauchte Luise ihren Rat. Genau jetzt.

Sie hatte sich vor über einer Woche mit Doktor Kahle getroffen. Es war nett gewesen, und sie waren sich schnell einig geworden. Acht Personen, sechs oder sieben Gänge. Er würde sich eigenhändig um die Getränke kümmern. Das Essen war für kommenden Samstag geplant und sollte gegen sechzehn Uhr starten. Die Erneuerung des Eheversprechens stand nach dem Dessert auf dem Programm, danach sollte

es noch auf ein nächtliches Konzert gehen. Die Küche aufzuräumen gehöre nicht zu Luises Aufgaben, befand er großzügig, das würde anschließend die Putzfrau erledigen, die ab einundzwanzig Uhr dreißig im Hause wäre. Geschirr sei reichlich vorhanden, Herd und Küchenwerkzeuge seien beinahe professionell, obwohl sie daheim, wie er mit leichtem Bedauern ergänzte, schon lange nicht mehr so richtig gekocht hatten. Er hatte erzählt, wie er seine Frau kennengelernt und sich in sie verliebt hatte. Luise hatte zugehört, Informationen gefiltert, versucht, Worte und Geschichten in Gerüche und Geschmack umzusetzen. Früher, in ihrer Anfangszeit, waren die Kahles oft gemeinsam durch Frankreich getrampt. Mit Zelt und Rucksack, damit vom Bafög und dem Lohn für Nachtwachen neben dem Studium genug übrig blieb für Delikatessen. Ein Austernurlaub in der Bretagne, ein Wochenende mit Flammkuchen und Leberpastete im Elsass, eine Trüffel-Reise ins Périgord. Er schlug Damast und weiße Casablanca-Lilien als Tischdekoration vor, doch Luise hatte nur den Kopf geschüttelt. Sommerblumen, blanker Holztisch, Leinenservietten. Mehr nicht. Er wollte sich vier Tage vor dem Essen noch einmal melden, um die letzten Details zu besprechen. Und das hatte er vorhin getan. Es seien ein paar Gäste dazugekommen; sie seien jetzt sechzehn, um genau zu sein. Aber damit komme sie sicher klar. Sie müsse doch eigentlich nur das Doppelte kochen. Wenn sie Unterstützung brauche in der Küche oder zum Auftragen, könne sie gern noch jemanden engagieren, selbstverständlich gegen ein Extrahonorar. Sie hatte geschwiegen und dann leise ›*Selbstverständlich, kein Problem*‹ gesagt. Dabei begannen ihre Probleme bereits damit, dass ihr Auto an diesem Morgen wohl endgültig den Geist aufgegeben hatte.

Als Anne nach weiteren zwei Stunden Höllenqualen endlich zurückrief, erreichte sie am anderen Ende der Leitung nur noch ein Häufchen Elend.

»Sechzehn schaffe ich nicht allein«, schniefte Luise ins Telefon.

»Sollst du ja auch nicht. Hat er doch gesagt.« Anne war die Ruhe selbst.

»Wer soll mir denn helfen? Du etwa?«

Anne lachte: »Beim Essen vielleicht, aber ganz sicher nicht beim Kochen.«

»Thorben mit seinen zwei linken Händen? Oder Svenja? Ja, Svenja kann zumindest Drinks«, sagte Luise hoffnungsvoll.

»Womit das Kochen allerdings nicht erledigt wäre. Und für die Getränke ist der Hausherr selbst zuständig«, erinnerte sie Anne.

»Aber wer sonst könnte mir –«, begann Luise kleinlaut und verstummte mitten im Satz.

»Siehst du. Ich brauche gar nichts mehr zu sagen«, stellte Anne zufrieden fest. »Du kommst von allein drauf.«

»Nein, Anne, garantiert nicht. Markus wäre der Letzte, mit dem ich meine Küche teilen möchte.«

»Es ist nicht deine Küche, Luise, sondern die von Doktor Kahle. Und es ist nur für ein paar Stunden.«

»Du weißt, wie's mir mit ihm geht.«

»Aber er kann kochen. Und du brauchst jemanden, der kochen kann.«

»Ich habe ihm an den Kopf geschmissen, dass ich gut allein klarkomme. Und nun soll ich ihm sagen, dass ich ihn brauche? Niemals!«

 »Du sollst ihn nicht heiraten, Luise, du sollst nur mit ihm kochen.«

Luise schwieg. Die Gedanken wirbelten in ihrem Kopf durcheinander.

»Ich gebe dir seine Nummer. Die habe ich seit deinem Geburtstag. Schreib sie auf, und dann mach, was du willst.«

Luise überlegte eine halbe Stunde, ob sie ihn fragen sollte. Eine weitere halbe Stunde, um sich zwischen SMS und Anruf zu entscheiden. Und dann noch mal eine Weile, bis sie schließlich allen Mut zusammennahm und seine Nummer wählte. Er nannte seinen Namen und schwieg, nachdem sie ihren genannt hatte. Sie sah auf die Uhr. Kurz nach elf. Mitten in der Nacht.

»Ich hoffe, es ist nicht zu spät«, sagte sie schnell.

Weiter Schweigen am anderen Ende. Schließlich fragte er: »Zu spät wofür?«

Luise wusste, dass er alles Recht der Welt hatte, sie auflaufen zu lassen. Die Entschuldigung war das Zweitschlimmste an dem Gespräch. Stockend begann sie, doch als sie ihr Bedauern über ihr Verhalten auf Lillys Feier erst einmal in aller Form hinter sich gebracht hatte, wurden ihre Worte flüssiger. Er hatte nicht aufgelegt, hörte immer noch zu. Das schien ein gutes Zeichen. Als ihre Wortfontäne schließlich versiegte, fragte er: »Was genau willst du jetzt von mir?«

»Deine Hilfe bei dem Auftrag.«

»Als was?«

Sie holte tief Luft, damit sie aussprechen konnte, was ihr am schwersten fiel: »Ich schaffe das nicht allein, und ich brauche jemanden, der wirklich gut ist. Ich will, dass wir zusammen kochen.«

Er schwieg. Lange.

»Markus?«, fragte sie unsicher.

»Ich brauche Bedenkzeit«, sagte er. »Ich melde mich. Gute Nacht.« Mit diesen Worten legte er auf.

Zum Frühstück kam seine SMS: »Gut. Weil du es bist. M.«

Abgemacht war, dass Markus sie gegen halb eins mit dem Auto abholen würde. Luise stand bereits mit sämtlichen Kisten und Boxen auf der Straße, als er pünktlich um die Ecke bog.

»Das sieht ja fast wie ein Umzug aus«, sagte er zur Begrüßung, öffnete den Kofferraum und half ihr beim Einräumen.

Sie bedankte sich und stieg ein.

Schweigen, die halbe Fahrt Schweigen, bis er fragte: »Auf was genau lasse ich mich eigentlich gerade ein?«

Luise repetierte wie ein Gedicht: »Neugierige Belon-Auster auf Eishügel. Steinpilzessenz mit Blätterteighäubchen. Sautierte Wachtelbrüstchen mit Diplomatensauce und Schweizer Nüdeli. Seezungenfilet mit Avocadosauce und Zucchinichips. Sellerie-Rosmarin-Sorbet. Rinderfilet Rossini mit Gänsestopfleber, schwarzen Trüffeln, Madeirajus, Prinzessböhnchen und Herzoginkartoffeln. Als Dessert gibt es Tarte au citron meringuée.«

»Hat er was gutzumachen?«

Luise verdrehte die Augen. »Diese Frage ist typisch Mann!«

Sie sahen sich an und begannen zu lachen.

»Also hat er«, stellte Markus fest.

»Er nannte es: ein paar Klippen in letzter Zeit«, sagte sie.

»Zu Klippen passen Austern gut«, meinte er.

Die Stimmung entspannte sich, und Luise merkte, wie sich ihre Aufregung langsam löste.

 Doktor Kahle empfing sie mit sommerlich gebräuntem Lächeln und führte sie in die Küche. »Meine Frau ahnt noch nichts. Sie ist jetzt mit ihrer besten Freundin im Spa. Die allerdings ist eingeweiht. Ich hole die beiden nachher ab.« Seine Nervosität war spürbar. Er zeigte ihnen das Esszimmer. Es war ein großer, lichtdurchfluteter Raum, dezente Kunst an der Wand, weiße Vorhänge, Glasfront, dahinter die Terrasse und der Blick in einen gepflegten Garten. Die Servietten lagen bereit. Helles Leinen mit Hohlsaum. Glasflaschen in unterschiedlichen Blautönen standen auf dem langen Holztisch, um den die sechzehn Stühle formiert waren. Kühlmöglichkeiten für die Lebensmittel gab es in einer Kammer neben der Küche. Doktor Kahle hatte recht gehabt: Der Haushalt war wirklich professionell ausgestattet, sogar mit einem sechsflammigen Herd. »Ich hoffe, Sie kommen klar. Ich muss noch mal in die Stadt wegen der Blumen. Sie können mich aber jederzeit mobil erreichen.« Er nickte ihnen zu und ging.

»Hier wären Klippen nicht das Einzige, mit dem ich zu kämpfen hätte«, sagte Markus, als sie sich in Ruhe alles ansahen.

»Wie meinst du das?«, fragte Luise.

»Allein schon der exakt gestutzte Rasen würde mich depressiv machen.« Er öffnete die Tür zur Terrasse, trat hinaus ins Grüne und schüttelte den Kopf. »Überleg mal, wie viel Kräuter du da hinten in der Zen-Garten-Imitation anpflanzen könntest.«

»Und statt dieser kugeligen Buchsbäume hätte ich gern Süßkirschen.«

»Mit Hängematte zu einem Apfelbaum? Wie wäre das?«

Sie schauten sich an, und für einen kurzen Moment hatte Luise den Geschmack eines Holsteiner Cox auf der Zunge. Fruchtig und sehr real. »Ich glaube, wir müssen langsam anfangen«, sagte sie, ohne seine Frage zu beantworten. »Kannst du nur Boote falten oder auch Servietten?«

»Wenn du eine Anleitung hast, kriege ich das schon hin.«

»Habe ich. Es soll eine Tasche werden, in die die Menükarte und noch etwas Grünzeug kommen.«

»Also gut. Dann los.«

Luise hatte alles so weit wie möglich vorbereitet. Die Austern waren gekühlt. Eis zerstoßen und Limetten schneiden wäre rasch erledigt. Die Steinpilzessenz hatte sie in der Früh gekocht und durchgesiebt. Es musste nur noch der Blätterteig für die Tassen zugeschnitten werden, bevor alles in den Ofen kam. Die Fonds für die einzelnen Gänge waren fertig zur Weiterverarbeitung, die Nudeln ebenfalls. Das Sellerie-Rosmarin-Sorbet stand in der Tiefkühltruhe, die Zitronentarte mit Baiser lagerten in der Kühlbox. Mit Fleisch und Fisch würden sie dann noch genug zu tun haben. Damit sie sich ganz auf das Essen konzentrieren konnten, deckten sie zuerst den Tisch ein. Luise steckte die auf Transparentpapier gedruckten Menükarten in die Servietten. Dann richteten sie sich in der Küche ein und begannen.

Kurz nach drei Uhr erschien Doktor Kahle mit den Blumen. Er war in helles Leinen gekleidet und blickte zufrieden auf die Zutaten, die sich auf Brettchen und in Schüsseln türmten. »Ich hole gleich meine Frau ab. Um vier werden wir hier sein. Die anderen Gäste kommen kurz vorher mit einem Zweitschlüssel ins Haus und nehmen einen Aperitif im Garten. Alles ist arrangiert. Mit den Austern könnten wir dann um zehn nach vier beginnen.«

»Gut«, sagte Luise. Sie nahm die Blumen – Margeriten, Rittersporn, Ringelblumen, Mohn – und arrangierte sie einzeln mit Gräsern und zarten Ranken in den Glasflaschen auf dem Esstisch. In die Serviettentaschen steckte sie noch Gräser und Farne. »Beginnst du mit den Wachteln?«, fragte sie, als sie wieder in die Küche zurückkehrte.

»Mach ich«, sagte Markus. Er stellte Lauch und Zwiebeln zur Seite, die er für die Velouté geschnitten hatte. Sie diente als Grundlage für die Diplomatensauce. »Wusstest du, dass Velouté Samtsauce heißt? Ein schönes Wort, oder?«

Sie sagte nichts, sondern sah zu, wie er eine Wachtel nahm, auf die Arbeitsplatte legte und mit viel Feingefühl entbeinte. Wie würden diese Hände wohl mit lebenden Wesen umgehen, überlegte sie, verdrängte den Gedanken aber sofort wieder.

Um vier erklang Gelächter im Garten. Markus hatte die Blätterteighäubchen zugeschnitten, Luise die Steinpilzessenz in die Suppentassen gefüllt. Sie befestigte den Blätterteig am Tassenrand, während Markus das zerstoßene Eis auf Teller türmte und die geöffneten Austern daraufsetzte. Luise schob die Tassen in den Ofen und legte Limettenscheiben und Kräuter als Dekoration auf die Teller des ersten Gangs. Sie arbeiteten Hand in Hand, reibungslos, ohne viele Worte.

»Ich ziehe mich kurz um.« Luise verschwand mit einem frischen T-Shirt in der Toilette. Als sie zurückkam, hatte sich auch Markus umgezogen. Beide waren nun ganz in Schwarz, mit weißen Schürzen.

Schritte näherten sich. Doktor Kahle strahlte, als er die Küche betrat. »Sie ist gerührt. Sie ist so unglaublich gerührt.«

Allein für diesen Moment, dachte Luise, hatte sich der ganze Aufwand gelohnt. »Dann sind jetzt wohl die Austern dran.« Sie gab Markus ein Zeichen und nahm sich vier Teller.

Während Markus später das Geschirr des ersten Gangs abräumte, nahm Luise die Steinpilzessenz aus dem Ofen. Die Blätterteighäubchen waren gut aufgegangen, aber noch nicht zu dunkel. Perfekt. Sie überließ Markus auch das Auftragen des zweiten Gangs und passierte die Velouté durch ein Tuch. Die Konsistenz war genau richtig. »Probier mal!« Sie reichte ihm einen Löffel, als er wieder in der Küche war.

»Samt, tatsächlich«, sagte er lächelnd. »Was machst du noch damit? Es kommt sicher kein abgebrühter Diplomat hinein.«

»Nein. Hummerbutter, Hummerfleisch und Trüffel.«

»Nicht schlecht. Und das heißt dann auch: Du machst die Sauce und die Nudeln, ich die Wachtelbrüste?«

Luise nickte, drückte ihm die Pfanne in die Hand, setzte das Nudelwasser auf und holte Avocados, Chili und Koriander für den übernächsten Gang aus der Kammer. Für einen Augenblick lehnte sie sich an den Türrahmen und beobachtete, wie er die Wachtelbrüste in kleinen Portionen am Pfannenrand hochspringen ließ, sie wieder auf das Feuer setzte, die Pfanne rüttelte, um das Fleisch dann erneut mit einem gekonnten Schwung aus dem Handgelenk in die Höhe hüpfen zu lassen. Es war eine schöne, fließende Bewegung, die ihr gefiel. »Gibst du mir –«, begann er, drehte sich zu ihr um, fing ihren Blick auf, ein kurzes Zucken der Augenbrauen, »bitte die Pfeffermühle.« Der Anflug eines Lächelns.

»Steht neben dir«, sagte sie und wandte sich blitzschnell der Sauce zu.

Den dritten Gang trugen sie wieder gemeinsam auf. Frau Kahle strahlte glücklich, und Luise sah sie vor sich, wie sie vor Jahren mit einem Gaskocher vorm Zelt mitten in Frankreich saß.

»Schade nur«, sagte Markus, als sie wieder in der Küche waren, »dass ihr Lächeln nur zu ahnen ist. Lachfalten sind mir lieber.«

»Sie ist eben die Visitenkarte ihres Mannes«, stellte Luise trocken fest. »Ich den Herd mit Fisch und Zucchini, du die Sauce an der Arbeitsplatte?«

Genau so machten sie es. Keine weiteren Fragen, keine Kämpfe. Luise fluchte, als ihr ein Teil der Zucchinichips anbrannte, weil sie mit den Seezungenfilets zu beschäftigt war.

»Komm, lass mal«, sagte Markus und schob sie sanft zur Seite. »Ich bin fertig mit den Avocados. Alles gut.« Er übernahm die Zucchinipfanne.

Gemeinsam dekorierten sie die Teller. Sie drapierte den Fisch und die Chips, er gab die Sauce dazu und legte noch einen Zweig Koriander darüber.

»Bald haben wir's«, sagte sie, als sie sich mit den Tellern auf den Weg ins Esszimmer machten.

Der nächste Gang verschaffte ihnen etwas Luft, denn er stand fertig in der Kühlung. Sie hatte sogar eine zusätzliche Portion Sellerie-Rosmarin-Sorbet mitgenommen, falls eines der Gläser beim Transport kaputtging. »Pause«, sagte Luise und drückte Markus das überzählige Glas in die Hand.

»Das ist wirklich gut«, sagte er, als er probierte. »Sellerie ist immer so eine Sache. Aber das passt hervorragend zusammen.« Er nahm noch einen Löffel. »Und du?«

»Ich kann nichts essen, wenn ich koche.«

»Doch, kannst du bestimmt. Hier!«

Er hielt ihr den Löffel mit Sorbet hin. Sie schüttelte den Kopf.

»Das hat die beste Köchin gemacht, die ich kenne. Und die kann zaubern. Du wärst ganz schön blöd, wenn du nichts davon isst.« Der Löffel schwebte vor ihren Augen. Zögernd öffnete sie den Mund. »Siehst du, geht doch«, sagte er, und so teilten sie sich den Rest in kleinen Happen, bevor sie sich dem Rinderfilet und den Herzoginkartoffeln widmeten.

Luise hatte bisher selten mit jemandem zusammen gekocht. Früher in der WG mit Anne, später mit Jörg. Normalität und Alltäglichkeit. Das hier aber war etwas anderes. Es war mehr als die Zubereitung einer Mahlzeit. Es war ein harmonisches Zusammenspiel, das ohne viele Worte funktionierte. Mit Jörg hatte es endlose Debatten über gute und lästige Arbeiten gegeben. Lästig war das Zwiebelschneiden, gut war das Abschmecken; schlecht war, Fische auszunehmen, gut, den Wein zu entkorken. Gut war auch, die Gäste zu begrüßen. Lästig war das Aufräumen hinterher. Jörg war der Gastgeber, Luise die am Herd.

Markus schnitt Zwiebeln ohne Debatten, einfach weil es getan werden musste.

Das Filet Rossini war aufgetragen. Lächelnd sah Markus Luise an: »Hörst du das?«

»Was?«, entgegnete sie, denn draußen war es ruhig. Nur vereinzelt erklang das sanfte Klirren eines Glases, das vorsichtige Schaben von Silberbesteck auf Porzellan.

Markus deutete zur Tür.

Sie schüttelte den Kopf und sah ihn fragend an. »Ich höre nichts.«

»Eben. Genau das ist für mich immer der schönste Moment beim Kochen: Alle sind zufrieden und essen schweigend. Nichts ist zu hören, nur behagliche Stille.«

Luise schaute in seine Augen, doch sie fand dort keine Ironie. Und nach diesem Tag stellte sie erschreckt fest, dass auch die letzte Skepsis in ihr, die ihn immer als Blender abtun wollte, verschwunden war. Markus hatte sich in den Schubladen verkeilt, in die sie ihn bisher eingeordnet hatte, und sie musste ihn umsortieren, weil er nicht mehr hineinpasste. Er stand neben ihr und versuchte, ihren Blick zu halten. Seine Augen leuchteten so klar wie die eines Kindes. Er sah müde aus. Müde, aber glücklich. Sein Haar, das ihm sonst locker ins Gesicht fiel, klebte an der Stirn, kleine Schweißtropfen hingen im Bartschatten über seiner Oberlippe. Er muss jetzt sicher salzig schmecken, dachte Luise, dann wandte sie sich rasch ab, um sich auf das Aufräumen zu konzentrieren. Nicht weiterdenken. Die Hände beschäftigen. Sie war einfach nur überdreht. Zu früh aufgestanden, zu wenig gegessen und zu viel gearbeitet.

»Dafür habe ich dich die ganze Zeit bewundert«, sagte er, ohne sich von der Stelle zu rühren.

Sie schloss die Augen, doch er ließ sich nicht ausblenden. Seine Anwesenheit blieb ihr fast schmerzlich bewusst.

»Ich meine es ernst«, sagte er. »Du hast die ganze Zeit gedacht, dass ich mich über dich lustig mache, oder? Dass ich deinen Job will, weil ich glaube, ich sei besser als du. Aber das stimmt nicht.«

»Was stimmt dann?«, fragte Luise.

»Ich kann kochen. Ja. Zumindest ein bisschen. Du aber wirfst deine Leidenschaft in den Topf, deine Liebe. Das schmeckt man mit jedem Löffel. Ich schmecke es. Und das hätte ich dir gern schon viel früher gesagt, nur hast du mir keine Chance dazu gegeben.«

Luise wusste nicht, was sie erwidern sollte. Das war seit langem das Schönste, was sie gehört hatte. Sie standen da, Auge in Auge, und gern wäre sie einen Schritt auf ihn zugegangen. Und noch einen Schritt. Doch sie floh vor zu viel Gefühl. »Die Tarte«, sagte sie. Der letzte Gang stand noch aus.

»Es war wunderbar!«, sagte Doktor Kahle, der nach dem Dessert kurz in die Küche schaute. »Ich bin so froh, Frau Blum, dass wir uns getroffen haben. Sie sind mit Abstand das Beste, was *Text-Berg* zu bieten hatte.« Er gab ihr die Hand und sagte leise: »Meine Frau ist so glücklich, wie ich sie lange nicht gesehen habe. Sie meinte, es wäre einer der schönsten Tage, die wir miteinander verbracht haben. Ich danke Ihnen.« Dann straffte er die Schultern und atmete durch. »Nun geht es zum offiziellen Teil, und dann verschwinden wir ins Konzert. Wie gesagt: Nicht groß abwaschen, nicht aufräumen. Unsere Sonja ist in einer halben Stunde da.« Er nickte den beiden zu und kehrte zu seinen Gästen zurück, die bereits im Garten auf die Zeremonie warteten.

Luise und Markus standen am Küchenfenster und blickten hinaus. »Glaubst du daran?«, fragte er und deutete mit dem Kopf zum Zen-Garten, wo sich Doktor Kahle und seine Gattin erneut das Ja-Wort gaben.

»Ich an ihrer Stelle würde mich vor weiteren Klippen

fürchten«, gestand sie. »Und du?«

Markus zuckte mit den Schultern. »Bei ihm bin ich mir nicht sicher. Für mich kann ich nur sagen: Die Erfahrung hat mich gelehrt, dass man Klippen nur vermeiden kann, wenn man eine Sache abschließt, bevor man sich in die nächste stürzt.«

»Und London?«, fragte sie.

Er sah sie an und runzelte die Stirn. »Was meinst du?«

»Die Freundin. Die Praktikantin.«

»Die Praktikantin war tatsächlich nur eine Praktikantin. Nicht mehr. Und meine perfekte Freundin hatte, wie ich später erfahren habe, schon längst ein Auge auf jemand anderen geworfen, der pubgeeigneter war als ich. Die Unterstellung mit der Praktikantin war für sie eine gute Möglichkeit gewesen, mich loszuwerden.« Er schob mit der Hand ein paar Zwiebelschalen zusammen, die noch auf der Arbeitsplatte lagen. »Aber es hat doch auch etwas Gutes: Du hast eine Küchenmaschine auf Leihbasis bekommen, und ich weiß nun, wie man Diplomatensauce macht.« Von draußen erklang *I am sailing* von Rod Stewart, und Markus begann zu lachen. »Bei diesem Lied sind die nächsten Klippen fast schon vorprogrammiert. Ich glaube, wir sollten langsam los. Ich hole die Transportboxen aus der Kammer.«

»Hast du das von Lilly?«, fragte Luise auf dem Heimweg im Auto und deutete auf das kitschig glitzernde Wesen mit Flügeln, das am Rückspiegel hin und her schaukelte.

»Nein, der Wagen gehört meiner Schwester.« Markus kramte in der Ablage nach einer CD. »Du hast sie mal getroffen.«

»Ich? Wann?«

»An Weihnachten im Imbiss.«

»Das war deine Schwester? Die Hübsche mit den manikürten Fingernägeln?«

Er lachte. »Genau die. Sehen wir uns denn nicht ähnlich?«

Luises Hirn sortierte die Erinnerungen. Groß, schlank mit anmutigen Bewegungen und sanften Augen. Sie blickte zum Fahrersitz. Eine gewisse Ähnlichkeit war nicht zu leugnen. »Doch, ein bisschen. Steht ihr euch sehr nah?«

»Ziemlich«, meinte er und erzählte in kurzen Worten von seiner Familie.

Luise erinnerte sich an das Essen bei Ole und was Judith über Markus angedeutet hatte. Scheidung der Eltern, eine schwierige Zeit. Durch seine wenigen Worte wurde ihr nun klarer, was das hieß.

»Und wie ist das bei dir mit Familie?«, fragte er.

Sie überlegte kurz, dann erzählte sie. Von Paul. Von dem Streit mit ihrer Mutter. Vom Tod ihres Vaters. Und sie wunderte sich, wie leicht das mit ihm ging: vertraut sein.

»Du scheinst sie sehr zu mögen«, stellte er fest. »Aber Hedda ist auch eine tolle Frau.«

»Findest du?«

»Ja, sicher. Ihr seid euch ähnlich.«

Luise merkte, dass sie errötete. Es waren ziemlich viele Komplimente gewesen heute, beinahe mehr, als sie verdauen konnte. »Da, ein Parkplatz«, sagte sie, froh darüber, dass sie nun endlich vor ihrer Tür angekommen waren. »Du musst jetzt nicht noch mehr helfen. Ich schaffe das allein.«

»Natürlich muss ich nicht. Ich weiß, dass du klarkommst. Auch schon bevor wir uns getroffen haben.«

»O Markus, es tut mir leid. Ich –«, begann sie, doch dann sah sie, dass er lächelte.

»Darf ich dir trotzdem helfen?«

Er stieg aus und hievte die Transportkisten, Kühlboxen und den Kleinkram aus dem Kofferraum. »Machst du bitte die Tür auf«, bat er, und gemeinsam schleppten sie alles die Treppen hoch in ihre Wohnung.

»Sie macht sich gut hier«, sagte er, als er seine Küchenmaschine entdeckte.

»Du hast recht gehabt. Sie erleichtert viel«, sagte Luise und sah ihn an. »Und es tut mir wirklich leid«, wiederholte sie ihre im Auto begonnene Erklärung. Sie lehnte sich neben ihn an die Nussbaumplatte. »Die Sache bei Ole an Lillys Fest. Die Sache mit der Kaffeetasse, als du hier warst.«

»Also gibt es tatsächlich eine geheime Tassen-Hierarchie.« Er lachte.

Ertappt schlug Luise die Augen nieder.

»Ich hatte mit Ole darum gewettet. Er meinte, ich spinne.«

Luise ging nicht weiter darauf ein, sondern fuhr fort: »Und auch an Weihnachten im Imbiss.«

Er neigte den Kopf zur Seite und musterte sie. »Du bist nirgendwohin gefahren, stimmt's?«

»Ja«, gab sie zu.

»Dachte ich mir.«

»Ich habe mich so klein und blöd und fertig gefühlt. Und du hast durch dein Nachfragen alles nur noch schlimmer gemacht. Ich habe dich gehasst in dem Moment. Du warst der Letzte, den ich an dem Abend sehen wollte.«

»Und du warst die, mit der ich den Abend am liebsten verbracht hätte.«

»Wie bitte? Warum das?«, fragte sie überrascht.

»Weil du seit dem Kartoffelbrei bei Ole durch mein Leben geisterst und Spuren hinterlässt, ohne dass du es überhaupt merkst. Bei dem ersten Treffen war es deine Verletzlichkeit, die mich berührt hat. Danach waren es die süchtig machenden Kekse mit Espresso. An Weihnachten war es dein Trotz. Und diese riesengroßen, traurigen Augen.« Vorsichtig strich er ihr eine Haarsträhne aus der Stirn. »Dann diese leckeren Kleinigkeiten, die du Ole jedes Mal mitgegeben hast, wenn ihr euch getroffen habt. Und als ich ihn bei dir abgeholt habe, war es deine Kampfansage an mich, deren Grund ich nicht verstanden hatte. Spätestens da habe ich mich gefragt, wie es wohl wäre, wenn dieser schöne Mund mal nicht Gift und Galle spuckt.« Langsam ließ er seine Fingerkuppen über ihre Wange wandern und zeichnete dann mit seinem Daumen sanft ihre Unterlippe nach.

Luise schloss die Augen. Kein Widerstand mehr.

»An deinem Geburtstag ist mir klar geworden, dass ich mich vielleicht beeilen sollte mit dem Mutigsein, damit du merkst, dass sich ein zweiter Blick lohnt.« Seine Stimme war leise, sehr leise, und nah, wie seine Lippen, an ihrem Ohr, den Hals entlang und dann Mund auf Mund, und die Zeit zerfloss wie die Grenzen, nur Atem, nur Haut, eine halbe Ewigkeit und ein Hauch von Zitrone und Baiser, ein zartes Kratzen seiner Wange. Luise spürte, wie sich ein Mantel aus Glück um sie legte. Weich und warm. Versinken wollen. Da klingelte das Telefon, und der Anrufbeantworter teilte in voller Lautstärke mit, dass sie nicht daheim sei. Ein Knacken in der Leitung:

»Hallo Luise, hier ist Raphael. Danke für deine Nachricht. Du kannst dir nicht vorstellen, wie sehr ich mich freue, dass du mich sehen willst. Auch ohne Kochen. Ort und Zeit passen. Bis bald, schöne Köchin.«

Während Raphaels Stimme durch die Wohnung wehte, war Markus erstarrt. Er ließ Luise los, als hätte er sich verbrannt. Sein Gesicht verzerrt, wie nach einer Ohrfeige. »Scheint so, als wäre ich doch nicht schnell genug gewesen«, stellte er tonlos fest. »Ich denke, ich gehe jetzt besser. Bevor ich mich noch lächerlicher mache. Der Auftrag ist erledigt, und du hast alles, was du wolltest. Du kommst klar.« Er nahm den Autoschlüssel.

»Markus. Bitte!« Luise versuchte, ihn zu berühren, ihn zurückzuhalten, doch er winkte nur ab und ging ohne ein weiteres Wort.

Zuckerguss

Es klingelte dreimal, bevor Luise die Tür öffnete. Anne runzelte die Stirn über das Wesen, das ihr gegenüberstand. Blass, tiefe Augenränder, Mehl in den Haaren und rosafarbener Zuckerguss auf dem Schlafanzug.

»Was ist denn mit dir los?«, fragte sie, bekam jedoch keine Antwort. Als sie in die Küche trat, blieb sie wie angewurzelt stehen. »Das darf nicht wahr sein!«

Luise zuckte mit den Schultern. Sie hatte sich gestern Abend so müde gefühlt, dass sie, ohne sich zu waschen, in ihren Pyjama geschlüpft und ins Bett gekrochen war. Nur um dort die ganze Zeit wach zu liegen. Weder heiße Milch mit Honig noch Baldriandragees halfen. Markus' SMS, die mitten in der Nacht angekommen war, hatte ihre düstere Stimmung nicht verbessert. Statt zu antworten, hatte sie ihre Nase in ihren Haaren versteckt, in denen hartnäckig ein leichter Zitronenduft hing, der sie nur noch trauriger machte. Irgendwann war sie aufgestanden, um Kamillentee zu kochen.

Eine Ecke des Küchentisches war voll von noch warmen Muffins. Daneben lagen Brownies mit weißer Schokolade, Brownies mit dunkler Schokolade und Brownies mit Pecannüssen. In der Mitte des Tisches ergoss sich ein Strom von Cantuccini. Auf der anderen Tischhälfte gab es in fröhlichbunten Papierförmchen ein über die Ufer tretendes Meer von Cupcakes mit himmelblauer, mit weißer, mit rosafarbener Glasur. Ein paar trugen kleine Zuckerblümchen obenauf. Der Backofen war weiterhin in Aktion.

»Sag bloß, du hast da noch mehr drin?«

»Ich habe Hefe gefunden. Es wird Freud-und-Leid-Kuchen. Weißt du, der von meiner Mutter. Mit Zucker und Mandeln.« Luises Stimme klang dünn.

»Seit wann stehst du in der Küche?«, fragte Anne.

»Seit fünf?« Luise war sich nicht sicher, wann die Geräusche im Haus so laut gewesen waren, dass sie die Kitchen Aid ohne schlechtes Gewissen in Betrieb nehmen konnte. »Aber es hilft nichts, weißt du. Es ist nicht wie bei der Berg. Es wird und wird nicht besser. Im Gegenteil.«

»Alles ist gut«, sagte Anne ruhig. »Ich koche jetzt Kaffee, und du erzählst mir, was los ist.«

Und das tat Luise. In verworrenen Sätzen, die erst nach und nach einen Sinn ergaben. Vom miteinander Kochen. Vom miteinander Reden. Von Händen, die behutsam mit

Wachteln umgingen. Von ihrem Traum vom Kochen, den sie endlich teilen konnte. Von der Heimfahrt. Von Sachen, die nach oben getragen wurden. Vom Zitronenduft an seiner Wange.

»Und dann?«, fragte Anne.

Luise zuckte wieder mit den Schultern. »Nichts weiter«, war ihr Versuch einer Antwort.

»Nach nichts sieht das hier aber nicht aus«, sagte Anne und steckte sich den nächsten Cupcake in den Mund. Weißer Zitronenguss mit einer kandierten Kirsche.

»Also gut: Dann nicht nichts.« Luise seufzte. »Er hat gesagt, dass ich Spuren in seinem Leben hinterlassen habe. Und dann hat er mich geküsst.«

»Er dich?« Anne setzte ihren Röntgenblick auf.

Luise zuckte ein drittes Mal mit den Schultern, doch sie kannte Anne gut genug, um zu wissen, dass diese nicht lockerlassen würde. »Ja, er mich, dann ich ihn und dann wir uns. Reicht das?«

Anne klatschte begeistert in die Hände. »Wo liegt das Problem?«

Also erzählte Luise auch den Rest.

»Nein! Und was hat Markus dir heute Nacht geschrieben?«

»Wenn ich weiß, was ich will, soll ich kommen.«

»Wohin? Wann?«

»Zu ihm. Heute Abend. Er wartet bis Viertel nach zehn.«

»Aber das ist doch wunderbar.«

»Ich bin aber um Viertel vor neun mit Raphael verabredet.«

»O nein, Luise. Das ist nicht dein Ernst.« Anne schien gleich die Geduld zu verlieren.

»Doch.«

»Bist du dir sicher?«

»Nein, bin ich nicht. Aber genau deswegen muss ich hingehen.«

Raphael war bereits da. Er saß am Tisch neben dem Kamin. Hellgraues Hemd, dunkle Leinenhose. Er war beim Friseur gewesen. Ein schöner Mann, wirklich. Der sensible Zug um den Mund, die schmalen Hände, die nervös über die Tischdecke strichen. Als er sie sah, stand er auf, strahlte, streckte die Arme aus, um sie zu umarmen, unterließ es aber doch und rückte ihr den Stuhl zurecht. Höflich, feinfühlig. Sie setzte sich, sah ihn an und wartete. Trotz der vielen Mails, mit denen er in den letzten Wochen um sie geworben hatte, wusste sie noch immer so gut wie nichts von ihm. Was aß er gern, was machte er in seiner Freizeit, wie lange war er mit Rebecca zusammen gewesen, woher kannte er Svenja? Was wusste er von ihr, Luise, außer dass sie kochte? Sie schauten in die Karte.

»Was möchtest du?«, fragte er.

»Was möchtest *du*?«, fragte sie.

»Ich bin mir nicht sicher. Was schlägst du vor?«

»Vielleicht die lauwarm marinierte Forelle?« Sie dachte an den Lachs.

»Hört sich gut an«, sagte er, ohne den Blick von der Karte zu lösen.

Sie schüttelte den Kopf. »Eigentlich bin ich gar nicht hungrig. Ich hatte heute schon«, sie suchte nach passenden Worten, »eine Süßwarenverkostung. Ich nehme einfach nur einen Salat.«

Irgendetwas beschäftigte ihn. Das war offensichtlich. Aber

Luise bekam nicht heraus, was ihm so zusetzte. Die Situation? Sie? Eine Wahl treffen zu müssen? Wollte er mit ihr reden, oder wollte er, dass sie redete? Oder wollte er es so laufen lassen, als wäre nichts geschehen? Hieß genau das vielleicht für ihn *von vorn anfangen*? In seinen Mails hatte er sich wieder und wieder entschuldigt. Sein Bemühen hatte ihr geschmeichelt. Auch die Einladung heute Abend. Im Grunde war es doch rührend, wie schüchtern er war.

»Möchtest du Wein?«

Sie entschied sich für Wasser. Ihr Magen war seit gestern Abend aus dem Takt. Alkohol wäre jetzt das Letzte. Er schloss sich an mit dem Salat, bestellte dazu aber Wein. Immerhin.

Das Kaminfeuer warf Schatten auf sein Gesicht, ließ die geschwungenen Wimpern unendlich wirken. Seine Stimme war leise, bedächtig. Hatte Luise mehr auf den Klang gehört als auf die Worte? Er sagte etwas von Zeit miteinander verbringen. Von sich besser kennenlernen. Segeln würde er gern mit ihr. Oder Badminton spielen. Vielleicht wandern.

Der Salat wurde serviert, und ein kurzes Schweigen trat ein. Sie begannen zu essen, waren höflich zueinander, sie lobte die Vinaigrette, er das Ambiente. Dann fragte er unvermittelt: »Wo bist du eigentlich gerade, Luise?«

Sie sah ihn an, Feuerschein auf seinem Gesicht; sie fühlte sich zurückversetzt an ihren Geburtstag, *Nacht, Feuer, Mann* – und ihr wurde schlagartig klar, dass es ihr bereits an jenem Abend am See um Markus gegangen war. Honig in der Marinade. Zimt zum Fleisch. Raphael war jemand, mit dem sie ihre Sehnsucht gefüttert hatte, weil er ihr nicht gefährlich werden konnte. Mit dem sie sich Situationen erträumt hatte, die mit dem Raphael, der ihr gegenübersaß, herzlich wenig zu tun hatten. Selbst jetzt träumte sie noch. Weil sie feige war. Vielleicht war Sehnsucht etwas für Feiglinge. Auf der Herfahrt hatte sie sich den Abend ausgemalt, wie sie einander gegenübersitzen, seine Hand langsam über den Tisch wandern würde, um sich auf ihre zu legen. Sie hatte sich im Spiegel seiner Augen strahlen sehen. Dennoch war sie nun in Gedanken weit weg. Sie dachte an Hedda und Paul. Wenn Sehnsucht etwas für Feiglinge ist, könnte Glück die Belohnung der Mutigen sein.

»Tut mir leid. Aber du hast recht: Ich bin mit meinen Gedanken woanders – und deshalb muss ich auf der Stelle dorthin gehen, wo ich jetzt eigentlich sein sollte.« Sie drückte seine Hand, kurz, fest, stand auf und ging. Kein Blick zurück.

Luise war spät dran. Sie hatte sich heute Abend Nataschas Auto geliehen, aber nicht bedacht, dass die Innenstadt für das Abschlussfeuerwerk des Kulturfestes gesperrt war und sie sich über Schleichwege und Umleitungen ihren Weg suchen musste. Zwölf nach zehn. Ein Parkplatz, rausgesprungen, abgeschlossen, atemlos vor seiner Haustür. Sie klingelte. Keine Reaktion. Sie klingelte erneut. Ihr Herz raste, das Blut pochte in den Ohren. Spätestens als ihr Zeigefinger ein drittes Mal über der Klingel schwebte, verfluchte sie sich dafür, dass sie hier stand. Vermutlich saß er irgendwo und amüsierte sich über sie. Was hatte sie erwartet? Sie begann zu frieren. Das Kleid mit den Malvenblüten war eindeutig zu dünn. Doch die Sonne am Nachmittag hatte diese Nacht wie etwas Besonderes erscheinen lassen und die Hoffnung auf Unerwartetes und Wunder geschürt. Zu einem Wunder passte dieses Kleid gut. Zu einer verschlossenen Haustür weniger. Fröstelnd zog Luise die Strickjacke über, dann drück-

te sie mit aufkeimender Wut den Klingelknopf ein weiteres Mal. Nichts. Kein Rauschen der Gegensprechanlage, kein Summen des Türöffners. Sie ließ die Hand sinken und wollte gerade kehrtmachen, als sie hinter sich ein metallisches Rasseln hörte. Sie trat zur Seite. Eine Frau neben ihr ließ
 ihren Schlüssel ins Schloss wandern, schob die Tür auf und blickte Luise an.

»Kann ich Ihnen helfen?«

»Ich wollte zu Meerwald«, antwortete Luise.

»Ach, zu Markus.« Die Frau lachte. »Da hätten Sie lange warten können. Seine Klingel funktioniert nicht. Sie hätten es über sein Handy probieren müssen.« Sie hielt ihr die Tür auf.

»Danke«, stammelte Luise, während sie durch den Eingang huschte. Die Klingel, natürlich. Der Vormieter. Irgend so etwas hatte er bei Kahles erzählt.

»Sie müssen hier hoch«, sagte die Frau und deutete auf den vorderen Aufgang, bevor sie in den Hof verschwand.

Markus wohnte ganz oben. Vierte Etage. Sie nahm die Stufen zum ersten Stock mit Riesenschritten. Ob er überhaupt noch zu Hause war? Schließlich war sie spät dran. Ihre Schritte verlangsamten sich. Im zweiten Stock überlegte sie, warum er eine Zeitspanne und keinen Zeitpunkt für dieses Treffen angegeben hatte. Wären etwa außer ihr noch andere Leute da? Hatte sie etwas falsch verstanden? Sie wurde noch langsamer. Wäre es nicht besser, kehrtzumachen und zu gehen? Eine Stufe, die nächste Stufe. Was aber, wenn nur er da wäre und sie bliebe? Bilder explodierten. Da waren seine Lippen. Zimt und Honig. Seine Hände. Wie würden diese Hände Bänder lösen? Knöpfe öffnen? Sie berühren. Sie bekam Angst. Vor sich selbst. Vor dem, was sie erwartete. Und wenn alles doch nur Geschichten waren, die er ihr erzählt hatte? Nettigkeiten, um eine Frau zu umgarnen? *Je mehr Erfahrung du hast, desto schwieriger wird es.* Vertrauen. Als sie schließlich vor seiner Wohnungstür stand, dachte sie gar nichts mehr. Sie war zu beschäftigt damit, ihre Aufregung in den Griff zu bekommen. Ihr rasendes Herz, ihre flatternden Lungenflügel.

Sie klopfte. Nichts regte sich. Sie klopfte erneut, lauter diesmal. Immer noch keine Reaktion. Sie versuchte, durch den Briefschlitz zu spähen, erkannte aber nichts. Wieder stieg Wut in ihr auf.

»Markus?«, rief sie halblaut. Keine Antwort. Als das Treppenhauslicht erlosch, bemerkte sie ein Leuchten und Schattenspiele auf dem Absatz zum Dach. Langsam stieg sie die Stufen weiter nach oben. Auf dem Sockel standen Kerzen in Einweckgläsern, flackernd im Halbdunkel. Sie stutzte kurz, doch dann verstand sie: Er verließ sich darauf, dass sie anrief, weil die Klingel nicht funktionierte, und dieser Anruf würde ihn überall erreichen.

Luise folgte den Teelichtern, die vom Treppenabsatz an auf jeder weiteren Stufe standen und eine Lichterspur bildeten, durch die offene Speichertür hindurch auf eine Leiter zu. Der Dachausstieg darüber stand offen. Als sie nach oben blickte, konnte sie durch die Dachluke die ersten Sterne erkennen. Sie überlegte, ob sie ihn rufen sollte, aber dann zog sie ihre Schuhe aus und stieg die Leiter empor.

Die Geräusche der Stadt brandeten an ihr Ohr, als Luise den Kopf halb aus der Luke streckte. Windlichter erhellten einen schmalen Weg, der über das Dach führte. Markus stand in einiger Entfernung am Eckschornstein und blickte über die Häuser. Er hatte Luise nicht bemerkt, und sie verharrte reglos auf der Leiter, um diesen Moment auszukosten. Markus wirkte so verletzlich, dass es sie tief berührte. Das Abendblau wie ein Rahmen um ihn, Wolkenfetzen wehten über den Himmel, der aufgehende Mond, eine schmale Sichel. Die Luft war lau, ein leichter Wind trug ein Lachen aus der

Ferne mit sich und ließ es zwischen den Dächern fallen wie einen Chiffonschal.

Zu Markus' Füßen lag eine ausgebreitete Decke. Kissen, Gläser, Servietten, ein Picknickkorb. Sie dachte an das Gespräch am Feuer. Erfolg hat nicht das Essen, sondern der, der den Mut hat, sich zu zeigen, und das Risiko eingeht, sich mit seinen Gefühlen zu blamieren. Markus' Kontur hob sich ab gegen das Firmament, sein Gesicht erhellt im Kerzenschein. Kein Lächeln, nur gespannte Stille. Das Branden der Stadt als Hintergrundmusik. Er wartete. Auf sie. Hatte die ganze Zeit gewartet, nicht nur heute Abend. Das wurde ihr plötzlich klar.

Vielleicht war dies der Moment, in dem sie ihn wirklich sah. Sein Herz lag offen vor ihr. Während sie sich bemüht hatte, ihn zu ignorieren, hatte er sie gesehen. Hatte er sie erkannt. Weihnachten, in ihrer Küche, beim Kochen, in jedem einzelnen Gericht.

Hier in der Schwebe zwischen Himmel und Erde fühlte sie, wie all ihre verschlungenen Wege sich genau an diesem Punkt trafen, an dem sie jetzt stand. Auf der sechsten Leitersprosse von oben. Sie brauchte einen Augenblick, um den Gedanken zuzulassen. Im Dunkeln zog sie ihr Handy aus der Tasche, wählte seine Nummer. Ein Klingeln ertönte, zehn Meter entfernt am Schornstein. Er schaute auf das Display, unsicher, ein Lächeln.

»Wo bist du?«, fragte er, und sie hörte ihn doppelt. Dicht an ihrem Ohr und gegen den Wind.

»Hier«, sagte sie, nicht in das Telefon, sondern mitten hinein in die Realität. Sie musste sich räuspern, weil ihre Stimme versagte. Dann tasteten sich ihre bloßen Füße die restlichen Sprossen empor, ihre Hände suchten Halt, fanden seine Hände, und dann stand sie oben auf dem Dach, neben ihm.

»Endlich«, sagte er nur, als wäre damit alles gesagt.

Und dann war sie es, die ihn in den Arm nahm und küsste. Die ihn nicht mehr loslassen wollte. Ihn so fest hielt, als würde sie befürchten, der Wind könnte ihn mit sich nehmen und sie stünde allein da, mit leeren Händen. Jetzt, wo sie so weit gegangen war. Zwanzig Leiterstufen und ein halbes Leben.

»Tut mir leid. Es hat ein bisschen länger gedauert«, sagte sie schließlich.

»Aber nun bist du da.« Er lächelte, nahm sie bei der Hand, und sie folgte ihm zwischen Dachschindeln und Schornsteinen.

Als sie sich gesetzt hatte, deutete er auf den Picknickkorb. »Magst du?«

Sie nickte. Erst jetzt merkte sie, wie hungrig sie war. Sie warf einen Blick in den Korb und begann zu lachen. »Du bist konsequent.«

»Aber du musst doch zugeben: du hast die Auswahl. Salami mit Fenchel, Salami ohne Fenchel, Mortadella, Prosciutto di Parma. Sogar ein paar eingelegte Tomaten habe ich. Und Oliven. Mehr als genug. Und noch ein bisschen Melone.« Er verteilte seine Schätze auf Teller.

»Ich bin froh, dass du keine Austern hast«, gestand sie. »Ich hasse Austern.«

»Ich auch.« Lachend reichte er ihr das Brot.

Sie nahm ein Stück und belegte es mit Fenchelsalami. »Warum sollte ich ausgerechnet bis Viertel nach zehn hier sein?«, fragte sie zwischen zwei Bissen.

Er sah auf die Uhr. »Weil es jetzt so weit ist«, sagte er und deutete zum Himmel. »Und weil das hier für dich ist.«

Wie auf sein Stichwort stieg weit über den Dächern eine einzelne rote Signalrakete in die Höhe. Und dann explodierte ein Feuerwerk. Glühende Kaskaden, brennende Leuchtfontänen, ein glitzernder Funkenregen im nächtlichen Blau.

Für sie. Nur für sie.

Danksagung

Was wäre Luise ohne Anne, Sybille und Thorben – was wäre ich ohne euch? Von Herzen Dank:

Max … für alles und mehr.

Annette Piwko-Löffler, Heinke Zurheide, Leila Chammaa, Sarah Mondegrin und Schirin Walter … die einfach da waren und mich geduldig begleitet haben – vom Amuse-Gueule bis zum Abwasch.

Meiner Mutter Inge Prick … durch die ich erfahren durfte, dass ein Küchentisch viel mehr ist als nur ein Möbelstück.

Traute und Wolfgang Hund … die mich mit ihrer Kompetenz und ihren Kochkünsten durch Saucenmeere und über Menü-Klippen geführt haben.

All denen, die mir ihre Lieblingsgerichte verraten, Rezepte gemailt und Speisekarten geschickt haben; ganz besonders Martina Machel und Monika Wöckener.

Frauke Hager … für die Antworten bevor es losging.

Eva Semitzidou … für die Anregungen und das auf-den-Weg-Bringen.